Norgard Michaelides · Die Andere

Norgard Michaelides

Die Andere

Roman

Weitere Informationen über den Verlag und sein Programm unter
www.buchmedia.de

Bibliografische Information der Deutschen Nationalbibliothek
Die Deutsche Nationalbibliothek verzeichnet diese Publikation
in der Deutschen Nationalbibliografie; detaillierte bibliografische Daten
sind im Internet über http://dnb.d-nb.de abrufbar.

© 2009 Buch&media GmbH, München
Umschlaggestaltung: Kay Fretwurst, Freienbrink
Herstellung: Books on Demand GmbH, Norderstedt
Printed in Germany · ISBN 978-3-86520-357-1

Ich gehe dann«, sagte Else leise. Zu leise, keiner hörte sie. Alles schlief noch. Ein leichter Windhauch bewegte die weißen Vorhänge, als die Tür ins Schloss fiel. Auf der Straße atmete Else die frische Luft.

Als sie die Stufen zum Strand hinuntergehen wollte, bemerkte sie die Veränderung sofort, das Geländer war mit grüner Farbe frisch gestrichen worden. Und dann sah sie weiter unten am Strand einen Mann, in Unterhemd und kurzer Hose, der eine Bank mit derselben grünen Farbe anstrich. Badende, die sonst ihre Kleider auf der Bank ablegten, sprachen mit ihm. Der Mann zuckte mit den Schultern, was wohl so viel heißen sollte wie: »Ich kann nichts dafür, ich mache nur meine Arbeit.« Else freute sich, dass sie eine Matte dabei hatte und ohnehin nicht mit einem Platz auf einer Bank gerechnet hatte. So früh am Morgen war der Sand noch feucht, flog nicht bei jedem Schritt auf. Obwohl es ganz windstill war, befestigte sie die Matte mit vier Steinen. Sie musste lächeln, weil sie jeden Tag dieselben Bewegungen ausführte, erst die Turnschuhe auszog, dann die Hose und das T-Shirt, immer in derselben Reihenfolge. Sie fühlte sich beobachtet. Sie war neu. Vom Sehen kannten sich hier anscheinend alle. Else kam erst seit drei Tagen hierher. Eine ältere Frau im geblümten Badeanzug und mit weißer Badekappe betrachtete sie mit ruhiger Neugier. Eine Deutsche, vermutete Else. Und sie hat mich als eine Frau aus der Heimat erkannt.

Das Meer sehr ruhig. Noch bevor dieser Augenblick verloren ging, bevor das Meer sich kräuselte. Makellos die glatte Wasserfläche, die sie mit ihren Schwimmbewegungen nun zerstörte. Sie fühlte sich eingeschlossen in tiefes Blau. Noch waren die Inseln am Horizont im Dunst verschwunden. Es würde ein heißer Tag werden. Keine klare Grenze zwischen Horizont und Himmel. Schwimmen, nur schwimmen, weit hinausschwimmen und allein sein mit dem Körper in zwei Elementen. Aber auch heute schwamm sie nur die gewohnte Route. Hatte sie erst einmal eine gewisse Entfernung zum Land erreicht, schwamm sie parallel zum Strand, erst rechts und dann links entlang. Zwei Felsen im Meer, zu weit, um hinzuschwimmen, doch so, als wären sie direkt vor ihr, als wären sie dort vergessen worden. Ich schwimme zwischen Leben und Traum, dachte sie, wie gut, dass ich nur das Jetzt überblicken muss. Da war er wieder, der

Wunsch, allein aufzubrechen und ziellos herumzureisen. Ein Wunsch, der von Zeit zu Zeit ganz plötzlich, unverhofft auftrat. Ein harmloser, unsinniger Wunsch, der da aus dem Unterbewusstsein an die Oberfläche drang und seine Späße trieb. Dem Wunsch zu folgen war unmöglich. Sie konnte Johanna auf gar keinen Fall allein lassen und das wollte sie auch gar nicht. Nicht erreichbar sein. Sie nahm einen kleinen Schwung und tauchte unter.

Else behagte das langsame Leben im Sommer. Sie liebte das Meer, die Stunden am Strand, die Ruhe am Nachmittag in den abgedunkelten Räumen, die langen Abende.

Um mit Angelos nach Athen reisen zu können, hatte Else einige Verabredungen abgesagt. Marlene hatte am Telefon enttäuscht geklungen. Sie hätte sich liebenswürdiger entschuldigen sollen. Stattdessen hatte sie nur gesagt, dass sie nach Athen fahren würden und das gemeinsame Treffen deshalb um drei Wochen verschoben werden müsste. Es hatte keine Eile. Hätte sie Marlene von ihrem Vorhaben erzählen sollen? Hätte sie erwähnen sollen, dass sie auf der Suche nach Material für eine Geschichte war? Eigentlich suchte sie nur nach einer Rechtfertigung für ein persönliches Betroffensein. Und hoffte sie nicht insgeheim, auf Gleichgesinnte zu treffen? Würde sich überhaupt ein Verleger finden? Aber zuerst müsste die Arbeit geleistet werden. Ganz ohne Beziehungen. Hatte David die Beziehungen? Er zerstreute jedenfalls ihre Zweifel an dem Projekt. Und dieses Projekt, die Lebensgeschichten von deutschen Frauen in Zypern zu sammeln und zu veröffentlichen, war eigentlich, wenn sie ehrlich war, nicht nur eine Herausforderung, sondern auch eine Chance, der Einförmigkeit ihres Lebens zu entkommen und ihrem Hang zum Träumen und Geschehenlassen ein Ende zu setzen. Frust hin oder her, war sie nicht dabei, ihrem Leben den gleichen Anstrich zu verleihen, hatten diese Frauen ihr nicht sozusagen ein Leben vorgelebt? Wenn sie nicht verelenden wollte – ein starker Ausdruck, um ein seelisches Dilemma auszudrücken –, musste sie aktiv werden. Ohne Eigeninitiative keine Veränderung. Sie lebte in den Tag hinein. Sie hatte das auch bei einigen anderen Frauen beobachten können. Ganz wie es im Lehrbuch steht. Früher oder später kommen diese Frauen zu der Einsicht, dass sie ihre jetzigen Lebensumstände nur einem Zufall verdanken. Heimat, Beruf, den einmal eingeschlagenen Lebensweg haben sie, so sehen sie es heute, recht unvorsichtig aufgegeben, und das alles für eine große Liebe. Und irgendwann treten dann Zweifel auf, ob der Ehemann das alles wert gewesen ist. Viele Probleme sind zu bewältigen gewesen. Probleme, die in dem Heimatland nicht aufgetaucht wären. Konflikte, die eine Persönlichkeitsveränderung herbeigeführt haben. Eigentlich war es David gewesen, der sie auf die Idee zu dieser Arbeit gebracht hatte. Auf ihre Frage, was sie in diesem Land, dieser Fremde denn machen sollte, hatte er geantwortet: ein Buch schreiben oder auswandern. Sie hatte auf mehr Verständnis gehofft. Seine Antwort bestätigte ihre Befürchtungen. Ihr sporadisches Zusammentreffen hatte für ihn wenig Bedeutung. Wie hätte er auf ihre dumme Frage antworten sollen? Aber du hast doch mich hier? Einen Augenblick lang hatte sie gerade das gewünscht. Aber zu der Zeit hatte er schon begonnen auszuweichen. Ihren Lebensüberdruss konnte David nicht mit sich in Zusammenhang bringen. Er suchte das schnelle Vergnügen und nichts weiter. Es war ungeschickt gewesen, diese Frage zu stellen. Er durchschaute sie, fürchtete ihre Anhänglichkeit. Aber gleichfalls vermutete er ganz recht, dass sie ihn ebenfalls durchschaut hatte, nun, und das sollte ihn nur wütend machen. Die Beziehung, die sie hatten, hätte ihr genügen sollen. Immer war sie in ihren Ansprüchen grenzenlos. Und sie tendierte dazu, für jede Unzufriedenheit die neue Heimat verantwortlich zu machen. Eine kleine Warnung hatte ihr David noch mit auf den Weg gegeben. Der tragische Grundton sei aus dem heutigen Leben verschwunden, sagte er und hatte das Gesicht zu einem spöttischen Lächeln verzogen. Keine Gefühlsduselei. Daran müsse sie sich halten. Es habe keinen Sinn, ihre Arbeit mit Figuren aus einem vergangenen Jahrhundert, wie aus Tschechows Kirschgarten, zu bevölkern. Es sei nicht ihre erste Arbeit und auf den »Kirschgarten« ließe sie nichts kommen, hatte sie schlagfertig geantwortet. Die Unstimmigkeiten zwischen ihnen mehrten sich. Aber die Idee mit einer Artikelserie war gar nicht schlecht gewesen.

Else legte sich auf den Rücken. Wenigstens zwanzig Züge Rückenschwimmen. Sie begann zu zählen. Den linken Arm musste sie verrenkt haben. Gestern mit Johanna auf der Schaukel.

Ohne Zweifel war für die deutschen Frauen, die ihr begegnet waren, das neue Land mit seiner fremden Sprache, seinen ungewohnten Sitten und Gebräuchen zum Mittelpunkt ihres Lebens geworden. Vor der Übermacht des Neuen, vermutlich aus Angst vor Selbstverlust verschanzten sich einige Frauen hinter einem Schild aus Abwehr. Mehrere kehrten ihr Anderssein bewusst hervor, wo die Verwirrung am größten war. Nach einigen Gesprächen mit ganz unterschiedlichen Frauen waren ihr zunehmend zwei gegensätzliche Haltungen bei den Frauen aufgefallen. Für die einen gab es die Möglichkeit der Selbstverleugnung, die auf den ersten Blick wie eine wohlgelungene Anpassung aussehen mag. Die anderen versuchten verzweifelt, an ihrer Vergangenheit festzuhalten mit der ständigen Hoffnung, einmal in die alte Heimat zurückzukehren. Die Absage an das Vergessen erschwerte nicht nur das Einleben in die neue Umgebung, sondern auch die Beziehung zu dem eigenen Mann.

Noch zwei Monate und dann würde sie ihren zweiunddreißigsten Geburtstag feiern. Eigentlich hat sie immer nur bis zu ihrem dreißigsten Geburtstag leben wollen. Eine verrückte Idee. Aber dann war sie mit Angelos nach Zypern gegangen und sie hatten geheiratet. Nun lebte sie in einem Urlaubsland. Sonnenumschlungen meine Tage im Süden und Ähnliches hatte sie anfangs über ihr Leben auf der Insel nach Hause und an Freunde geschrieben. Eine Weile ging das gut. Dann sah sie sich von Land und Leuten isoliert. Sie, die Fremde. Um nicht in gut gepflegter Einsamkeit zu ersticken, bemühte sich Else, andere deutsche Frauen auf Zypern kennenzulernen. Was macht eine deutsche Frau auf Zypern? Leben, würde Marlene antworten. So einfach. War es das? Else war froh, dass sie Johanna hatte.

Sie schwamm in einem großen Bogen um drei Frauen herum, die auf der Stelle strampelten und sich lebhaft unterhielten. Die Frauen trugen Sonnenbrillen und bunte Schirmmützen gegen die Sonne. Else mühte sich mit dem Schmetterlingsstil ab, bekam dabei Wasser in die Nase. Sie genierte sich und gab auf, verlegte sich wieder auf das Brustschwimmen. Eine Gedichtzeile tauchte in ihren Gedanken auf: »In dem linden Wellenschlagen.« Else wiederholte die Worte, murmelte sie, spürte dem Klang nach. So sehr sie sich auch bemühte, weitere Verse wollten ihr nicht einfallen. Es fehlt nur noch, dass ich laut vor mich hinsinge, dachte sie, wie die Frau mit dem Strohhut, das Gesicht hinter einer Sonnenbrille versteckt. Das Rezitieren ist überhaupt Angelos Stärke. Wie sie ihn bewundert hatte. In diesem Augenblick sah sie ihn mit Johanna die Treppe zum Strand herunterkommen. Else streckte eine Hand aus dem Wasser, um zu winken. Sie sahen sie nicht. Wie hübsch ihre Tochter aussah, wie sie da über den Strand lief. Eine hübsche Mischung, hatte einmal jemand gesagt, den sie dafür am liebsten geohrfeigt hätte.

Als Else aus dem Wasser kam, sagte Angelos: »Da hat diese Bekannte von mir angerufen und gefragt, ob wir heute Abend schon Pläne gemacht hätten, sie würde uns gern einladen.«

Else zuckte mit den Schultern. »Warum nicht.« Sie würden noch Angelos Tante Kiki fragen müssen, ob Johanna bei ihr bleiben könnte. Tante Kiki hatte ihnen die hübsche Dachwohnung für die Zeit, die sie in Athen waren, zur Verfügung gestellt und ihnen wiederholt angeboten, auf das Kind aufzupassen. Sie selbst wohnte im Erdgeschoss desselben Hauses.

Else würde trotzdem ein schlechtes Gewissen haben, weil sie Johanna abstellte und eigentlich die Gutmütigkeit der Frau ausnutzte.

»Sind viele Leute eingeladen?«, fragte sie, während sie Johanna mit Gewalt eine Schirmmütze aufsetzte.

Angelos antwortete, er habe nicht den Eindruck gehabt, dass nur sie eingeladen seien. Else erstaunte seine schroffe Reaktion. Sie überlegte, was das zu bedeuten habe. Und kam zu dem Entschluss, dass er ihr etwas verheimliche. Um welche Bekannte es sich denn handele, fragte sie wie nebenbei.

»Es ist eine alte Freundin von mir, ich habe sie gestern bei den Einschreibungen auf dem Kongress ganz zufällig wiedergetroffen.«

Immer, wenn Angelos in diesem gleichmäßigen, ruhigen Tonfall zu ihr sprach, dachte sie, dass er sie wie eine Patientin behandelte. Sie hob die Augenbrauen. »Falls du schwimmen möchtest, ich spiele mit Johanna im Sand.«

»Natürlich möchte ich jetzt schwimmen«, erwiderte Angelos amüsiert.

Else lächelte. Es war ein hübsches, strahlendes Lächeln. Sie wusste, dass es Angelos gefiel. Sie lag leicht auf beide Ellbogen gestützt, auf diese Art konnte sie das Meer besser betrachten und Angelos beim Schwimmen zusehen. Sie ließ ihren Blick am Horizont verweilen. Ein weißes Schiff war auf dieser Linie. Niemals über den Horizont hinaus. Ihr Leben entwickelte sich nach einem Klischee. Nach siebenjähriger Ehe wurden Erschlaffungsmerkmale in der Beziehung sichtbar. Wie war das bei alten Ehepaaren? Hörten sie niemals auf, einander zu beobachten, lagen sie missmutig auf der Lauer, um den anderen bei einem Fehler zu ertappen, oder schlimmer noch, verfolgten sie argwöhnisch und hämisch den Verfall des Partners? Was würde unser Verhältnis ganz und gar verändern?, überlegte sie. Sie ließ sich zurückfallen und schloss die Augen. Das Meer schauderte durch die Kiesel, schläferte sie ein.

»Hat dich das Hundegebell letzte Nacht auch geweckt?«, fragte Else. »Sobald ein Hund anschlägt, fallen alle rundherum in sein Gebell mit ein.«

»Obwohl sich diese Hunde wohl niemals zu Gesicht bekommen, scheint sie eine Interessengemeinschaft zu verbinden«, lachte Angelos, »du wirst dich daran gewöhnen müssen.«

Schlank und groß stand er vor ihr. Fast ein Adonis. Er kam gerade von den Duschen. Das Wasser lief ihm aus den Haaren. Wenn er sich jetzt schüttelte, würde er sie nass machen. Sie warf ihm ein Handtuch zu.

Später lagen sie auf der schmalen Matte. Falls sie sich berührten, war es unbeabsichtigt. Else legte einen Hut auf ihr Gesicht. Sie würde bei dem leichten Wind einen Sonnenbrand bekommen. Sollte sie Angelos nach der Bekannten fragen, bei der sie eingeladen waren? Da nahm Angelos eine Zeitung und versuchte zu lesen. Die Blätter flatterten, ließen sich nicht umblättern. Er musste sie mehrmals falten.

»Waldbrände, jeden Sommer dasselbe«, hörte sie ihn sagen. »Dass man sich davor nicht schützen kann. Sie müssten viel mehr Löschflugzeuge haben.« Erneutes Umblättern, erneutes Flattern. Er gab auf und stopfte die zerknitterte Zeitung unter das Handtuch, legte den Kopf auf den kleinen Kleiderhaufen. Ohne sie anzusehen, sagte er: »Wir müssen bald gehen.«

Sie lehnte sich an ihn. Er ließ es geschehen.

Tante Kiki hatte beschlossen, mit Johanna Eisessen zu gehen, und deshalb war Johanna gar nicht traurig, dass ihre Eltern abends ohne sie ausgehen wollten. Sie hüpfte unruhig hin und her und schien sich auf die Übernachtung bei der Tante zu freuen. Else hatte es ihr nicht ausreden können, das neue Kleid anzuziehen. Mit ihrem Schlaftier und dem Pyjama im Beutel stand sie an der Tür und sah immer wieder hinaus, ob Tante Kiki nicht endlich käme, um sie abzuholen.

Else fühlte, wie sich der leichte Druck in den Schläfen ausbreitete, der sich dann wie ein Band um ihren Kopf legen würde. Plötzlich fand sie es töricht, auf eine Einladung zu gehen, wo sie niemanden kannte. Sie hatte keine Ahnung, wie sich eine Frau abends in Athen anziehen musste. Sicher trug sie die falschen Sachen. Sie war drauf und dran, Angelos zu bitten, alleine hinzufahren. Aber als sie dann Angelos sah, wusste sie, dass sie den Besuch bis zum Ende durchstehen musste. Dieser Besuch schien ihm wichtig zu sein, denn er hatte den einzigen Anzug, den er mitgebracht hatte, angezogen. Und sie fand, dass er im Anzug ziemlich gut aussah. Das Formelle an seiner Kleidung kehrte einen Abstand hervor. Und damit wuchs ihre Unsicherheit, besonders, wenn sie an ihrem Kleidchen herabsah. Wie er sie anlächelte, sicher wollte er sie ermutigen, sicher hatte er ihr Zögern schon bemerkt.

Else befand sich in Abwehrhaltung. Im Eingangsbereich fielen ihr sogleich, neben zwei Töpfen mit blühenden Amaryllen, die ziemlich verstaubten alten Topfpflanzen ins Auge. Mit der Bemerkung, dass Topfpflanzen über das Alter der Hausbewohner Auskunft geben könnten, machte sie Angelos darauf aufmerksam. Angelos schüttelte nur den Kopf.

Noch während der Autofahrt hatte sich Else vorgenommen, sich auf den Abend zu freuen. Sie würde andere Leute kennenlernen, eine Reihe interessanter Gespräche führen. Wozu war sie denn mitgekommen? Sie würde den Menschen offen entgegentreten, auf sie eingehen. Interesse an dem Leben der Athener zeigen. Die unfreundliche Bemerkung über die Blumentöpfe war herausgerutscht. Sie musste sich zusammenreißen. Die lange Autofahrt. Sie hatten sich verfahren. Kein Mensch auf der Straße, den man hätte fragen können. Else setzte ein fröhliches Gesicht auf und hängte sich für einen Augenblick bei Angelos ein, als sie die wenigen Stufen hinaufstiegen. Sie wurden von einer Frau mit weißer Schürze begrüßt, der Else gleich den großen Blumenstrauß in die Hand drückte. Ob das nun richtig gewesen war? Hätte sie die Blumen der Gastgeberin überreichen müssen? Angelos und Else waren nicht die ersten Gäste. Es waren schon viele Leute da, die lachend und redend in kleinen Gruppen beieinander standen. Sitzmöbel befanden sich nur vor dem Kamin und an den Wänden. Anscheinend wurde eine große Anzahl von Gästen erwartet. Rechts konnte sie in einem Raum den großen gedeckten Esszimmertisch sehen. Zu ihrer Linken standen die Türen zum Garten offen. Angelos' Bekannte, also die Gastgeberin, die sich als Olga vorstellte, verschwand nach einer herzlichen Begrüßung lautlos. Auch Angelos war bald nicht mehr zu sehen und Else stand allein. War es doch ein Fehler gewesen, dass sie gekommen war? Sie hätte zu Hause bleiben und ein Buch lesen sollen. Alles Unbekannte. Sie stand herum. Nach einigen erfolglosen Versuchen, sich einer Gruppe anzuschließen, gab sie auf. Es machte ihr wenig aus, niemanden zu finden, mit dem sie hätte sprechen können. Hier war es nicht anders als in Zypern. Else wurde als die Frau ihres Mannes vorgestellt und niemand zeigte weiter Interesse an ihr. Sie war nur eine Komparsin in der Gesellschaft. Manchmal, dachte sie, fiel ihr nicht einmal diese Rolle einer Statistin zu. Es wurde über alles Mögliche gesprochen, auch über die neue Rechtschreibung, weder Spiritus noch Zirkumflex. Else hätte schon ihre Meinung äußern können, aber seit Langem verunsichert, zog sie es vor, zu schweigen. Schweigen, war es nicht das, was von ihr erwartet wurde? Auch lebte sie immer mit der Furcht, Fehler in der Sprache zu machen. Sie fürchtete, dass Wörter und Redensarten, die bei anderen selbstverständlich schienen, sich bei ihr befremdlich ausnehmen würden. Im Bekanntenkreis hatten sich alle schnell an Elses Schweigen gewöhnt. Von ihr erwartete man keinen Beitrag zur abendlichen Unterhaltung. Und hier schien es nicht anders.

Ein neuer Versuch. Else stellte sich zu einer Gruppe, machte sich bekannt. Man lächelte, tauschte Höflichkeiten aus. Danach nahmen sie das unterbrochene Gespräch wieder auf. Kümmerten sich nicht um sie. Sprachen über Alltägliches. Sie hörte zu. Lange Zeit unterhielten sie sich dann ohnehin über abwesende und für Else unbekannte Personen, gerade diese schienen einen enormen Unterhaltungswert zu besitzen. Und wie auf jeder größeren Gesellschaft gab es auch in dieser schillernde Gestalten, die ihre Auftritte, mal als Rhapsode, mal als Troubadour oder nur als Guignol, sehr ernst nahmen. Überall dasselbe. Diesen talentierten Menschen war es einzig und allein um Zuhörer getan. Else verließ den Kreis und stellte sich so, dass sie das Treiben besser übersehen konnte. Sie nippte an ihrem Campari, schwenkte das Glas mit dem roten leuchtenden Getränk, das inzwischen warm geworden war. Sollte sie ein neues holen? Aber woher? Sie zuckte mit den Schultern und verlegte sich weiterhin auf das Beobachten, denn es gab einige interessante Leute. Aber wie sich zu ihnen hindurchschlängeln? Sie bemühte, sich aus dem Stimmengewirr, das an ihre Ohren drang, die eine oder andere Phrase zu unterscheiden. Es wurde zu einem Puzzle. Wie bei den Wangenküssen, erst kam diese Wange, dann jene und dann sogar manchmal noch einmal die erste. Alles lief nach gewissen Regeln ab, die ihr Rätsel aufgaben. In einem großen Spiegel sah sie sich, wie sie da stand, eine Einzelne, von kleinen Gruppen umgeben. Sie registrierte den Abstand, der um sie ausgespart blieb. Es war ihr nicht einmal unangenehm. Grotesk, wie sich einige Frauen herausgeputzt hatten und wie sie sich mit auffälligen Gesten verständigten. Eines musste sie ihnen zugestehen, es mangelte ihnen keineswegs an Temperament. Dagegen musste sie recht hölzern erscheinen, keine fließenden Bewegungen. Nach einiger Zeit überkam sie, wie so oft, das Gefühl, wie ein vergessener Stock herumzustehen. Man konnte sie sofort als Fremde erkennen. Allein schon an ihrem Kurzhaarschnitt. Die Frauen hier waren kunstvoll frisiert. Verlorene Stunden im Friseursalon. Else mochte nicht als die Fremde bezeichnet werden, wie es leider häufig geschah. Da sollte man sie doch lieber die Andere nennen, wenn sie schon nirgendwo hinzupassen schien. Sie überlegte wieder, ob sie sich ein frisches Getränk holen sollte. Rundherum wurde geredet, gelacht, und niemand sah Else an. Aber da hatte sie sich geirrt. Ihre Anwesenheit war nicht unbemerkt geblieben. Ganz in Elses Nähe hatte sich eine Gruppe gebildet, in der das Gespräch, wie sie sehr bald genau hören konnte, um die erlittene Schmach unter der deutschen Besatzungsmacht im Zweiten Weltkrieg kreiste. Ein Thema, zu dem, wie es schien, jedem etwas einfiel. Möglich war, dass ihre deutsche Herkunft wieder dazu den Anlass gegeben hatte. Es war keine Einbildung von ihr, dass allein ihre Anwesenheit zu Bemerkungen über die deutsche Besatzung und die Hitler-Herrschaft verleitete. Nicht immer wollte man sie verärgern oder kränken. Nein, das nicht. Ein Philosophieprofessor, der ihr aus ihrer unbequemen Lage hatte helfen wollte, hatte einmal an Kants berühmte Schrift »Zum ewigen Frieden« erinnert. Doch hier war die Tonlage eine andere. Die unselige deutsche Vergangenheit. Der Einmarsch der deutschen Armee. Die Menschen verschleppt und abtransportiert. Else sah sich auf der Anklagebank. Sie trug ein Stigma, sie gehörte nicht zu ihnen, nicht in diese Gesellschaft, sie war keine Griechin. Else wollte weggehen, jetzt sofort. Sie sah sich nach Angelos um. Die Gruppe hatte sich in ihre Richtung geöffnet. Man würde sie in den Kreis einschließen. Angelos kam ihr nicht zu Hilfe. Er trug dieses Lächeln um den Mund, das ihr sagte, dass er sich weit in seine Welt zurückgezogen hatte, aus der er nicht so leicht zurückzuholen war. Auf ihre Klagen würde Angelos so etwas sagen wie: »Eine gefestigte Persönlichkeit nimmt diese Angriffe gelassen hin« oder: »Wieso fühlst du dich angesprochen, sei nicht so mimosenhaft«. Sie nahm ihr Glas und trank, behielt das Glas in der Hand, hielt sich daran fest. Jetzt nur Ruhe bewahren. Auf jeden Fall muss dein Gesicht vollkommen ausdruckslos bleiben, niemand darf dir ansehen, was in dir vorgeht, beschwor sich Else. Sollte sie sagen, wie leid es ihr tat? Nein, in Kalavryta sei sie nicht gewesen, antwortete sie auf eine an sie gerichtete Frage. Hitze stieg ihr ins Gesicht. Sie hoffte, dass es ihr nicht anzusehen war. Verstohlen fuhr sie sich mit der Hand über die feuchte Stirn. Sie hörte sie sagen, die Nazis hätten in jenem Ort die ganze männliche Bevölkerung hingerichtet. Von siebenhundert Männern hätten sich elf gerettet. Was konnte sie tun, was erwartete man von ihr? Sollte sie sagen, dass sie sich schämte?

Ein hochgewachsener Mann mittleren Alters hatte sich direkt an Else gewandt. Sie wollte sich das Gesicht des Mannes einprägen. Auffallend der scharfe, arrogante Zug, der vom Nasenflügel abwärts verlief, hin zu dem breiten Mund mit den fleischigen Lippen. Es sah aus, als könnte er die Welt durch den Mund aufnehmen. Angelos müsste ihn kennen, überlegte sie.

»Es sind auch von mir Verwandte ermordet worden«, sagte dieser Mann mit metallischer Stimme. Diese Stimme bedrohte sie. Es pochte ihr in den Schläfen. Erwartete er eine Antwort von ihr? Aber was? Was konnte sie gegen so viel Schreckliches ausrichten? Nein, sie hatte nur ein Bedürfnis: sich einfach umzudrehen und wegzugehen. Sie wollte es nicht über sich ergehen lassen. Nicht über den Leidensweg so vieler Menschen nachdenken. Der Mann ihr zugewandt. Wie konnte sie sich die Konfrontation ersparen? Else machte eine Bewegung, um zu gehen.

In diesem Augenblick schob sich jemand dazwischen, kam ihr ganz unerwartet eine Person zu Hilfe, die sie mit ihrem Namen ansprach. »Nicht so rasch«, hörte Else noch und sah eine kleine Frau, die sich ihr in den Weg stellte, eine Hand auf ihren Arm legte und sie freundlich anlächelte. Wie sich bald herausstellte, handelte es sich bei Elses liebenswerter Retterin um die Tante der Gastgeberin aus Alexandria. Sie war elegant gekleidet und das lebhaft geschminkte Gesicht ließ ihr wahres Alter nicht gleich erkennen. Sie hatte eine helle Stimme. »Ich muss Ihnen etwas erzählen«, begann sie und fuhr ohne jeglichen Übergang weiter fort, von einer deutschen Gouvernante zu erzählen, die sie zu Hause gehabt hätten. Ihr resoluter Auftritt kam unerwartet. Der Angreifer wich zurück. Und durchaus nicht mit leiser Stimme erzählte die Tante, dass sie sich gern an Fräulein Irmtraud erinnere, die bis zum Ausbruch des Krieges bei ihnen gewesen sei. Bei ihr hätten ihre Schwester und sie viele deutsche Lieder gelernt. »Wissen Sie, woran ich mich noch gut erinnern kann?«, fragte sie, erhob gleich darauf ihre Stimme und sang, so laut, dass es im ganzen Raum erklang: »Sah ein Knab ein Röslein stehn, Röslein auf der Heiden, Röslein, Röslein, Röslein rot, Röslein auf der Heiden.« Dann stockte Frau Papadopoulou und holte ein geblümtes Taschentuch aus ihrer Handtasche. Sie war ins Schwitzen geraten. Man konnte meinen, wo es ihr nun an Worten mangelte, versuche sie, mit diesem Taschentuch minutenlang die Aufmerksamkeit auf sich zu ziehen.

»Herrlich, wie Sie sich daran erinnern«, sagte Else.

»Das ist gar nichts, als kleines Mädchen konnte ich den ganzen Goethe auswendig«, erwiderte Frau Papadopoulou und betupfte sich mit dem Taschentuch die Stirn. Sie hatte, Else erfuhr davon im Nachhinein, in gewissen literarischen Zirkeln einen Namen. Nicht nur veröffentlichte sie regelmäßig in einer hiesigen literarischen Monatsschrift, sie erfreute auch ihre Freunde in Abständen von zwei bis drei Jahren mit kleinen Gedichtbänden. Ihre Art ist wunderbar, sagte sich Else, wenn ich nur halb so mutig wäre, und schon fühlte sie sich, immer noch etwas hilflos lächelnd, fortgezogen, fort ans Buffet. »Kommen Sie, mein Kind.« Else ließ es gern geschehen. Das leidige Gespräch war erfolgreich unterbrochen worden. Lächeln, Stirnrunzeln. Neue Grüppchen wurden gebildet.

Als sie Lena sah, kam diese schon auf sie zu, warf die Hände in die Höhe und rief: »Meine Liebe, wo kommst du denn her?«

Else ließ sich umarmen. Nun sollten alle mal hersehen. »Lena Livadi – Antonia Papadopoulou«, stellte sie die Damen einander vor.

»Aber wir kennen uns doch«, lachte Lena, »wie lange kennen wir uns denn schon?« Lena küsste Frau Papadopoulou auf beide Wangen. »Gestern hat mir die Post deinen neuen Gedichtband gebracht. Ich habe mich sehr gefreut, du weißt, dass ich eine deiner größten Verehrerinnen bin.«

»Aber, aber«, wehrte die Dichterin geschmeichelt ab. Dann hakte sie sich bei Lena und Else ein und drängte beide, endlich das Buffet aufzusuchen.

Wie eine warme Welle durchzog Else ein Glücksgefühl, das sie darüber empfand, in dieser Schar von Unbekannten auf eine Freundin zu stoßen. Es war, als habe sich für sie unversehens eine andere Welt geöffnet. Sie folgte den Frauen ans Buffet und dann hinaus in den Garten. Die feuchte Abendluft. Im Haus war es ihr zu warm gewesen. Ein berauschender Duft kam von den Gardenien. Wenig später saßen die drei Frauen auf einer Steinbank im Garten und unterhielten sich angeregt. Jede balancierte einen Teller mit Essen auf ihrem Schoß. Else mühte sich mit dem Blätterteig ab und war froh, dass ihr Lena nicht noch mehr auf den Teller geladen hatte, immer mit dem Ausspruch: Das musst du unbedingt probieren. Und aus lauter Höflichkeit hatte Else sie gewähren lassen.

Frau Papadopoulou war gerade von der Insel Lesbos zurückgekommen und erzählte von ihrer Reise. Oft, sagte sie zum Schluss, habe sie sich die Frage gestellt, ob sich wohl die Natur seit Sapphos Zeiten sehr verändert habe. Der Blick auf die Küste von Kleinasien habe sie an die schönen Verse erinnert, aber sei es denn möglich, dass sich über mehr als zweitausend Jahre nichts geändert habe?

»Nacht und Sehnsucht«, sagte sie und zitierte: »Hinabgetaucht ist der Mond und/ mit ihm die Plejaden; Mitte/ der Nacht, vergeht die Stunde;/ doch ich lieg allein danieder.«

Nach einer kleinen Pause meinte Lena: »War es auf Lesbos, wo du den Friedhof besucht hast?« Und ohne eine Antwort abzuwarten fügte sie hinzu: »Ich erinnere mich hoffentlich richtig: Hoch oben/ auf dem weißen Friedhof/ im Atem des Meeres.«

»Nein«, unterbrach sie Frau Papadopoulou, »nicht jetzt, du willst mich doch nicht mit Sappho vergleichen. Und es war nicht auf Lesbos, es war auf Samos in Pythagoreion. Dort habe ich den kleinen Friedhof entdeckt, so luftig, hoch oben gelegen, dem Himmel nah.«

Ihr Gesicht hatte einen verträumten Ausdruck angenommen. Lena beugte sich vor und streichelte ihren Arm. Die Berührung schien Frau Papadopoulou in die Gegenwart zurückzuholen. »Lasst uns nicht über Friedhöfe sprechen. Ich fürchte sie«, sagte sie.

»Wie traurig, jetzt über Friedhöfe zu sprechen«, stimmte Else bei.

Irgendwann herrschte allgemeine Aufbruchstimmung. Angelos und Else verabschiedeten sich von der Gastgeberin. Else sagte zu Olga, sie bewundere ihren wunderschönen Garten. Olga lächelte und küsste sie zum Abschied auf beide Wangen. Und dann küsste sie auch Angelos.

Auf der Heimfahrt blieb Angelos stumm. Auf Fragen, die Else stellte, antwortete er einsilbig. War es der Verkehr, auf den er sich konzentrieren musste, oder hatte ihm ihr Verhalten heute Abend bei Frau Drakaki nicht gefallen? Hatte sie denn etwas falsch gemacht? Es war ihm sicher nicht entgangen, wie fremd sie sich gefühlt hatte. Warum war er ihr nicht zu Hilfe gekommen, als sie für die Verbrechen der deutschen Armee zur Verantwortung gezogen wurde? Mit diesen Verletzungen musste sie fertig werden. Schämte er sich manchmal ihrer Herkunft? Sie sah es für selbstverständlich an, dass er auf ihrer Seite stand. Schließlich war sie erst nach dem schrecklichen Krieg geboren. Weshalb nahm sie diese Ankläger überhaupt ernst? Sie sah aus dem Fenster. Nach Mitternacht und trotzdem auf der vierspurigen Straße dieser starke Verkehr in beide Richtungen.

»Vergnügungssüchtig sind die Leute hier«, sagte sie.

Ihre Feststellung blieb unbeantwortet. Es kam einfach kein Gespräch zustande, wie Else es wünschen würde. Man könnte sich über die Begebenheiten auf Olgas Feier austauschen. Nicht, dass sie alle durchhecheln wollte, doch hier und da ein paar pikante Bemerkungen hätten die Stimmung aufheitern können. Mit einem Mal hatte sie Lust, ihm eine Szene zu machen. Aber gleich gab sie die Idee wieder auf. Es hatte keinen Zweck, er konnte nichts dafür, wenn sie sich ungeschickt anstellte. Nachträglich ärgerte es sie, dass sie sich hatte einschüchtern lassen. Mit ein paar schlagfertigen Bemerkungen könnte sie Angreifer dieser Art mundtot machen. Wenn sie nur besser vorbereitet gewesen wäre, sich besser auskennen würde. Sie müsste über den Zweiten Weltkrieg nachlesen. Einzelheiten. Immer auf der Hut sein. Nicht davonlaufen. Sie wünschte sich weit weg, aber wohin? Warum ging sie überhaupt immer wieder auf diese dummen Gesellschaften? Langsam wusste sie doch, es war langweilig und es würde sie deprimieren.

Einen erneuten Anlauf, ihn in ein Gespräch zu verwickeln, blockte er sofort ab. »Else, ich bin müde!« Angelos Stimme war hart und abweisend und auch seine Hand, die er vom Lenkrad hob, forderte ihr Stillschweigen. Er schüchterte sie noch immer ein. Unwillkürlich zog sie die Schultern hoch, als wollte sie eine Ohrfeige abwenden. Sie schwankte zwischen Empörung und Empfindlichkeit. Sie rückte zur Seite und lehnte den Kopf an das Fenster. Von plötzlicher Müdigkeit überfallen schloss sie die Augen.

»Wann hast du dich eigentlich eingelebt?«, hatte sie Elisabeth gefragt. »Ich meine, wann wusstest du, dass du dich eingelebt hattest?«

»Eingelebt«, sagte Elisabeth und zog an ihrer Zigarette, »ich weiß nicht, was man darunter versteht, aber natürlich habe ich mich eingelebt. Sehr bald, nachdem ich hier auf Zypern angekommen war, hatte ich das Gefühl, alle Leute zu kennen, so wie ich mich mit der Landschaft angefreundet hatte, alles war so hell und freundlich bei dem anhaltenden schönen Wetter. Und dann wieder fühlte ich mich entsetzlich fremd. Ich sah nur den Abstand zwischen mir und meiner Umwelt. Wir haben hier keine Vergangenheit. Nun ja, weißt du, dieser Stimmungswechsel kommt und geht auch heute noch nach zwanzig Jahren. Übrigens laufe ich auf die Straße, sobald es regnet«, sagte sie und lachte auf. »Nichts ist perfekt«, fügte sie noch hinzu.

Else fiel auf, dass Elisabeth manchmal Phrasen aus der englischen Sprache zu einfach übersetzte. Elisabeth hatte sie gleich im ersten Jahr auf Zypern kennengelernt. Es war auf einer großen Party im Hilton gewesen, man wandelte um den Swimmingpool, hielt ein Glas in der Hand, steuerte die verschiedenen Grüppchen an und lächelte viel.

»Ich heiße Elisabeth«, hatte sie einfach gesagt, »und ich weiß auch, wer Sie sind, die Frau von Angelos.«

Groß und schlank in dem engen schwarzen Kleid, das den ganzen Rücken frei ließ. Besonders auffallend aber waren die roten Haare, die in wilden Locken um ihr Gesicht standen. Rote Haare, die hatte sich Else immer gewünscht. Sie konnte sich nicht erinnern, worüber sie an diesem Abend miteinander geredet hatten. Es gab dann gleich das große Feuerwerk. Aber Elisabeth hatte sie tief beeindruckt. Und es war kein Zufall, dass sie damals dem Seelenfreund davon erzählen musste. Vom Komplimentestreuen bin ich ganz erschöpft. Ich komme von dieser Angewohnheit nicht los. Wünsche mir, bei allen Menschen beliebt zu sein.

Elisabeth sah sie höchst selten. Wenn Elisabeth nur nicht die unselige Leidenschaft für das Kartenspiel hätte. Else konnte das nicht verstehen, wie die Frauen schon am Vormittag zusammen Karten spielten. Sie war ein paar Mal dort gewesen, dann nicht wieder. Unmöglich. Die schwarze Dogge Pluto, die an jedem Besucher hochsprang, und Elisabeth, die, anstatt den Hund zurückzurufen, nur sagte: »Sieh, er mag dich, Pluto begrüßt dich.«

Else hielt die Hände schützend vor dass Gesicht, um nicht von dem freundlichen Tier, dessen Pfoten auf ihrer Brust lagen, abgeschleckt zu werden. Die Kratzspuren waren aus der Seidenbluse nicht herausgegangen.

Ein Blick auf die Uhr sagte ihr, dass es sechzehn Uhr war, so wie sie es schon vermutet hatte. Jeden Tag unterbrach Else um diese Zeit ihren Mittagsschlaf, mühte sich aus der Schläfrigkeit heraus und bereitete sich

Kaffee. Gewöhnlich setzte sie sich dann wieder ins Bett, war es doch viel zu früh, um irgendetwas zu unternehmen. In die Kissen zurückgelehnt griff sie nach einem Buch, der Nachmittagslektüre. Das wahllose Lesen erfüllte nur den Zweck der Zeitüberbrückung. Ich lese kreuz und quer durch die Gärten der Literatur. Else freute sich über den Einfall, Literatur und Gärten zu verbinden. Viele Gärten sind unvergesslich. Effi Briest, das fröhlich schaukelnde Mädchen im Garten. Sie steckte ein mit dickem Milchschaum bedecktes Keksstück in den Mund. Ihre Periode hatte sich verspätet. Schwindel, Zahnfleischbluten, Müdigkeit und Melancholie die einzigen Anzeichen. Seufzend griff sie wieder nach einer Zeitschrift, blätterte darin, überflog einige Überschriften und begann schließlich eine kurze Erzählung mit dem Titel: »Das ältere Paar« zu lesen:

Vor nicht gar zu langer Zeit, da stand ich um die Mittagszeit in meinem Schlafzimmer am Fenster und sah auf das Meer hinaus. Von meinem Fenster habe ich die schönste Aussicht, und nicht nur auf das Meer. Von dort übersehe ich den größten Teil des Strandes meiner kleinen Bucht. Von allen meinen Freunden werde ich um dieses Haus und den freien Blick auf das Meer beneidet. Ich hatte früh gegessen und wollte eben die Fensterläden gegen das grelle Licht schließen, um ein wenig auszuruhen, als ich einen Mann und eine Frau auf dem schmalen, von Buschwerk überwucherten Weg in Richtung Strand gehen sah.

Die Badesaison war längst vorüber. Leer lag der erholungsbedürftige Sandstrand, er hatte sich selbst wieder. In dem von den Wellen gespülten Terrain waren keine Fußspuren mehr zu sehen. Als der Mann und die Frau die kleine Bucht erreichten, die, von Felsen eingeschlossen, recht windstill in der Mittagssonne lag, mochten sie sich etwas einsam vorgekommen sein. Handtücher unter den Armen verrieten ihre Absicht. Sie wollten schwimmen. Ich konnte mich nicht erinnern, dass ich die beiden schon einmal gesehen hatte. Eigentlich sind mir alle mehr oder weniger bekannt, die hier zum Schwimmen herfinden. Meine kleine Bucht ist recht abseits gelegen. Der Mann und die Frau nahmen auf einem flachen Felsen Platz, wo sie eng nebeneinander sitzend schweigend auf das Meer hinaussahen. Währenddessen überlegte ich, wer von beiden zuerst schwimmen gehen würde. Nach einiger Zeit lief nur die Frau in Badekleidung ins flache Wasser. Der Mann blieb auf dem Felsen sitzen. Insgeheim schalt ich ihn einen Feigling. Ich gehe bei jedem Wetter, selbst im Winter, schwimmen. Das Zuwinken der Frau aus dem Meer erwiderte er mit Handküssen. Die Frau hielt sich kaum länger als fünf Minuten im Wasser auf. Vielleicht war es ihr zu kalt. Glatt und ruhig in der Sonne liegend, war ihr das Meer wohl viel wärmer erschienen. Der gute Mann hielt ihr ein Handtuch auf, in das sie floh. Er rieb die geduldig Stehende von allen Seiten liebevoll ab. Eine vertraute Zärtlichkeit, wie man sie bei älteren Paaren beobachten kann. Da fiel ihm die Frau um den Hals und küsste ihn. Doch die Idylle endete noch nicht hier. Ich wollte nun endlich das Fenster schließen, aber das Tuckern eines Bootes ließ mich noch einmal aufblicken. Ein kleines Fischerboot, das sich die ganze Zeit über etwas weiter draußen aufgehalten hatte, steuerte auf die Frau und den Mann zu. Die beiden Fischer, die ein Netz eingeholt hatten, nahmen Kurs auf die Küste. Einer der Fischer rief dem Paar etwas zu. Und bald war zu erkennen, dass der Fischer den Mann gebeten hatte, ihm den weißen Ball zuzuwerfen, der sich von der Leine gerissen hatte und in Ufernähe schwamm. Das Einholen des Balles war kein einfaches Unternehmen, denn der Mann war angezogen und die Frau trug auch wieder Schuhe. Doch in einem günstigen Augenblick, in dem sich die Welle zurückzog, sprang der Mann ins Wasser, um den Ball zu erwischen. Er verpasste den Moment. Die Welle kam. Das Malheur geschah. Es konnte natürlich nicht ausbleiben, dass er bei seinen Sprüngen pudelnass wurde. Vom Boot aus warfen ihm die Fischer eine Leine zu. Er sollte den Ball daran befestigen, damit sie ihn dann wieder an Bord ziehen könnten. Auch dieser Versuch gelang nicht beim ersten Mal, aber der Mann blieb bei guter Laune und winkte, nachdem der Ball endlich am Seil befestigt war, den Fischern triumphierend zu. Seine Ausdauer wurde honoriert. Die Fischer, die nun ihre Boje an Bord hatten und wieder Kurs auf das offene Meer nahmen, warfen dem Mann zum Dank einen Tintenfisch zu. »Für den Ouzo!«, riefen sie. Der Mann trug den Tintenfisch mit spitzen Fingern und hielt ihn der Frau hin. Beide schienen mir ziemlich ratlos zu sein. Das Geschenk war eine Sorge.

Else legte die Zeitschrift zur Seite. Licht funkelte durch die Markisen. Diese langen Nachmittage im Sommer. Das Nachlassen der Hitze erst gegen sechs Uhr.

    Sie stand auf und ging auf die Terrasse, ging bis ans Gitter, um auf die Straße zu sehen. Aber dort war niemand zu sehen. Nur geparkte Autos. Der Blick auf das Meer. Helligkeit, jetzt unter einem leichten Schleier. Schräg gegenüber sah sie den Pekinesen auf dem Balkon an einem Besen zerren. Er musste sie bemerkt haben, er blinzelte ihr zu. Sie wollte winken. Ob er darauf reagieren würde? Aber der Pekinese senkte den Kopf, schnaufte gegen den Besen und lief durch die offene Balkontür in die Wohnung hinein. Else pflückte ein paar Jasminblüten und ging in das Zimmer zurück.

Sie sah Angelos an einem Tisch sitzen. Er hatte ihr den Rücken zugekehrt, er schrieb. Sie stellte sich hinter ihn und legte ihre Hände auf seine Schultern. Als er nicht reagierte, beugte sie sich weiter über ihn, drückte ihr Gesicht in seine Haare. Angelos langweilte sich niemals. Er nutzte jeden Augenblick. Unsere Zeit ist zu kostbar, um sie zu verschwenden, sagte er immer wieder. Eine Mahnung an sie, die nur auf Zeitvertreib bedacht war? Else begann ihm den Nacken zu massieren. Du bist verklemmt, dachte sie. Endlich drehte er sich zu ihr.

»Lass uns nach London fliegen«, sagte Else. »Nur für ein Wochenende. Wir könnten wieder in dem kleinen Hotel in Kensington absteigen. Wetherby Gardens. Erinnerst du dich an die chinesische Buchhandlung, in der wir kein einziges Buch kaufen konnten? Am Theatre Royal Haymarket Tennessee Williams »Sweet Bird of Youth«, erinnerst du dich? Unsere Plätze auf der Hühnerleiter. Dann lass uns durch das Herbstlaub im St. James's Park laufen. Der Himmel verhangen. Wir könnten auch die London Library im British Museum besuchen.«

Angelos stand von seinem Stuhl auf, fasste Else an beiden Armen, sodass sie einander sehr dicht gegenüberstanden. Er sah sie an, schüttelte den Kopf. »Du bist unmöglich, geradezu hysterisch«, sagte er, ließ sie stehen und verschwand in Richtung Küche.

»Spielverderber«, murmelte Else.

Das Telefon klingelte. Angelos meldete sich. Er sprach leise. Else wusste nicht, mit wem. Die Veränderung in seiner Stimme ließ sie bald aufhorchen. Sie hatte den Eindruck, dass seine Stimme die angenehmsten, melodischsten Verbeugungen vollführte. Sie konnte das nicht mit anhören. Auf diese Art hatte sie Angelos niemals reden hören. Sie konnte sich nicht vorstellen, mit wem er da sprach. Nur für eine Frau würde sich ein Mann derart verrenken. Mit Männern würde er anders reden. Das gurgelnde Lachen, mal hoch, mal tief. Dieses sehr private Gespräch war nicht für ihre Ohren bestimmt.

»Anstatt des Entweder-oders besser ein Sowohl-als-auch«, hörte sie Angelos sagen.

Sie schüttelte den Kopf und ging ins Bad.

Während Else unter der Dusche stand, kreisten ihre Gedanken um »Medea«. Es war gar nicht lange her, dass sie mit Lotte zusammen die Aufführung im antiken Theater von Curium gesehen hatte. Ihr letzter gemeinsamer Theaterbesuch. Dass es ausgerechnet »Medea« sein musste. Eine gute Aufführung – oder war es der Mythos, der sie fasziniert hatte? Das Pathos der Rache. Rache, nur eine archaische Reaktion auf Enttäuschung? Medea, die ihrem Geliebten in ein fremdes Land folgt. Auch sie eine Fremde. Schon bei Euripides heißt es: Der Fremdling muss sich fügen in des Landes Art. Die Gesetze sind eindeutig. Nicht viel anders als bei Medea war es auch heutzutage noch. So galt Elses Aufenthaltserlaubnis nur so lange, wie ihre Ehe Gültigkeit hatte. War das nun Androkratie oder eine Maßnahme gegen unerwünschte Einwanderer? Als Jason sie für Kreons Tochter verlässt, wird Medea des Landes verwiesen. Was verspürte sie? Enttäuschung? Nein, schon eher Rachsucht. Medeas Raserei über Jasons Untreue. Ob Angelos ihrer überdrüssig war? Mit wem hatte er am Telefon gesprochen? Natürlich mit einer Frau. Wenn sie sich nur oft genug vor Augen halten könnte, dass ihr Schicksal kein einmaliges war, dass alles, was geschah, irgendwie eine Wiederholung war. Sie duschte und ließ das kalte Wasser lange über ihren heißen Körper laufen. Ein Bild von Lotte entstand. Die Freundin stand neben ihr unter der Dusche. Sie glaubte, ihren prüfenden Blick zu fühlen. Sieh mich nicht so kritisch an. Entsetzt schüttelte sie sich. Laut sagte sie: »Das geht zu weit, rede ich schon mit dir? Das kann nicht wahr sein. Schau, wie ich aussehe, wenigstens das Altern wird dir erspart bleiben. Du hast das Nichtsein vorgezogen. Du hattest alles genau geplant. Wie konntest du nur. Was soll aus deinem Kind werden.«

Unwillkürlich schüttelte sie den Kopf. Ich glaube es einfach nicht. Es kann nicht wahr sein. Lotte mit ihrer Neigung, den Unbilden des Lebens gut gelaunt entgegenzutreten. Und falls Lotte eine masochistische Ader gehabt hat, so hat sie sicher nicht wirklich sterben wollen, sie hat ihr Kind geliebt und hätte es bestimmt gern aufwachsen sehen.

Je mehr Else darüber nachdachte, desto weniger konnte sie begreifen, was Lotte zu dieser Verzweiflungstat geführt hatte. Das Tagebuch. Darin sollte man nach einer Rechtfertigung für ihre Tat suchen. Viele Stellen in Lottes Tagebuch ließen sich als Hilferufe deuten. Es war nicht richtig, dass Else bisher nur einen kurzen Blick in Lottes Aufzeichnungen geworfen hatte. Sie hatte ein ungutes Gefühl, wenn sie darin las. Das Gefühl, etwas Verbotenes zu tun. So kam es, dass sie das Heft oft in die Hand nahm, es aber häufig gleich wieder zurücklegte, die Lektüre auf später verschob.

Und jetzt noch eincremen. Die Haare an den Beinen mussten bis morgen warten. Vielleicht könnte sie in Athen eine neue Gesichtscreme finden. Die Sonne trocknete die Haut sehr aus. Sie betrachtete die senkrechte Falte zwischen den Augenbrauen. Sie ließ sich nicht wegwischen. In dem Augenblick konnte sie hören, wie Angelos die Wohnung verließ. War es schon so spät? Sie vertrödelte ihre Zeit.

Else schnitt für Johanna ein Stück Wassermelone in kleine mundgerechte Würfel, legte alles, auch ein Stück Käse, auf einen kleinen Teller und ging damit hinaus auf die Terrasse, wo Johanna mit Lego-Bausteinen beschäftigt war. Der Kinderarzt hatte Zwischenmahlzeiten empfohlen. Während sie Johanna beim Essen zusah, überlegte Else, ob sie mit ihr zum Spielplatz gehen sollte. Sie hätte Johanna die Wassermelone nicht klein schneiden sollen. Sie hielt Johanna kleiner, als sie war, oder sie tat gerade das Gegenteil und verführte das Kind zu Tätigkeiten, denen es nicht gewachsen war. Manchmal fühlte sie sich hilflos. Was war richtig, was war falsch? Und konnte sie einem Kinderarzt einfach vertrauen? Natürlich wollte sie nicht die Erziehungsfehler wiederholen, die ihre Mutter gemacht hatte. Unbeirrbar den kindlichen Willen brechen. Einschüchterungsmanöver. Während sie hier Johannas Essen überwachte, vergnügte sich Angelos auf einem Kongress. Expertentreffen. Ein wahres Eldorado. Psychoanalytiker unter sich. Er konnte sich gar nicht lange genug dort aufhalten. Sie entschloss sich, ans Meer zu gehen, der Spielplatz würde zu heiß sein. Laut pfiff sie die Melodie aus dem Menuett von Boccherini mit, das das dritte Programm brachte. Die Gefühlsduselei tat ihr gut.

Else und Johanna kletterten auf der Suche nach Krabben in den Felsen herum, wo diese in kleinen Löchern, nicht allzu weit vom Meer entfernt, hausten. Als Köder legten sie ein Stück Pfirsich aus. Und sie brauchten nicht lange zu warten, bis sich die erste Krabbe herauswagte. Doch kaum, dass die Krabbe einen Happen verschlungen hatte, da wurde sie von einer größeren Krabbe unsanft zurückgestoßen, die dann mit dem Pfirsichrest in ihrer Behausung verschwand. Else und Johanna wiederholten das Spiel, bis der letzte Pfirsichrest aufgebraucht war und sich Johanna unwillig von den Krabben verabschiedet hatte. Dann sagte sie: »Schau mal, Else« und zeigte auf einen Mann, der auf dem Felsen saß und vor sich eine Anzahl Seeigel aufgehäuft hatte. Else erfasste die Situation sofort, konnte das Kind, dem der Mann schon aufgefallen war, aber nicht mehr ablenken. Dafür war es jetzt zu spät. Gebannt sah Johanna zu, wie der Mann einen Seeigel mit dem Taschenmesser öffnete, den Seeigel ausschabte und den Inhalt schlürfte. Das Gehäuse warf er auf die Seite.
»Aber er isst nicht die Krabben auf, nicht wahr?«, fragte Johanna.

In der Ferne der violette Schatten des Hymettos. Anscheinend ohne Zeit. Die Vergangenheit ist ein Aspekt von Gegenwart, sinnierte Else, während sich die untergehende Sonne auf dem Bergrücken vor ihr vielfarbig verabschiedete. Plötzlich war dieser Wendepunkt in ihrem Leben eingetreten, etwas war zerrissen. Sie blieb zurück. Sie hatte einen Teil aus ihrem Leben verloren. Kein Gedanke wollte mehr gelingen ohne die Erinnerung an die vergangene gemeinsame Zeit. Alles war nun abgeschlossen, unwiderruflich vorbei. Lotte, wie lange ist es her? Tage, Wochen, Monate. Dieses Land ist ohne dich kaum zu ertragen. Komisch, dass sie von ihr kein Foto besaß. Liebe Lotte, warum hätten wir uns auch in unserer Alltäglichkeit fotografieren sollen? Wie plötzlich du aus unserer Geschichte gerissen wurdest. Die meisten Menschen haben in dir eine Frohnatur gesehen. Wie du sie getäuscht hast! Unsere Zahnärztin hat nach dir gefragt. Else erinnerte sich jetzt genau an die Szene, an das beklemmende Gefühl. Die Zahnarztpraxis war in einem Hochhaus, gleich an der Stadtmauer, sehr schön gelegen. Aus dem oberen Stockwerk sah man über die ganze Altstadt hinweg. Die ockerfarbenen Häuser scheinen bis an die hohe Bergkette, welche die Stadt vom Meer trennt, zu reichen. Im Behandlungsstuhl sitzend betrachtete Else den blauen Himmel, der weit über die Stadt hinaus über das Pentadaktylosgebirge zog, keine Grenze kannte. Durch die großen Fenster verfolgte sie die Sturzflüge der Mauersegler an den Türmen der alten gotischen Kathedrale der Agia Sophia, die im 13. Jahrhundert von den Lusignans erbaut worden war. Hier und in der gotischen Kathedrale St. Nicolas in Famagusta waren die Lusignans zu Königen von Zypern und Jerusalem gekrönt worden. Auch Kathedralen werden erobert. Aus den zwei Kirchtürmen wurden Minarette und eine rote Fahne wurde gehisst. Weit sichtbar weht die Fahne mit der Mondsichel zwischen den beiden Minaretten. Das Territorium abgesteckt. Sandsäcke, Schießscharten, eine geteilte Stadt.

Else schreckte auf, als die Zahnärztin nach Lotte fragte. Dabei war es nur eine freundliche Nachfrage, die keiner Antwort bedurfte. Merkwürdig, sie wusste gar nichts – und Else hatte es dabei gelassen. Sie wollte Lottes Tod nicht diskutieren. Und die Zahnärztin, wie immer um eine fröhliche Grundstimmung bemüht, hatte gejubelt: »Jetzt mache ich eine schöne Füllung.« Was für ein Vergnügen!

Seit Lotte fort war, hatte sich in ihrem Leben nichts ereignet. In Gedanken hielt sie noch immer Zwiesprache mit ihr, klagte an: Wie ein gutgläubiger Fahrgast erscheine ich jeden Tag um dieselbe Zeit an der Haltestelle, nur um erneut festzustellen, dass hier kein Verkehrsmittel mehr hält. Ich warte noch immer auf ein Ereignis, das mich mitnimmt. Die Fremde wirft ihre Schatten und löscht mich aus. Ihre Sätze, aber sie könnten von Lotte stammen. Und Heimat, was ist das? Mit dem Rücken in Fahrtrichtung, so erschien es ihr, entfernte sie sich von einem Zentrum, das Heimat hieß und gleichzeitig Kindheit und Jugend war. Als fließe das Land aus mir heraus, bis ich es aus dem Blick verliere.

Lotte war in Norddeutschland zu Hause gewesen. Sie kam aus der kleinen Stadt Uelzen. Manchmal hatte sie Else von ihrem Heimatort vorgeschwärmt. »Das mag dir komisch vorkommen, aber für mich ist Uelzen einfach wunderschön. Nicht selten bin ich gleich nach der Schule mit dem Fahrrad in die Heide hinausgefahren. Einfach in die Landschaft hinaus. Meistens war ich allein. Ich kannte mich aus. Ich wusste, wo es Blaubeeren gab oder die meisten Pfifferlinge. Als ich einmal eine große Radtour mit Freunden nach Holland machen wollte und meine Eltern mir dafür kein Geld gaben, da kam ich auf eine ausgefallene Idee, wie ich das Geld beschaffen könnte. Ich begann das Heidekraut in kleine Sträußchen zu binden. Und danach habe ich mich mit den kleinen Heidesträußchen an die Straße gestellt, um sie an die Vorüberfahrenden zu verkaufen. Tatsächlich habe ich auf diese Weise einiges Geld gesammelt. Meinen Eltern habe ich davon nicht erzählt. Ich war nie sicher, ob ich nicht etwas Verbotenes getan hatte.«

Die Abtrennung, Abnabelung, welch blutige Seelentat. Abschied – abscheiden, abspalten, abherzen. Brücken, Flüsse, Siedlungen, Landschaft, alles fährt, eilt vorbei oder eile ich – wie kann ich eilen, wenn es schmerzt?

Was sollte sie mit Lottes Tagebüchern machen? Sollte sie die Tagebücher oder besser diese Aufzeichnungen vernichten oder doch aufbewahren, aber wofür?

Ich trage sie mit mir herum, Lotte, in der Hoffnung auf einen glücklichen Einfall, was damit zu tun ist. Denn deine Aufzeichnungen betreffen mich ebenfalls.

Weshalb denn fühlte sie sich beim Lesen und Wiederlesen der Aufzeichnungen betroffen? Ihre Beschäftigung damit war keineswegs selbstlos. Wenn es Ähnlichkeiten gab, so handelte es sich eigentlich um ein vages Gefühl, oder nicht? War es eine Katharsis? Unseren Sympathien haftet sehr viel Neugierde an. Und was für Ähnlichkeiten? Sie war kein Opfer. Mit Lotte war es anders. Lotte war ein Opfer gewesen. Sie selbst hatte sich als Opferlamm bezeichnet, sie sei prädestiniert für eine Opferrolle, hatte sie mehrmals gesagt, sie sei zum Opfer erzogen worden. Lottes Tod hatte Else verstört. Bilder, die plötzlich aufstiegen. Und mit der Erinnerung überfiel sie die Gewissheit, dass nichts mehr dazukommen würde, dass der Tod den unwiderruflichen Schlussstrich gezogen hatte, dass ihr nichts weiter geblieben war als die Erinnerung an die Freundin, eine vollendete Vergangenheit.

Lotte bleibt, solange mein Gedächtnis mich nicht verlässt. Ich kann mich, ich will mich nicht richtig damit auseinandersetzen, vielleicht später. Wie kann eine Person aufhören zu existieren?

Vor allem sollte sie mehr auf ihr Äußeres achten. Else folgte ziellos einem Strom junger Passanten die Einkaufstraße entlang. In kleinen Gruppen oder paarweise schlenderten sie an den Auslagen vorbei. Alle hatten sich herausgeputzt. Sie unterhielten sich, lachten und waren offensichtlich in bester Stimmung. Inmitten dieser bunten Schar fand Else sich recht unattraktiv. Vernachlässigte sie ihr Aussehen, machte sie es sich mit der praktischen Kleidung zu einfach? Schwangerschaftskittel, würde ihre Mutter abfällig sagen. An Kinderkriegen war im Augenblick nicht zu denken. Den ganzen Sommer schon lief sie in Turnschuhen oder alten Sandalen und dieser betont lässigen Kleidung herum. Sie blieb vor dem Schaufenster eines Schuhgeschäfts stehen. Für wen soll ich mich in diese spitzen Schuhe quälen? Für David vielleicht? Und sie meinte plötzlich, einen Zusammenhang zwischen ihrer Kleidung und ihrer Beziehung zu Angelos zu erkennen. Er vernachlässigte sie, hatte keine Zeit. Trotzdem, sie machte es sich allzu bequem. Immer öfter sah sie aus, als wäre sie auf dem Weg zu einem Kinderspielplatz oder zum Großeinkauf in eine von den neuen Supermarktketten. Sollte sie sich hineinstürzen in das bunte Warenangebot? Ein vergleichsweise harmloser Versuch, die innere Leere auszufüllen, ist der Weg des »consumo, ergo sum«, also die Kauf-, Fress- und Vergnügungssucht.

Angelos sprach von oraler Frustration. Sie betrachtete ihr Spiegelbild in einem Schaufenster. Die Friseurin hatte ihr die Haare zu kurz geschnitten. Dabei hatte sie gebeten: Nicht zu kurz bitte! Und nun waren Stoppelhaare das Ergebnis. Sie war das Opfer einer Friseurin geworden. Da war Sadismus mit im Spiel gewesen, eine regelrechte Zerstörung hatte stattgefunden. Schrecklich, wie sie heute Abend wieder aussah. Fortwährend diese Beschäftigung mit dem Aussehen. Wie kann ich möglichst vorteilhaft erscheinen. Es ist eine Last. Als kleines Mädchen dazu erzogen. Natürlich handelte es sich immer um Erpressung, wenn sie vor Angelos über ihr schreckliches Aussehen klagte. Immer würde seine Antwort lauten: Du siehst geradezu faszinierend aus, komm lass dich küssen.

Vor ihr gingen jetzt zwei Frauen. Sie gingen untergehakt. Blieben an der Ampel kurz stehen und überquerten dann die Straße, ohne das rote Licht weiter zu beachten. Else ging schnell hinterher. Es gefiel ihr, wie unbekümmert man hier bei Rot die Straße überquerte. Beide Frauen vor ihr trugen sehr kurze Röcke und Sandalen mit hohen Absätzen. Die Beine kurz und dick. Unschöne Beine, fand sie. Machten sie sich nichts daraus? Auffallend viele junge Frauen trugen trotz unschöner, dicker Beine modebewusst viel zu kurze Röcke. Das erzeugte mehr Sex-Appeal als in der langen Hose. Die beiden Frauen hatten ihr langes Haar zu einem Pferdeschwanz zusammengebunden. Else hätte das auch gerne gemacht. Die Erkenntnis, dass für sie kurzes Haar nachteilig war, kam nun zu spät. Für eine Frau war ein Kurzhaarschnitt ein Missgriff.

Unschlüssig, in welche Richtung sie gehen sollte, blieb sie an einer Kreuzung stehen. Dann, im Begriff die Straße zu überqueren, bemerkte sie die seltsame Frau erst, als diese mit einer Tasche nach ihr schlug. Unter dem Schlag wich Else einen Schritt zurück und blickte auf. Eine ganz in Schwarz gekleidete Frau in einem Zustand äußerster Erregtheit gestikulierte und fluchte und schimpfte: »Weg da, verschwinde, hau ab!« Es schien, als verteidige sie sich gegen eine Gefahr, einen Angriff, der anscheinend von näherkommenden Passanten ausging, obwohl sich ihr niemand in den Weg stellte. Unter dem schwarzen breitkrempigen Strohhut sah man in die großen spiegelnden Sonnenbrillengläser und in den wutverzerrten Mund mit langen gelben Zähnen. Es war das Gesicht einer Furie, die sich vor Else aufstellte und sie am Weitergehen hindern wollte. Sie schrie immer lauter. »Kommt nur her, alle meine Verfolger, kommt nur!« Ihre Stimme überschlug sich. »Ich will euch zerstören, niedermachen, Schmeißfliegen, Aasgeier …«

Nicht alle der vulgären Ausdrücke waren Else geläufig. Die Frau stampfte mit den Füßen, schrie und schlug mit der Tasche wie toll um sich nach allen Richtungen. Else wich aus, weiter zurück vor der Tobenden, von Wahn Ergriffenen. Entsetzt machte sie einen großen Bogen um die Angreiferin und lief über die Straße. Andere Passanten blieben stehen. Sie eilte davon und erst das rote Licht einer Ampel hielt sie in ihrem Laufschritt auf. Weithin verfolgten sie die Schreie der Besessenen. Else zitterte. Sie wagte es nicht zurückzuschauen. Sie eilte ein ganzes Stück weiter in die einmal eingeschlagene Richtung, bis sie sich nach einem ihr vertrauten Ort umsah. Doch es war alles fremd. Sie kehrte um und ging den gleichen Weg zurück. Die Wahnsinnige war nicht mehr zu sehen. Auf den Straßen waren viele Leute unterwegs. Der normale Betrieb in einer großen Stadt. Hatte jemand einen Krankenwagen gerufen? Oder musste man in so einem Fall die Polizei benachrichtigen? Irgendwer würde sich gekümmert haben. Ihre Aufgabe war es jedenfalls nicht.

Als sie an einer kleinen Kirche vorbeikam, ging sie ohne weiteres Nachdenken hinein. Ein starker Weihrauchgeruch schlug ihr entgegen. Plötzlich die Ruhe. Sie sah sich in dem kleinen, spärlich beleuchteten Raum um. Sie war allein, die Einzige hier. Sie betrachtete einzelne Ikonen. Vergebens bemühte sie sich um kontemplative Empfindungen. Ihre Gedanken wanderten ab. Sie zündete eine Kerze an und verließ die kleine Kirche. Lief in das grelle Licht und den Lärm hinaus.

Die Freude an dem Einkaufsbummel war ihr vergangen. Vor lauter Aufregung war sie gar nicht dazu gekommen, in eines der großen Geschäfte zu gehen. Warum war sie vor der Frau davongelaufen? Vor einer kranken Frau davonzulaufen, das war absurd. Warum war sie nicht einfach an der Frau vorbeigegangen, so wie andere Passanten? Und nun hatte sie Zeit verloren. Nicht einmal einen Kaffee hatte sie getrunken. Amerikanische Kaffeehausketten. Hauptsächlich jugendliche Besucher. Viele junge Männer kahlgeschoren. Was für eine verrückte Mode. Da hätte sie sich nicht dazusetzen können. Eigentlich wollte sie nur noch so schnell wie möglich zurück auf ihre Terrasse. Sie beschleunigte ihre Schritte, achtete nicht mehr auf ihre Umgebung. Sie sah auf ihre Uhr, tatsächlich, sie hatte sich verspätet. Wenn sie Johanna rechtzeitig von ihrer Freundin abholen wollte, dann musste sie sich jetzt beeilen.

Auf dem Rückweg, nicht weit vom Haus von Tante Kiki entfernt, lief ihr ein Hund hinterher. Sie sah den Hund, wenn sie den Kopf etwas nach links drehte. Aber plötzlich lief er ihr vor die Füße. Beinahe wäre sie über das Tier gestolpert, das den Weg versperrte. Sie blieb stehen. Der Hund war mittelgroß, schwarz mit einem weißen Fleck im Gesicht und auf dem Rücken. Er wedelte mit seinem buschigen Schwanz und sah sie dabei seltsam schelmisch an. Niemals zuvor war sie einem Hund mit derartiger Ausdruckskraft im Blick begegnet. Heute jedenfalls hatte sie bestimmt kein Mensch mit so viel Aufmerksamkeit angesehen. Nur die Verwirrte. Vielleicht. Aber auf die Begegnung hätte sie gern verzichtet. Sie wandte sich ab. Der Hund lief neben ihr her. Sie ging schneller, bog um die Ecke. Er blieb zurück.

Die Straße, gesäumt von mächtigen Eukalyptusbäumen, leicht ansteigend. Sie hätte gern mit jemandem gesprochen. Lotte hätte etwas Tröstliches gesagt. Und immer kamen ihr ihre Versäumnisse als Erstes in den Sinn, wenn sie an Lotte dachte. Sie hatte gar nichts verstanden. Wie hatte Lotte weggehen können? In dem entscheidenden Augenblick musste sie das Kind vergessen haben. Sie hatte alles ausgelöscht. Ein Hilferuf. Ihre Gedanken waren allen verborgen geblieben. Was hätte sie tun können? Immer die gleiche Frage.

Else fühlte sich müde und verschwitzt. Sie hatte sich den Nachmittag anders vorgestellt. Die Kranke hatte ihr den Tag verdorben. Wie schnell es dunkel geworden war. Die Sonnenbrille eher überflüssig. Aber sie war nicht die Einzige mit Sonnenbrille. Im Näherkommen beobachtete Else, wie Tante Kiki mit einem Kissen im Arm die paar Schritte ans Geländer der Veranda ging und wie sie dort, fast schon zärtlich, Staub aus dem Kissen klopfte. Else rief etwas. Tante Kiki hörte sie nicht. Im Hauseingang, sie hatte den Schlüssel noch nicht aus dem Schloss gezogen, fiel sie beinahe über die Frau aus dem dritten Stock. Beide versuchten sie einander auszuweichen, jede wollte der anderen den Vortritt lassen. Lachend lösten sie sich aus der Verwirrung.

Else wachte auf und wusste sofort, sie hatte von der griechischen Sprache geträumt. Ein merkwürdiger Traum, denn die griechische Sprache war ihr wie eine große Skulptur erschienen. Eine Skulptur, die ganz mit einem weißen Tuch verhangen war und in der Mitte eines dunklen Raumes stand. Der Raum, das meinte sie bald zu erkennen, befand sich im British Museum. Gleich linker Hand. Dort hatte sie ein spätes griechisches Relief gesehen, auf dem Homer von der Ökumene bekränzt wird. Mit Angelos war sie dort gewesen und er hatte sie auf das Relief aufmerksam gemacht. In ihrem Traum aber handelte es sich um eine Skulptur, die sie nicht sehen konnte. Die verhängte Sprache, denn sie vermochte ihr keine Gestalt zu verleihen. Und obwohl verhängt, wusste sie von der Größe und Schönheit, die da verborgen blieb. Sie tat sich schwer mit der griechischen Sprache und irgendwie war ihr der Ehrgeiz abhanden gekommen, sie tat nur wenig, um ihre Lage zu verbessern. Hieß es nicht: »Eine Sprache versteht man, indem man in ihr lebt?« In der fremden Sprache denken. Sich die Fremde aneignen. Wenn sie wissbegierig wäre, ja, dann hätte sie sich diese fremde Sprache schnell zu eigen gemacht. Die Sprache in ihrer triumphalen Größe und doch unbrauchbar für den Dialog, weil sie verhängt blieb. Konnte man von einer Sprache, die sich als Skulptur darstellte, nicht auch erschlagen werden?

Die Nacht summte, es war zu heiß. Es wollte sich kein ruhiger Schlaf einstellen. Der Wind trug vom Meer den Geruch von Algen, Fisch und Muscheln heran. Dann wieder rauschte es in den Bäumen – oder waren es die Wellen? Sie konnte nicht zur Ruhe kommen, horchte auf jedes Geräusch, den Schrei eines Käuzchens, das Öffnen und Schließen eines Gartentors, das Einfahren eines Autos. Sie stand auf, um nach dem Kind zu sehen. Sie deckte Johanna mit dem Bettuch zu. Ein eigenartiger Traum. Und gleichzeitig das Gefühl, dass es sich um etwas Schönes handelte. Ohne Sprache ist keine Welt, meine Liebe, würde Angelos am nächsten Morgen sagen. Und Else würde antworten: Am Anfang war das Wort. Oder besser noch an Wittgenstein erinnern. »Die Grenzen meiner Sprache bedeuten die Grenzen meiner Welt.« Sie hätte sich einen Lehrer nehmen sollen. Der Konversationskurs brachte nichts. Aber wenn sie nicht gegangen wäre, dann wäre sie David vielleicht nie begegnet.

Phrasen der griechischen Sprache fließen aus mir heraus – eigentlich ohne mein Dazutun, überlegte Else. Ich beherrsche die Sprache nicht wirklich. Das Verständlichmachen ist dem Zufall unterworfen oder wie David sagen würde: Auch ein blindes Huhn findet manchmal ein Korn. Wenn ein Wort aus dem beschränkten Wortschatz zum richtigen Einsatz kommt.

Verstört lag Else im Dunkeln und versuchte herauszufinden, was es war, das zwischen sie und einen gesunden Schlaf gekommen war.

Olga Drakaki hatte ihnen gestern am späten Nachmittag einen Besuch abgestattet. Unangemeldet – oder hatte sie Angelos ihren Besuch angekündigt? Else war etwas in Verlegenheit geraten, weil sie auf Besuche gar nicht vorbereitet war. Schließlich war sie selber zu Besuch. Da sagte Olga schon lächelnd, als hätte sie Elses Unsicherheit bemerkt: »Bitte erschreckt nicht, ich weiß, ich bin eine Überraschung.« Olga verfügte über ein bezauberndes Lächeln, wozu die Stellung der leicht vorstehenden Zähne, über die sich die Oberlippe mühsam legte, beitrug. Und sie machte reichlich Gebrauch von dieser charmanten Eigenart. Lächelnd hatte sie Johannas Zutrauen sofort gewonnen. Sie hatte ihr ein Malbuch und Buntstifte mitgebracht. Als sie Else eine Schachtel in die Hand gab, hatte sie mit einem Lächeln bemerkt: »Es sind Loukoumia aus Siphnos, für Deutsche viel zu süß.«

»Schreiend süß«, antwortete Else prompt und nickte, »aber ich habe mich längst daran gewöhnt. Nur der Mastix-Geschmack ist neu für mich, eigenartig, aber sehr angenehm. Die Loukoumia aus Paphos haben einen anderen Geschmack, doch an Süße können es die zyprischen Loukoumia mit den griechischen durchaus aufnehmen.«

Olga nahm in einem Sessel gegenüber von Angelos Platz.

Noch im Stehen sagte Else: »Es war ein großartiger Abend bei Ihnen. Sie haben uns mit so vielen verschiedenen Gerichten verwöhnt.«

Olga lächelte aufs Neue ihr einnehmendes Lächeln. »Danke, es ist nett, dass Sie das sagen, aber ich hatte keine große Mühe«, antwortete sie. »Mit den Catering-Firmen ist das heute sehr einfach. Ich persönlich esse hauptsächlich vegetarisch. Am meisten schätze ich die Süßspeisen.«

»Ach tatsächlich, ich auch«, sagte Else.

»Haben Sie die Zitronencreme probiert?«

»Ja, sie war wirklich ausgezeichnet«, sagte Else, »und jetzt im Sommer besonders erfrischend. Aber essen Sie auch keinen Fisch? Sie hatten ein ganz hervorragendes Fischgericht.«

»Das mag schon sein«, antwortete Olga und strich mit einer Hand ihre Haare aus dem Gesicht, »es freut mich, dass es Ihnen geschmeckt hat.«

Else gestand sich nun ein, dass ihre Schlaflosigkeit mit Olgas gestrigem Besuch in Zusammenhang stand. Wie alt mochte Olga sein? Sie war nicht mehr die Jüngste. Trotzdem, eine schöne Frau mit wunderschönen Augen, klein, grazil, klug. Else kam sich in ihrer Gegenwart zu groß und linkisch vor, einfach unelegant. Olga hatte ihr auf den ersten Blick gefallen, obwohl diese anscheinend nur für Angelos Interesse zeigte. In dem Flitterzeug, in das sie gehüllt war, präsentierte sie sich wie ein bunt verpackter Geschenkartikel. Wenn sie sich nur nicht in Olga täuschte. Else konnte sich nachher nicht erklären, warum sie gleich im ersten Augenblick gespürt hatte, dass Olga etwas verbarg. Schon bei diesem ersten Zusammentreffen hatte letzten Endes die Unterhaltung eine merkwürdige Wendung genommen. Olgas Bemerkung über Nationalstolz.

»Du und ich«, hatte sie zu Angelos gesagt, »wir gehören zu einem großen Volk. Wir haben den Europäern die Kultur gebracht. Wir Griechen sind großartig ...« – hatte sie »großartig« gesagt? – »... nur wir erkennen wirklich, was das Schöne ist.« Und später war dann der Satz gekommen: »Ihr Mann führt unsere Gespräche immer auf eine absolute Höhe, wissen Sie, ich liebe Ihren Mann.«

Diesen Satz würde sie allerdings nicht vergessen. Mit Lotte hätte sie über diesen Ausspruch gelacht. Nach nur drei Stunden Schlaf strecken die Nerven alle Fühler aus. Weit entfernt, kaum noch zu vernehmen der Glockenschlag einer Uhr. Sie versuchte mitzuzählen, kam aber nicht weit. Nach ihrer Überlegung sollte es später sein. Hatte sie sich verzählt? Nationalstolz, damit konnte sie wenig anfangen. War es in dem vereinten Europa nötig, sich vehement auf die eigene Nation zu berufen? Aber je größer und unübersichtlicher Europa würde, desto häufiger würde wohl der Gedanke an die Nation wiedererwachen. Geborgen unter dem Schirm einer großartigen Vergangenheit. Wer würde sich da nicht gern unterstellen? Irgendwohin muss man gehören. Diese leidvolle Erfahrung hatte Else in den ersten Monaten auf Zypern machen müssen. Wozu sich daran heute erinnern. Heute war alles ganz anders. Die erste Zeit in Zypern. Wenn Angelos nicht zu Hause gewesen war, hatte sie einfach ein Buch zur Hand genommen, sich hineinvertieft und auf seine Rückkehr gewartet. Sie hatte lange Zeit im Liegestuhl gelegen und in den Zitronenbaum geschaut. Als wäre die Zeit stehen geblieben. Es gab nicht die große Sippe oder die wollte nichts von ihr wissen. Und sie hatte niemanden gekannt. So ging das auch noch im zweiten Jahr, ihr blieb alles rundherum unbekannt. Kontaktarm, war sie das immer gewesen? Nein, viel schlimmer hätte es nicht sein können. Stunde um Stunde nur Stille. Die wenigen CDs aus Angelos' Vorrat, die ihr zusagten, riefen häufig nur eine musikalische Gefühlsduselei hervor. Und das Glücksgefühl, das die junge Ehefrau ausfüllen sollte, war nicht von Dauer, die Einsamkeit nistete sich tief ein, sobald Angelos nicht zur Stelle war. Sie hatte sich richtig eingeigelt. Selten das Haus verlassen. Die kleine Stadt bot keine Abwechslung. Die wenigen Einkäufe waren schnell erledigt. Später hatte sie sogar Angst gehabt, allein auf die Straße zu gehen. Angelos war keine Hilfe gewesen. Vermutlich wollte er ihren Zustand einfach nicht wahrnehmen. Damals hatte der Himmel wie eine Glocke auf ihr gelastet, hatte sie erdrückt. Das war jetzt vorbei, jetzt hatte sie Johanna. Diese leidigen Erinnerungen. Nur keinem Anfall von Melancholie erliegen. Das Kopfkissen war zu warm. Kein Lüftchen wehte.

Dabei hängt alles mit dem Besuch dieser Frau zusammen, dachte sie. Ein unverhoffter Besuch löst die Gedankenarbeit aus und schon ist meine Nachtruhe dahin.

Hundegebell. Verschiedene Hundestimmen. Zu heiß. Schweißausbrüche als Folge seelischen Galoppierens.

Sie versuchte ruhig auf dem Rücken zu liegen. Durch die Fensterläden drang das erste graue Licht der Frühe, es legte Streifen auf die Wände, schnitt die Bilder entzwei und fiel quer über das Bett. Versonnen betrachtete sie Angelos, während er schlief. Das ihr zugewandte Gesicht, die breiten schwarzen Brauen, die Hakennase, darunter der schmale Mund. Allein das dunkle, lockige Haar, das ungezähmt in die Stirn fiel, nahm dem Gesicht die Strenge. Er hatte kleine Schweißperlen auf der Stirn. Wie weit konnte man einen Menschen kennen?

Sie liebte das Gesicht.

Else und Johanna gingen die Treppe hinunter. Es gab hier kein Treppengeländer. Sie hätten den Fahrstuhl nehmen sollen, doch der war gerade besetzt. Im Hauseingang trafen sie auf eine Frau mit zwei prall mit Hausmüll gefüllten Einkaufstüten. Vermutlich war sie damit zu den auf der Straße stehenden Mülltonnen unterwegs. Die Frau grüßte zuerst und lächelte Johanna an, die auf die Frage nach ihrem Namen, brav antwortete. Else war stolz auf ihre Tochter. Sie strich ihr über das Haar. Plötzlich fühlte sie sich gut. Der Himmel war stahlblau. Es würde ein heißer Tag werden. Die Frau wünschte ihnen viel Spaß am Meer. Eine freundliche Redewendung, auf die Else mit einem Lächeln antwortete. Die Athener hatten für jede Gelegenheit viele gute Wünsche parat, was Else oft in Verlegenheit brachte, da ihr nicht immer gleich eine geeignete Antwort einfiel, um diese Wünsche zu erwidern. Else lächelte deshalb viel. Wenigstens Freundlichkeit demonstrieren.

Heute würden sie sich ohne Angelos mit Olga am Meer treffen. Dieser Umstand war Else zuerst wie eine unangenehme Verpflichtung erschienen. Nun begann sie sich langsam damit anzufreunden. Sie sah der Verabredung gespannt entgegen nach allem, was gestern vorgefallen war. Gestern hatten sie Olga anscheinend ganz zufällig am Meer getroffen. Angelos hatte einen anderen Strand in Vouliagmeni vorgeschlagen. Sie waren schon im Wasser gewesen und lagen faul auf ihren Handtüchern in der Sonne, als plötzlich Olga vor ihnen stand, ganz eingehüllt in ein orangefarbenes Flatterkleid. Man wunderte sich über den Zufall, sich ausgerechnet an diesem Strand zu treffen. Beide, Angelos und Else, baten Olga, sich doch zu ihnen zu setzen. Olga holte aus einer großen Badetasche ein zu dem Kleid passendes Handtuch, breitete es aus, setzte sich und legte zögernd die orangefarbigen Hüllen ab. Zum Vorschein kam ein tadellos gebräunter Körper. Es war unsinnig, dass Olga dann sagte: »Ihr seid schon so schön braun, da mag ich mich gar nicht ausziehen.« Else fühlte sich nicht in der Lage, darauf mit einem Kompliment zu antworten. Hätte sie sagen sollen, dass ganz im Gegenteil ihr Körper die beneidenswerteste braune Hautfarbe aufweise? Stattdessen sah sie Angelos an, der die Freundin ruhig betrachtete. Wenig glaubwürdig fand sie, dass der Zufall Olga an diesen Strand geführt hatte. Aber warum die Geheimnistuerei? Verschwieg man ihr etwas? Sie wusste nichts über die Frau, auf die sie plötzlich häufig trafen. Sie konnte sich nicht erinnern, dass Angelos ihren Namen irgendwann erwähnt hätte. Olga füllte dann diese Lücke selbst aus. Mit dem schon bekannten Lächeln auf dem Gesicht berichtete sie von ihrer Arbeit. Sie schrieb seit einiger Zeit an einem Buch über den Lebensstil der Pythagoreer. In ihrer Doktorarbeit hatte sie sich mit den Milesiern beschäftigt und nun waren die Pythagoreer, ebenfalls Vorsokratiker, an der Reihe.

Mit wenigen Worten erzählte sie Else davon. Sozusagen, um sich bei ihr einzuführen. Else befürchtete, dass man sie nach ihrer eigenen Arbeit fragen würde. Aber Olga war zum Glück in Fahrt geraten und setzte ihre Selbstdarstellung fort. Neben der Vorliebe für die Vorsokratiker gab es noch ihre besondere Leidenschaft für die Psychoanalyse. Hier schaltete sich Angelos in das Gespräch ein. Bei der psychoanalytischen Gesellschaft sei Olga als assoziatives Mitglied eingetragen und habe deshalb Zugang zu den Lehrveranstaltungen. »Wir treffen uns manchmal auf Kongressen«, sagte er. Dann tauschte er sich mit Olga lange aus über berühmte Analytiker und neue Veröffentlichungen. Else saß schweigend dabei und beobachtete Olga. Sah, wie die Worte mühelos aus ihrem Mund flossen, wie sie manchmal mit der Hand durch ihre Haare fuhr, sie hinter das rechte Ohr strich, ohne dass dabei der Redestrom ins Stocken geriet.

Nach einiger Zeit war Else das Herumsitzen leid, denn wieder war da das beklemmende Gefühl, fremd und störend dazwischenzusitzen. Sie erhob sich von ihrer Liege. Man nahm von ihr keine Notiz. Olga und Angelos waren in ihre Debatte vertieft, führten die Unterhaltung allein.

Als Else zurückkam – sie hatte Eiskaffee geholt –, erzählte Olga gerade von einem Sommer auf den Kykladen. Sie erwähnte das Licht, das tiefblaue Meer, die weißgetünchten Häuser und die Sonnenuntergänge. Else hatte noch keine Kykladeninsel gesehen, aber viele Postkarten, und es war, als ob sie eine Auswahl der schönsten Ansichtskarten vorgelegt bekäme. Noch schöner, die Ägäis im Frühling zu bereisen, wie Kazantzakis schreibt. Else lächelte. Sie konnte wieder keinen Beitrag zum Gespräch leisten. Sie betrachtete ihre Füße, den Sand, der trocken an ihren Füßen klebte. Ohne Schuhe könnte sie nicht durch den heißen Sand gehen. Sie drehte ihre Füße immer tiefer in den Sand. Tief unten war er feucht und kühl.

Else und Johanna gingen im Schatten der Eukalyptusbäume. Weit und breit war niemand auf der kleinen Straße zu sehen. Das Geräusch ihrer Schritte war unangenehm laut. Einfamilienhäuser gab es hier nur selten. Neue vierstöckige Wohnhäuser hatten ihren Platz eingenommen und drängten sich in die alten Gärten. Einige Zitronenbäume, Weinlauben und Olivenbäume waren in die neue Anordnung übernommen worden und säumten die Rasenflächen zusammen mit Bougainvillea, Rosenbüschen und Jasmin. »Xanthou« las sie auf dem Straßenschild. Eigenartig, dass ihr hier Straßennamen auffielen, um die sie sich sonst wenig kümmerte. Sie fand sich überall zurecht, ohne ein Netz aus Straßennamen in ihrem Gedächtnis zu verwalten. Jahrelang war sie derselben Route gefolgt und die Namen der Straßen, durch die sie mit dem Auto kam, waren ihr ein Geheimnis geblieben. Allerdings lenkt ein Autofahrer seine Aufmerksamkeit auf wichtigere Dinge.

Es herrschte wenig Verkehr. Ungestört spazierten Else und die kleine Johanna mitten auf der Straße. Zwei Katzen kreuzten ihren Weg und verschwanden durch einen Gartenzaun. Gleich erkannte Johanna in der einen die honigfarbene Katze mit dem weißen Fleck auf der Brust, die Tante Kiki gehörte. Dann entdeckte sie eine Schildkröte, die auf kurzen Beinen über die Straße strebte. »Können wir sie mitnehmen?«, fragte sie.

»Sie gehört sicher in einen dieser Gärten«, sagte Else, »komm, hier steht die Tür offen, wir tragen sie hinein und schließen die Pforte.« Als Johanna zögerte, versuchte Else sie zu überzeugen. »Die Schildkröte möchte vielleicht gar nicht mit uns gehen, sie ist hier zu Hause …«

Sie musste Johanna fortziehen. Auf der Hauptstraße hielt Else ein Taxi an. Sie sah auf ihre Uhr. Sie würden rechtzeitig zu ihrer Verabredung kommen.

Vor ihnen die ruhige Weite des Meeres. Am Horizont ein leichter Dunst. Es versprach, ein heißer Tag zu werden.

Auch hier schienen alle Menschen miteinander bekannt zu sein. Wieder hatte Else den Eindruck, in eine geschlossene Gesellschaft geraten zu sein. Braun gebrannte Frauen und Männer in bunter Kleidung mit Sonnenbrillen und großen Hüten oder Baseballmütze begrüßten sich überschwänglich und ließen sich auf ihren Stammplätzen nieder. Schon bei anderer Gelegenheit hatte Else die Erfahrung machen müssen, dass es hinsichtlich der Plätze, die Strandbesucher einzeln oder in kleinen Gruppen in Anspruch nahmen, ungeschriebene Gesetze gab. Ein jeder hatte seinen Stammplatz. Eine Frau Berg verwickelte sie in ein Gespräch über die Vorzüge dieses Strandes. Sie und ihr Mann, beide pensioniert, hatten vor ein paar Jahren eine Wohnung in diesem Vorort Athens gekauft und verbrachten nun die meiste Zeit des Jahres hier am Meer.

»Zu Weihnachten aber José Carreras in München«, sagte Frau Berg und setzte eine weiße Badmütze auf. Als sie schon ins Wasser stieg, rief ihr Else auf Griechisch »Viel Spaß beim Schwimmen!« nach.

Obwohl sie keine Kleider am Strand vorgefunden hatte, entschloss sie sich, im Wasser nach Olga zu suchen. Sie schwamm an der Küste entlang. Vereinzelt sonnten sich hier und da auf den Felsen einige Frühaufsteher. Der Eindruck, überall in ein Privatrevier vorzudringen, ließ sie nicht los. Else schwamm langsam, weil sie eine lange Strecke zurücklegen wollte. Von Olga war nichts zu sehen. Vielleicht war sie gar nicht gekommen oder sie hatte einen großen Vorsprung. Nichts, nur die spiegelglatte Wasserfläche. Ruhige Züge. Gedankenlos schwamm sie dahin. Else erreichte eine Boje und schwamm dann nach links. Sie legte sich auf den Rücken und sah in den Himmel. Als sie sich nach kurzer Zeit wieder auf den Bauch drehte, bemerkte sie weiter vor sich einen Hut, Olga mit Hut, nur undeutlich, das Sonnenlicht blendete. Sie begann schneller in die Richtung zu schwimmen. So bewegten sie sich langsam aufeinander zu. Olga erkannte sie und rief. Sie winkte und Else winkte zurück. Fast war Else nun enttäuscht, Olga zu treffen. Aber sie beschleunigte noch einmal, sie schwamm schneller, sie lächelte. »Das Meer ist heute wunderschön«, sagte Olga.

Nur darüber redeten sie, als sie nebeneinander zurückschwammen, ein wenig verlegen. Olga trug einen Strohhut und eine dunkle Sonnenbrille. Sie summte eine Melodie. Dann sagte sie wieder, nur mit anderen Worten, dass das Meer heute wunderschön sei, auch spreche das Meer die Körpersprache, ob das Else noch nicht aufgefallen sei. Else zeigte sich erstaunt. Beim Schwimmen fühle sie ihren Körper neu, sagte Olga. Das Wasser ermögliche ein intensives Gefühl für den Körper und zugleich gehe vom Wasser Beruhigung und Sicherheit aus. Else sah zu ihr hinüber und nickte zustimmend mit dem Kopf. Sie freute sich, in Olga, was dieses Gefühl anging, eine Gleichgesinnte getroffen zu haben. Aber durfte sie ihren Sympathien trauen? War das nicht übereilig? Olga mochte eine reizende Frau sein. Sie war so ganz anders. Else wusste kein Gespräch mit ihr zu beginnen. Rückzug.

Es ist nicht ausgeschlossen, dass ich in eine Falle laufe, ermahnte sie sich. Nur keine übergroße Freundlichkeit zeigen. Meine ewige Angst vor Zuneigung. Es ist die Freundin meines Mannes, mit der ich mich anfreunden möchte. Wieder kein eigener Kontakt. Das typische Problem der im Ausland verheirateten Frauen.

Einen Artikel diesen Inhalts hatte Else in einer Frauenzeitschrift gelesen. Und es gab da kaum einen Ausweg für sie, die Hausfrau und Mutter. Wo sollte sie jemanden kennenlernen, wenn nicht im Bekanntenkreis ihres Mannes? Sie hatte keine wirkliche Möglichkeit, es fehlte ihr der Freiraum. Und die einheimischen Frauen standen den Ausländerinnen eher skeptisch gegenüber. Diese Erfahrung mussten die meisten Fremden machen. Und deshalb waren die sozialen Kontakte, die sie eingingen, eigentlich vorgeschrieben. Sie lebten sozusagen aus zweiter Hand, über den Mann. Margaret hatte ihr erzählt, dass nach dem Tod des Mannes auch die sozialen Kontakte der ausländischen Ehefrau aufhörten zu existieren – und warum sollte sie ihr nicht glauben, sie sprach schließlich aus eigener Erfahrung. Weshalb aber Margaret nach dem Tode ihres Mannes nicht in die alte Heimat zurückgekehrt war, das konnte Else nicht verstehen.

Während Else ihren Gedanken nachhing, war sie in ihrem eigenen Rhythmus viel schneller als Olga geschwommen und ein ganzes Stück voraus. Es war ihr peinlich, als sie Olga rufen hörte, die nun denken würde, dass sie mit ihren Schwimmkünsten auftrumpfen wollte. Sie drehte sich um. »Entschuldige bitte, ich war in Gedanken.«

Olga lächelte unter ihrem Hut hervor. »Sicher machst du dir um Johanna Sorgen«, sagte sie, »schwimm nur schnell zu ihr, du musst sie nicht so lange allein lassen. Ich genieße das Meer noch ein wenig. Ist es nicht wunderschön heute?«

Else sah in das lächelnde Gesicht unter dem Hut, winkte und warf sich mit einem Ruck herum. Angst, es könnte Johanna etwas zugestoßen sein, ließ den Abstand zum Strand größer erscheinen. Else machte sich Vorwürfe, sie schwamm so schnell sie nur konnte, und dann sah sie Johanna auf der Liege sitzen. Sie sah sehr klein aus und Else versprach ihr, nie wieder so weit hinauszuschwimmen. Später machte sie ein Foto von Johanna, die in ein Boot geklettert war.

Die Nacht war dunkel. Sie konnten kaum den schmalen Weg erkennen. Es gab hier keine Straßenbeleuchtung. Vom Meer ein leises Murmeln. Es roch nach Algen. Feuchte, salzige Luft legte sich auf die Haut. Angelos und Else gingen schweigend nebeneinander her. Sie gingen im Gleichschritt. Else achtete darauf und korrigierte ihre eigenen Schritte immer wieder, denn Gemeinsamkeit, meinte sie, erkenne man schon an der Gangart der Paare. Sie gingen näher ans Meer, setzten sich auf die flachen Steine. Sie beobachtete den weißen Saum der Wellen, der weich über die Steine strich. Vereinzelt flackerten kleine Lichter, wohl von Fischerbooten, in der tiefschwarzen Fläche. Else lehnte sich an Angelos, legte dann ihren Kopf in seinen Schoß und sah in den Sternenhimmel. Sie zeigte Angelos den Großen Bären.

»Vielleicht sehen wir eine Sternschnuppe, dann können wir uns etwas wünschen«, meinte sie.

Angelos warf einen Kieselstein ins Wasser. Sie konnte nicht erkennen, ob der Stein ein oder zwei Mal aufgesprungen war. Angelos nahm einen neuen Kiesel und rieb ihn am Hosenbein ab.

»Gib ihn mir«, bat Else. Der Stein glitt in ihre geöffnete Hand. »Hast du als Kind auch abends am Meer gesessen?«, fragte sie und ließ den Stein von einer Hand in die andere gleiten. »Komm, erzähl mir aus deinem Leben«, bat sie und legte sich wieder in seinen Schoß.

»Ich bin kein Märchenerzähler. Mir erzählen die Leute Geschichten aus ihrem Leben. Was soll ich dir aus meinem Leben erzählen, ich müsste es erfinden. Möchtest du das wirklich? Das wirkliche Leben, was ist das? Wirklichkeit ist uns künstlich produziert, meine ich. Die Realität erscheint meistens viel zu unwahrscheinlich, ein wenig Salz und Pfeffer, eine kleine Mogelei dazu, und schon ist für uns die Wahrheit wahrscheinlicher.« Er stieß sie leicht in die Seite und fragte: »Nun, was meinst du?«

Sie zuckte mit den Schultern. Sie wusste wenig über ihn, über die Zeit vor ihrer ersten Begegnung. Sie hatten nicht darüber geredet. Es war nicht notwendig gewesen. Sie glaubte nicht, dass er ihr absichtlich etwas verschwieg.

»Eine andere Perspektive, ein anderer Augenwinkel, selbst ein Wimpernschlag und schon verändert sich unser Bild von der Welt. Denk auch an die vielfältige Bedeutung eines Wortes. Allein der gegenwärtige Augenblick ist wirklich.«

»Mir ist die Wirklichkeit längst abhanden gekommen«, meinte Else leise. Sie ließ den Kiesel weiter in ihrer Hand rollen, als ihr Angelos einen zweiten Kieselstein gab, einen ganz flachen.

»Ein Geschenk von mir, glaub mir, auch die banalsten Gegenstände sind emotional durchtränkt.«

»Ich werde ihn in Ehren halten wie einen Splitter aus einer unendlichen Geschichte.«

»Soso, man nimmt mich nicht ernst.« Seine Stimme hatte einen hellen Klang. »Ich werfe dich ins Wasser, wenn du mich nicht ernst nimmst.«

Else zeigte sich erschrocken und befreite sich aus seinen Armen. Nahm sie ihn nicht ernst? Sie saßen nebeneinander. Angelos hatte sein Spiel wieder aufgenommen, ließ Kieselsteine auf der Wasseroberfläche hüpfen. Sie schwiegen. Auf ihren nackten Schultern spürte sie die feuchte Luft. Dann in die Stille hinein das Geräusch nahender Schritte. Kiesel schepperten. Lachen, Stimmen. Else zog die Schultern hoch. Fröstelnd verschränkte sie die Arme vor der Brust. Sie drehte sich nicht um. Die Schritte kamen näher. Eigentlich könnten sie jetzt gehen, meinte Angelos. Else fühlte sich plötzlich ganz niedergeschlagen. Warum, wusste sie nicht. Zwei Männer und eine Frau gingen vorbei. Lachten laut.

Ich werde immer eine Fremde sein, wollte Else sagen, nur bei dir bin ich ganz ruhig. Natürlich konnte sie sich derartige Sentimentalitäten nicht leisten. Beinahe wäre es ihr herausgerutscht. Das durfte nicht passieren. Nicht die Kontrolle verlieren. Nur schnell weiterreden. Über ganz unverfängliche Dinge. Von ihrer Einsamkeit wollte er bestimmt nichts hören. Schon gar nicht jetzt, nicht in diesem Augenblick. Sie richtete sich auf. »Erinnerst du dich an die Nächte, die wir unter dem Sternenhimmel verbracht haben?«, fragte sie mit betont fröhlicher Stimme. »Wir hatten das Bett unter den Sternenhimmel gestellt, weil das Zimmer zu klein war. Es ist derselbe Geruch nach Algen, Fisch, Muscheln in der Luft. Riechst du das? Wir haben mehrere Sternschnuppen gesehen, an die wir unsere Träume und Wünsche hingen.«

»Natürlich erinnere ich mich, du Nachtschwärmerin, und an vieles mehr.«

Else legte sich einen dünnen Seidenschal über die Schultern und weil er sie ansah, sagte sie: »Es ist frisch geworden und diese Feuchtigkeit schon im August ist ganz ungewöhnlich, sie legt sich kalt auf die bloße Haut.«

Wie dankbar sind wir für die liebevolle Zuneigung, die uns erwiesen wird, und gleichzeitig fürchten wir, einer Zuneigung unwürdig zu sein, kennen wir doch unsere schwachen Seiten übergenug. Schon sehen wir, wie die uns freundlich gesinnte Person sich enttäuscht, verletzt, gelangweilt abwendet. Alles nur Befürchtungen? »You do not want to get involved«, hatte David gesagt. Und sie hatte mit der Weisheit vom gebrannten Kind gekontert. Schmerzliche Erfahrungen, die ein jeder im Schlepptau nach sich zieht. Wer mag voraussagen, was passiert, wenn wir aus unserer Zurückhaltung ganz heraustreten. Zu verlieren haben wir nicht nur unsere Einerlei-Ordnung, sondern eventuell auch einen Menschen, für den wir gewillt wären, alles zu opfern – nur nicht die Scham.

Angelos ging jetzt einige Schritte voraus. Er hatte sich entfernt. So empfand sie das. Sie wäre jetzt eigentlich gern in einer Umarmung mit ihm gegangen. Aber dafür kannten sie sich wohl zu lange. Sie waren ein verheiratetes Paar. Else eilte ihm nach.

»Hörst du den Chor der Zikaden?«, hatte Olga sie gefragt.

Else packte gerade die Strandsachen zusammen. Sie wollte mit Johanna nach Hause gehen. Es war bald Mittag und viel zu heiß. Da hatte Olga gebeten, man möge noch ein wenig zusammen bleiben.

»Du weißt«, hatte sie lächelnd gesagt, »wir müssen am Mittag sprechen und nicht schlafen, damit die Zikaden unsere Reden den Musen melden.«

Nun saßen sie seit einiger Zeit an einem kleinen Tisch im Schatten und unterhielten sich. Hatten sie zuerst plaudernd beisammen gesessen, so waren sie nun bei einem Monolog angekommen, denn eigentlich redete nur Olga und Else hörte zu. Sie lauschte der melodischen, dunklen Stimme, sah auf das Meer und wie es bei einem langen Vortrag passieren kann, gingen ihre Gedanken von Zeit zu Zeit andere Wege. Hinter der Sonnenbrille schloss sie sogar die Augen, glücklich in einem Gefühl des Abstands, des Unbeteiligtseins. Sie fühlte sich matt und schläfrig. Ab und zu sorgte Johanna für Unruhe. Sie wollte nicht ruhig auf ihrem Stuhl sitzen und störte lieber zwei Wellensittiche in einem Käfig, worüber der Besitzer des kleinen Cafés nicht begeistert schien. Die beiden Vögel gehörten seiner Mutter und seien bei ihm nur auf Ferien. Den Urlaub machenden Vögeln zollte Johanna gehörigen Respekt. Olga erzählte von einem Aufenthalt in New York, wo sie Gast der Columbia University gewesen sei. Harlem, ob Else das kenne. Am Abend ganz unmöglich für eine Frau. Else gab keine Antwort, sie sah zu Johanna hinüber, die jetzt auf der Liege lag. Es wäre ein sinnloses Unterfangen gewesen, Olga womöglich ein paar Ratschläge zu erteilen, denn ihre Meinung, das hatte sie inzwischen herausgefunden, war für Olga ganz bedeutungslos. Aber weshalb gab sich

Olga dann mit ihr ab? Olga sprach weiter, ohne eine Pause einzulegen, und geriet bald von einem Thema ins nächste. Die Euphorie, mit der Olga über einen Landkauf auf Aegina berichtete, war dann so groß, dass Else wieder aufhorchte. Nicht nur eine Geldanlage. Ein kleines Paradies, in das sie sich als Eremitin einmal zurückziehen wolle. Olga hob die Arme in die Höhe und reckte sich behaglich, denn mit einigen Worten der Zustimmung und Bewunderung hatte Else hier den kleinen Monolog unterbrochen. Hatte die Unterbrechung nicht ins Konzept gepasst? Olga bückte sich nach ihrer riesigen Strohtasche, die zu ihren Füßen lag. Sie nahm ein übergroßes Notizbuch heraus und machte darin eine Eintragung. Ganz ungezwungen und kommentarlos legte sie danach das Notizbuch zurück in die Tasche. Dann seufzte sie leise und sagte: »Zuweilen gehen in unserem Inneren Veränderungen vor, von welchen wir uns eigentlich keine Rechenschaft geben, wir widerstehen ihnen deshalb nicht.« Olga fügte dem Satz nichts weiter hinzu, sondern schwieg eine Weile in Gedanken versunken. Sie nippte an ihrem Kaffee und winkte der Bedienung, die dann Wasser brachte. Eine kleine Pause. Gleichzeitig griffen beide nach ihren Gläsern. Else hatte ihren Kaffee längst getrunken. Sie wollte gehen. Angelos würde sich wundern, wo sie geblieben waren. Sie müsste ihn anrufen. In Gedanken überlegte sie, wie sie Olga ihren Aufbruch erklären könnte. Doch etwas hielt sie zurück. Und Olga schien überhaupt nichts nach Hause zu ziehen. Ziemlich unvermittelt vertraute ihr Olga dann an, dass sie eine Schreibhemmung hätte, genaugenommen seit dem Tod ihrer Freundin.

»Ich kann mich nur davon befreien«, sagte sie, »wenn ich über sie schreibe.«

Else wusste nicht, was sie erwidern sollte, mochte Olga nicht ansehen, drehte ihren Kopf zur Seite. Hatte Olga nicht mit Angelos von ihrer Arbeit über die Pythagoreer gesprochen? Und jetzt eine Schreibblockade? Aber da fuhr Olga schon fort und Else sah wieder zu ihr hin. Eigentlich sei das nie anders gewesen, sagte Olga, »nur die Liebe bewegt mich, gibt mir den Impuls, nicht nur die Inspiration, nein auch die nötige Kraft zu arbeiten.«

Else hätte gern etwas Kluges geantwortet, aber war in diesem Augenblick eine Antwort überhaupt gefragt? Ob Olga sie durch die dunkle Brille beobachtete? Weshalb dieses Geständnis? Die Musen hatten sich von Olga abgewandt. Sie musste an Lotte denken. Nein, sie konnte nicht über Lotte sprechen.

Das Licht wanderte. Es sah jedenfalls so aus auf der niedrigen Mauer, die man sicher als Wall gegen den Sand errichtet hatte und hinter der die wenigen Tische und Stühle im Schatten eines Eukalyptusbaumes standen. Der Mittag war vorüber. Johanna war auf der Liege eingeschlafen. Der Meltemi kräuselte das Meer und brachte mit einem zarten kühlen Hauch Erlösung von der Mittagshitze. Olga schwieg und Else überkam das ungute Gefühl, für das Schweigen verantwortlich zu sein. Wenn sich Olga ihr gegenüber sozusagen als Verliererin darstellte, konnte das nur den einen Grund haben, dass Olga in ihr eine noch größere Verliererin sah, eine Person, mit der man nicht zu rechnen hat.

Olgas Hand berührte sie. »Du bist meine Freundin. Du tust mir gut. Ich denke sehr viel an dich. Du bist mir zu einer Zeit begegnet, in der ich einen Menschen sehr nötig hatte. Wir sind wie Zwillinge. Ich bestelle den gleichen Kaffee wie du. Es ist doch schön. Wir wollen daran festhalten. Ich muss Kräfte finden, um meine geistige Arbeit wieder aufzunehmen.« Ganz unvermutet hatte Olga sich schwungvoll zurückgesetzt, wobei sie noch einmal kameradschaftlich Elses Arm berührte und ein gewinnendes Lächeln aufsetzte. »Plauderei, nichts als Plauderei«, lachte sie fröhlich auf und strich die dichten schwarzen Haare hinter das Ohr.

Else fühlte sich verwirrt. Das Gesagte wieder zurücknehmen. Wie bei einem Tanz mit dem Schleier, enthüllen und verhüllen. Else warf einen Blick auf ihre Armbanduhr. »Wir sitzen schon viel zu lange hier«, sagte sie. »Zeit zum Aufbruch.«

Auf dem Weg zum Auto hakte sich Olga bei Else ein. »Wir dürfen uns nicht aus den Augen verlieren«, sagte sie und drückte Elses Arm.

Zwei Tage später, sie waren wieder am Meer und Angelos war mitgekommen, fragte Olga, als Else sich nach dem Schwimmen mit der Sonnencreme abmühte: »Darf ich den Rücken übernehmen?« Mit einem Blick auf Angelos fügte sie hinzu: »Männer können so etwas nicht.«

Else hatte Mühe, unter der Berührung nicht zusammenzuzucken. Nichts erinnerte an die Kameradschaft in einer Turnstunde. Zärtlichkeiten und Ambivalenzen. So mag sie sich denn plagen. Olgas Hand strich weich über ihren Rücken. Else fand es unpassend. Ihr Rücken wurde mit Sonnencreme behandelt, aber sie verspürte ein Streicheln von Olgas Händen, das den neutralen Rücken verließ und in andere empfindliche Bereiche vordrang. Sie fühlte sich bedrängt, doch gleichzeitig ließ sie es stillschweigend zu, legte wortlos und wie unbeabsichtigt ihre Hand auf die Olgas. Zog sie sofort zurück. Was war passiert? Schnell sah sie zu Angelos hinüber, ob er etwas bemerkt hatte? Er hielt die Augen geschlossen. Als sie sich nach Olga umdrehte, die ihre Arbeit beendet hatte, sah sie diesen amüsierten Blick. Else spürte, wie sie errötete. Nichts war passiert.

Olga gab ihr die Sonnencreme zurück und sagte: »Wie weit du immer schwimmst. Wir haben gewettet, dass du bis zu der Felseninsel schwimmen würdest.«

»Aber an diesen behaarten Felsen fahren Schiffe vorüber.«

»Schau sie dir an«, sagte Olga und lächelte in Angelos Richtung »sie ist so viel jünger als wir. Aber wem sage ich das?« Ihre Hände unterstrichen lebhaft die Frage. »In meinem Alter schwimmt man nicht mehr so weit.« Hier sprach sie nicht weiter.

Jetzt wartet sie auf den Widerspruch, dachte Else. Wenn eine Frau von ihrem Alter spricht, will sie immer ein Kompliment hören. Das Alter ist für jede Frau vernichtend. Und Olga war da sicher keine Ausnahme. Wozu die exzentrische Kleidung? Mit zunehmendem Alter müsste Olga um ihre sexuelle Attraktivität besorgt sein. Jugend und Schönheit waren immer noch die Prädikate, die am meisten zählten. Else konnte diesen Gedanken nachhängen, denn sie fühlte sich nicht betroffen. War sie doch, wie Olga gerade gesagt hatte, bedeutend jünger. Als sie zu Olga hinübersah, begegneten sich ihre Blicke. Else wandte sich sofort ab, drehte sich um und legte sich auf den Bauch. Was konnte man hier sonst machen außer schwimmen.

In das Schweigen hinein sagte Angelos: »Hier sitzen wir und schauen in das Chaos, tagtäglich die Aussicht ins Chaos.«

»Aber nein, es ist die größte Harmonie, die wir da sehen.« Olgas Gesicht war mit einem tragisch verzückten Ausdruck gegen den Himmel gerichtet. »Besonders der Sternenhimmel, stell dir nur vor, wie es wäre, wenn wir die Nacht hier verbringen würden. Sicher hast du schon unter einem Sternenhimmel geschlafen. Die allergrößte Harmonie, das hast du doch sicher auch so empfunden.«

Mit ihrem Lächeln wirbt sie förmlich um seine Zustimmung, dachte Else und versuchte in Angelos Gesicht einen Widerhall auf dieses Lächeln zu finden. Wenn er jetzt auch lächelte? Die Oberlippe unrasiert. Nein, sein Gesicht blieb verschlossen.

»Wie können wir aus unserer Ameisenperspektive entscheiden, dass dort«, ihr Arm zeigte in den blauen Himmel, »und um uns herum, ein Chaos ist?« Olga lächelte noch immer. »Du musst wissen, mein Lieber, dass ich immer, wenn ich in die Kirche gehe, auch eine Kerze für dich anzünde.« Und sie fügte ruhig hinzu: »Du bist also gerettet.« Sie hatte eine religiöse Bedeutung hinzugefügt.

»Chaos hin oder her«, meinte Else, »der Mensch tritt in diese Welt und versucht sie zu beherrschen – und über seine Fortschritte kann man nicht streiten.«

»Ein Hoch auf die Errungenschaften der Technik. Und ich meine nicht nur das Jahrhundert, in dem wir leben. Der Mensch ist niemals ohne Technik gewesen. Aber darum geht es gar nicht, ich sprach vom Chaos«, sagte Angelos und fügte zu Olga gewandt hinzu: »Du weißt natürlich sehr wohl, dass ich unter Chaos kein ungeordnetes Gemenge verstehe. Das Nichtsein geht dem Sein voraus. Und eigentlich meinte ich das Chaos als unermesslich klaffender Weltraum im Unterschied zu Himmel und Erde.«

Else riss den Mund auf und gab ein lautes »Cha« von sich. Es war ein triumphierender Fanfarenstoß. »Gähnende Leere! Gähnen und Chaos, beide Wörter sind indogermanischen Ursprungs. Wir haben mehr Gemeinsamkeiten, als wir denken.«

»Bravo, Else!«, rief Angelos.

Das kam wie eine Ohrfeige. Warum dieser Hohn, wollte er sie vor Olga demütigen? Sie sah es ihm an, sie hatte ihn verärgert. Hatte sie das verdient, gerade in dem Augenblick, in dem sie sich an der Plauderei beteiligt hatte? Else blieb eine Antwort schuldig. Sie biss sich auf die Lippen. Die Kränkung weckte ein diffuses Gefühl im Körperinneren. Was nun? Bist du beleidigt? Es war erstaunlich, in immer neuen Variationen verstanden sie es, sie aus dem Gespräch auszuschließen. Sicher, sie hatte sich hinreißen lassen, es mit ihrem grotesken Ausbruch auf die Spitze getrieben. Aber das rechtfertigte seine Reaktion nicht. Warum sprachen sie nicht weiter? Weder von Angelos noch von Olga hörte sie ein Wort. Keiner sagte etwas. Schweigen. Sie stand von ihrer Liege auf und ging, auf jede ihrer Bewegungen achtend, in Richtung Meer. Besser mit Johanna spielen. Schließlich hatte sie kein Ikebana-Arrangement vorgeführt. Wieso kam ihr jetzt die Ikebana-Ausstellung in den Sinn, die freundliche Hausfrauen jedes Jahr in Zyperns Hilton Hotel veranstalten? Sie achtete wirklich auf jeden Schritt. Sie zog den Bauch ein. Nur mit Bikini bekleidet. Diese Tatsache erregte bei ihr, spätestens seit Johannas Geburt, den Verdacht auf Unvollkommenheit. War die Rückbildungsgymnastik ausreichend gewesen? Else konnte aus den Augenwinkeln sehen, wie ihr Olga lächelnd nachblickte. Sie fühlte sich ausgestoßen, Angelos behandelte sie wie ein dummes Kind. Er war manchmal wie ein Schulmeister. Sie war wütend. Aber ihren Ärger durfte sie sich nicht anmerken lassen. Es war ein Hinweis. Sie sollte einsehen, dass sie über bestimmte Themen nicht mit ihnen diskutieren konnte. Als Zuhörerin, nur als Zuhörerin wurde sie akzeptiert. Von ihr wurde nichts anderes erwartet. Ein schönes Lächeln und vielleicht eine Auszeichnung in Ikebana-Praxis. Wie ihr das wieder eingefallen war. Die frisch gesteckten Blumenarrangements, die vermutlich Einzug in das eheliche Schlafzimmer hielten. Lotte hatte sie herablassend als Beischlafersatz bezeichnet. Sie würde sich nicht beirren lassen. Angelos, der niemals seine Stimme erhob, der sich meisterhaft unter Kontrolle hatte, dem kein Schnitzer unterlief. Er hatte sie ja richtig angeschrieen. Sie ging quer über den Strand zum Wasser hinunter. Lief dann durch den Sand. Die Fußsohlen wie mit glühenden Hufeisen beschlagen. Sie hätte ihm eine wütende Antwort ins Gesicht schleudern sollen. Dafür war es jetzt zu spät.

Gerade dort, wo das Wasser immer wieder den Sand netzte und jede Unebenheit auslöschte, spielte Johanna, grub kleine Kanäle, die durch anlaufende Wellen modelliert und schließlich ausgelöscht wurden. Beim Anblick des Kindes legte sich Elses Ärger und sie ließ sich das Kanalsystem genau erklären. Mithilfe des blauen Plastikeimers stellten sie eine lange Reihe Sandtürme auf und besteckten diese mit Muscheln. Später schlug Else einen Spaziergang am Meer vor, um den Muschelvorrat aufzubessern, und versprach gleichzeitig ein Eis vom Kiosk, das eine unwiderstehliche Verlockung darstellte. Sie sah zu Angelos hinüber, um ihm ein Zeichen zu geben, aber er beachtete sie nicht. Er war mit Olga offenbar in ein tiefes Gespräch verwickelt. Sie zuckte mit den Schultern und ging mit Johanna davon. Johanna lief links von ihr, einen Schritt voraus, spritzte mit den Füßen im Wasser, eine Bewegung, die bis in die hochgesteckten Haare verlief. Mit schnellen Schritten holte sie das Kind ein, zog es zu sich heran. Sie lachte, stapfte ebenfalls mit den Füßen durchs Wasser, sodass es hoch aufspritzte. Sie bespritzte Johanna, die aufschrie, machte sie ganz nass. Das Meer funkelte, glänzte wie unter einem Lichtschwert. Eigentlich war es zu heiß für einen Spaziergang. Sie hätten sich etwas überziehen sollen. Die Sonne brannte. Sie würden einen Sonnenbrand bekommen. Das, musste sie denken, konnte Olga mit ihrer dunklen Hautfarbe nicht passieren. Was hatte sie damals mit der Aussage gemeint: »Ihr seid schon so schön braun?« Natürlich, der Stich ging in ihre Richtung. Angelos war tatsächlich braun. Aber sie, das nordische Wesen, hatte gegen eine leichte Rotfärbung anzukämpfen. Olga ließ ihr keine Minute Ruhe. Wie schön war es mit Lotte am Meer gewesen. Keine boshaften Bemerkungen. Sie dachte an jenen Ausflug ans Meer vor ziemlich genau einem Jahr, der auch ihr letzter gemeinsamer gewesen sein sollte. Sie hatte Angelos' Wagen für die Fahrt nach Agia Napa genommen. Angelos war zu der Zeit auf einem Kongress in Wales gewesen. Sie fuhr nicht gern Auto, weil die Kinder meistens unruhig und nicht zu bändigen waren, sobald sie sich ins Auto setzten. An jenem Tag aber waren die Kinder ausnahmsweise ruhig gewesen. Auch Lotte hatte ganz entgegen ihrer Gewohnheit für lange Zeit schweigsam auf dem Beifahrersitz gesessen. Else konzentrierte sich auf das Fahren, einige Busse waren zu überholen, drei, nein vier an der Zahl fuhren in einer Kolonne. Die Ruhe im Auto war ganz ungewohnt. Jetzt, in diesem Augenblick stand ihr die ganze Szene deutlich vor Augen. Wie sie da nebeneinander im Auto saßen, wie Lotte ihr Überholungsmanöver nicht kommentiert hatte. Sie sah Lotte, die in sich zusammengesunken und schweigend vor sich hinstarrte. In diesem Augenblick meinte sie sich genau der Worte, die gesprochen worden waren, zu erinnern.

»Also, was ist los?«, fragte Else. »Du siehst unglücklich aus.«

»Ich weiß nicht, ob ich dir das erzählen soll, aber vielleicht weißt du es ohnehin«, antwortete Lotte zögernd.

»Komm, erzähl, es wird schon nicht so schlimm sein.«

Und langsam, mit müder Stimme begann Lotte zu reden, sie sprach so leise, dass Else sie nur mit Mühe verstehen konnte.

»Man redet davon, man redet von seinem Anderssein«, sagte sie, »anders sei er, so sagt man. Hinter meinem Rücken geht das Gerücht, vermutlich blüht das Gerede seit langer Zeit. Warum ist es mir erst jetzt zu Ohren gekommen? Warum haben sie sich bemüht, diese eigenartige Vorliebe meines Mannes vor mir geheim zu halten? Sag bloß, du hast auch davon erfahren? Bin nicht ich es, die es in erster Linie betrifft, ich, seine Frau? Nun warten sie auf meine Reaktion, hämisch grinsend. Wie soll ich ihnen denn entgegentreten? Ich will doch gar nichts wissen. Sie hatten recht, mir sein Anderssein zu verschweigen. Nur wer der Norm entspricht, ist sicher vor dem Gerede.« Sie hatte dann plötzlich geschwiegen. Ausgeredet.

Ja, Else hatte davon gehört. Aber wäre es hilfreich gewesen, wenn sie Lotte davon erzählt hätte? An dem Nachmittag hatte sie gelächelt. Es war ein hilfloses Lächeln, aber besser als Worte.

Hast du es als meine Entschuldigung annehmen können? Du hast mich angesehen. Und ich fühlte mich beschämt, weil ich dir vieles verschwiegen hatte. Aber ich konnte die Sache nicht mit dir besprechen. Schnell hatte ich mich in pennälerhafte Sprache gerettet.

»So ein Blödsinn«, war Elses impulsive Antwort gewesen. »Um Gottes willen, Lotte, lass sie reden, hör nicht auf diese Biedermänner.«

Und was ist schon dabei, wollte sie noch sagen. Aber das wäre wohl zu salopp gewesen, wenig feinfühlig. Nicht überzeugend, ihre Antwort, wie sie jetzt fand. Sie hatte es schönreden wollen. Ihre Betroffenheit nicht zeigen. Lotte hatte ihr nichts Neues erzählt, es war ihr zu Ohren gekommen, wie man so schön sagt. Geschwätz. Schwulsein war in manchen Gesellschaften noch immer eine Tabu. Und was hätte sie mit dieser Mitteilung anfangen sollen? Nur als Lotte es ihr dann erzählte, war das eine andere Situation. Was hätte sie sagen sollen. Jetzt nur noch Erinnerung.

Lotte hatte lange nicht reagiert, hatte auf dem Sitz neben ihr gekauert. Als wäre es ihr kalt geworden, hatte sie die Arme vor der Brust verschränkt gehalten und vor sich hingestarrt.

»Ab und zu denke ich, dass ich hier von jeder Realität abgeschnitten bin«, hatte sie fast unhörbar gemurmelt, »alles ist unwirklich. Ich habe nicht mehr das Gefühl für die Wirklichkeit. Nur im Traum finde ich sie manchmal noch.«

Else hatte das nicht verstanden. Wollte Lotte nicht richtig reden? Sie hatte nichts gesagt, weil Lotte sie immer noch nicht angesehen, sondern weiterhin geradeaus geblickt hatte, vor sich hin, wohl auf das graue Band der Straße.

»Es ist zum Verrücktwerden«, sagte sie dann mit rauer Stimme.

»Wie bitte?«, fiel Else ein, »nein, sieh mal, du kommst da wieder raus.«

Lotte antwortete nicht gleich, sie schien nachzudenken. Ganz plötzlich streckte sie sich und meinte dann lächelnd, wie um Else zu beschwichtigen: »Ja, du hast ja recht, wir wollen nicht mehr davon reden.«

Dankbar hatte Else dieses Angebot angenommen. Es war ein fröhlicher Nachmittag geworden.

Wenn Lotte damals nicht davon erzählt, das Gespräch nie stattgefunden hätte. Der Einblick in Lottes heikle Eheprobleme hatte ihr in jenem Augenblick nicht die Augen für die Gefahr geöffnet, in der sich Lotte befand. Die Gefahr hatte sie einfach nicht erkannt. Und sie hatte damals nicht versucht, sich in Lottes Situation hineinzuversetzen. Das war kein Mangel an Teilnahme. Aber düstere Gedanken passten einfach nicht in einen heiteren Nachmittag. Zu sehr wollte sie die fröhlich lachende Lotte neben sich haben. Sie war keine Hilfe gewesen. Heute tauchten viele einzelne Szenen wieder auf, besonders schmerzlich, wenn sie bemüht war, so viele Erinnerungsteile wie möglich in ein umfangreicheres Bild einzuweben. Aber war nicht Lotte selbst ein Weltmeister im Verdrängen gewesen? Der weitere Tag verlief dann in der heitersten Stimmung. Lotte schien wie ausgewechselt. Sie lachte und sprang mit den Kindern umher, ließ sich von ihnen in den Sand eingraben. Sie half den Kindern bei der Anlage eines Stausees, spielte mit ihnen im Meer. Sie zeigte keinerlei Ermüdungserscheinungen, als sie nach langem Schwimmen aus dem Wasser kam. Und später, als der menschenleere Strand zu ausgelassenen Spielen verführte, da konnte Lotte beweisen, dass sie Else beim Laufen und im Weitsprung haushoch überlegen war. Ihr Jungengesicht strahlte vor Freude über jeden kleinen Vorsprung. Sieger, Sieger, jubelten die kleinen Zuschauer ihr zu und mussten dann lernen, dass die Siegesgöttin Nike heißt.

An jenem Tag waren sie gar nicht bis nach Agia Napa gekommen und in Larnaka geblieben. Dort hatten sie die gerade neu eingerichtete Anlage mit Umkleidekabinen und Duschen aufgesucht. Fast wie in Europa, spottete Lotte, uns hat die Tourismusindustrie bald überall eingeholt. Wie jedes andere Land am Mittelmeer war inzwischen auch Zypern ganz auf den Fremdenverkehr eingestellt. Dabei hatte es noch 1960 fast kein Hotel auf Zypern gegeben und so gut wie kein Restaurant. Niemand wusste das besser als Marlene, die seit beinahe vierzig Jahren in Nicosia lebte. Marlene erzählte gern über die Zeit, in der noch jeder jeden kannte, wie sie sagte. Und überhaupt habe man damals die heißen Sommer in den Bergen und nicht am Meer verbracht. Es sei viel schöner gewesen, schwärmte sie, viel menschlicher ohne die Riesenhotels. Die Straßen seien eng und kurvenreich gewesen. Um von einem Ende der Insel zum anderen zu gelangen, habe man mehrere Tage gebraucht. Vierzig Jahre auf der kleinen Insel. Else staunte. Es war doch recht unwahrscheinlich, dass sie es vierzig Jahre auf dieser kleinen Insel aushalten würde. Trotz der vierzig Jahre, die sie schon auf Zypern lebe, sagte Marlene, zähle sie noch immer zu den Ausländerinnen. Man gehöre einfach nicht dazu. Marlene war eine Fremde geblieben. Ob die hellere Hautfarbe daran schuld war, an der man sie sofort als nicht Einheimische erkennen konnte, oder ob ihre lückenhaften Sprachkenntnisse der Grund waren, das wusste sie nicht. Ihr Griechisch diente ihr lediglich als ein notdürftiges Verständigungsmittel. Für anspruchsvollere Gespräche reichte es nicht aus. Mit ihrem Mann hatte sie ohnehin während der vielen Jahre nur Englisch gesprochen. Und die Muttersprache. Was war mit der Muttersprache, konnte sie verloren gehen?

Mit diesem Gedanken war Else in die Gegenwart zurückgekehrt. Schnell in den Schatten. Sie nahm Johanna auf den Arm, obwohl sie dafür eigentlich zu groß war, und lief durch den heißen Sand zurück.

»Wir Griechen«, hörte sie Olga zu Angelos sagen.

Angelos und Olga saßen dicht zusammengerückt auf einer Liege unter einem Schirm. Sie waren so in ihr Zwiegespräch vertieft, dass sie kaum aufschauten, als Else näher kam.

Schon wieder der Nationalstolz. Da fühlte sich Else erst recht ausgeschlossen. Für eine Deutsche verbot sich einfach jeder Nationalismus. Was sollte sie sich dazwischensetzen. Selbst dem Kind schenkten sie keine

Beachtung. Es wurde ihr immer klarer, sie war unerwünscht. Else suchte ein paar Handtücher zusammen, verstaute sie in der Strandtasche und sagte, sie mache sich jetzt mit Johanna auf den Heimweg, es sei einfach zu heiß. Angelos könnte ja nachkommen. Angelos und Olga sahen nun beide in ihre Richtung. Sie schwiegen. Olga lächelte und Angelos warf ihr einen bösen Blick zu.

Wenig später saßen Else und Johanna in einem Taxi. Sollten sie doch weiter zu zweit das Gespräch bestreiten. Der Ärger rauschte in Elses Ohren.

Um 19 Uhr machte sich Else wieder mit Johanna auf den Weg. Sie schlossen sich den Schaulustigen auf den wenigen Einkaufstraßen des Vororts an. Es war der Reiz der Wiederholung. Johanna bekam wieder einen Maiskolben von der netten Frau, die mit ihrem Wägelchen gleich auf dem Platz vor der Kirche stand, und auf ihrem Rückweg würden sie noch ein Anisbrot beim Bäcker kaufen. Auf dem Gehsteig hüpfte Johanna an ihrer Hand, hüpfte von einer Platte zur nächsten. Breite Trottoirs mit weißen Marmorplatten. Schöne Auslagen, aufwendig ausgestattete Geschäfte, die hauptsächlich teure Markenkleidung führten. Aber nichts wollte heute in ihr die geringste Kauflust auslösen. Nichts machte einen Sinn. Und trotzdem fühlte sie sich beschwingt, ließ sich von Johanna anstecken. Sie überlegte, die kleine Besorgung für Angelos jetzt zu machen. Deshalb ging sie in ein Geschäft, um die Briefumschläge zu kaufen. Sie war die einzige Kundin. Es war peinlich, nur Umschläge zu kaufen. Auf einem Büchertisch lagen Neuerscheinungen, Romane. Sie hatte Kritiken gelesen. Sie blätterte in dem neuen Themelis, aber mit sich im Widerstreit legte sie ihn wieder zur Seite. Nicht jetzt, etwas hielt sie davon ab, sich diesen Kaufwunsch zu erfüllen. Die zehn Briefumschläge waren billig. Johanna suchte einen bunten Radiergummi aus. Die junge Verkäuferin machte ein unzufriedenes Gesicht. Else und Johanna hatten sie beim Telefonieren gestört. Gleich als sie den Laden betraten, hatte die Verkäuferin aufgelegt. Mit langsamen Bewegungen schob sie jetzt die Briefumschläge in eine Tüte und gab das Wechselgeld heraus. Ihre abgekauten Fingernägel zeigten Spuren von Nagellack. Else hätte gern mehr bezahlt. Beim Verlassen des Geschäftes grüßte sie besonders freundlich, worauf sie keine Antwort bekam. Sie gingen weiter. Folgten der Straße. Die Sonne schien ihnen ins Gesicht. In einem Café waren alle Tische besetzt, nur in einer Ecke stand ein freier Tisch, aber ohne Stuhl. Else sah niemanden allein an einem Tisch sitzen. Wollte denn niemand allein sein? Sie kehrten um.

Ihr Rückweg führte sie am Meer entlang. Der Himmel blau, nur weiter hinten über Aegina dunstig. Segeljachten schaukelten in den Hafenbecken. Ein leiser Klingelton begleitete sie. Müdigkeit überkam sie. Ganz und gar sinnloses Umherlaufen. Viel zu warm. Keine Abkühlung. Das Kind ließ sich nun ziehen. Trottete lustlos. Sie dachte an die Arbeit, die sie schreiben wollte. Was ist denn Heimat?, fragte sich Else in einem Anflug von Melancholie. Brauchen wir Heimat, Zugehörigkeit? Ein kindliches Bild von der Heimat, das problemlos ist. Zweifellos ist das ein Ort, der uns sehr früh geprägt hat. Das Heimatbild muss makellos bleiben.

Ist das Gefühl der Fremdheit, was mich überkommt, an die fremde Umgebung, an das fremde Land gebunden oder hat mich das Gefühl der Nichtzugehörigkeit schon als Kind begleitet?

»Fremd kannst du dich überall fühlen. Man muss nicht weit fortgehen, um sich fremd zu fühlen«, hatte Angelos gesagt, als sie sich wieder einmal beklagt hatte. Aber hatte er recht? Es musste wohl etwas Zigeunerhaftes an ihr haften. Jedenfalls konnte sie die Klassenkameradinnen nicht verstehen, die an ihrem Geburtsort geblieben waren, dort geheiratet hatten und die keinen Wunsch verspürten, aus diesem ewig Gewohnten auszubrechen.

Von Weitem sah es wie ein Menschenauflauf aus. Als Else die Stelle erreichte, sah sie, dass zu beiden Seiten des Weges am Meer entlang Afrikaner allerlei bunte Sachen, Tücher, Blusen und Taschen zum Verkauf aufgestellt hatten. Sie mussten sich zwischen den Schaulustigen und Käufern ihren Weg bahnen. Um den Preis vermeintlicher Markentaschen wurde gefeilscht. Else blieb stehen und sah zu. Überlegte, ob sie ein buntes Tuch kaufen sollte oder vielleicht eine Halskette. Dann, ganz plötzlich, rafften die Afrikaner ihre ausgestellten Waren in großen Tüchern zusammen, warfen sich die Bündel über die Schulter und liefen in alle Richtungen davon. Als die Polizei den Platz erreichte, war von ihnen jede Spur verschwunden. Eine Gruppe Schaulustiger stand noch herum, löste sich auf. Sobald die Polizisten weg waren, würden sich die Afrikaner wieder einfinden und ihre Waren aufbauen. Solange es Käufer für die Kopien klangvoller Markenartikel gab, würde das Katz-und-Maus-Spiel zwischen den Afrikanern und der Polizei weitergehen. Johanna sah den Gejagten nach. Obwohl Else auf die Frage, wohin sie liefen, keine Antwort gab, ließ sich Johanna ohne Erklärungen schließlich wegziehen.

»Sieh mal die vielen Möwen dort hinten«, sagte Johanna, »was machen die da?«

»Sie haben einen Kongress, wie der Papa«, lachte Else.

»Wirklich?«

»Nein, nicht wirklich. Wahrscheinlich finden sie dort viele Fische.«

Johanna ließ ihre Hand los und lief näher ans Meer.

An der Ecke, wo ihr neulich der Hund begegnet war, blieb Else stehen und sah sich nach ihm um. Sie hätte ihn gern Johanna gezeigt. Der Hund war nicht zu sehen. Es war still hier. Nur eine Frau kam ihnen entgegen, die nach einer Bäckerei fragte, möglichst in der Nähe. Else war richtig stolz, ihr einen Bäcker in der nächsten Querstraße nennen zu können. Die Frau hatte nichts Fremdes an ihr bemerkt. Hielt man sie für eine Griechin?

»Alles Leben nur ein Schauspiel. Wir müssen uns nur in unserem Sessel zurücksetzen und das Spiel des Lebens vorüberziehen lassen, das ist ganz risikoarm. Nicht wahr, so stellst du dir das vor, meine Liebe?«, hatte Angelos gefragt. »Aus sicherer Entfernung ist dein einziges Tun in diesem Spiel das Zusehen. Du bist der Zuschauer, alle anderen dürfen für dich die Schauspieler abgeben. Falsch, falsch, gib diese Passivität auf. Das Zuschauer-Sein ist ebenfalls eine Rolle. Wie leicht verbirgt sich dahinter der ewige Ankläger.«

Er war im Unrecht, meinte sie. War es nicht unter anderem Angelos selbst, der ihr einen Platz im Zuschauerraum anwies?

Nicht einmal die üblichen Fragen voll nichtssagender Höflichkeit waren ihr gestellt worden. Sicher, sie hätte dafür dankbar sein sollen. Aber sogar der Austausch von Höflichkeiten bedeutet manchmal eine angenehme Unterbrechung im Fremdsein.

Sie hatte noch kein Wort mit ihren Tischnachbarn gewechselt, saß wieder stumm dabei, hörte den Gesprächen zu. Stumm war sie geworden in dem fremden Land. Die Eloquenz war eine Voraussetzung, aber auch ein Schmuck, besonders in dieser Gesellschaft. Natürlich durfte sie keine Spielverderberin sein. Schon Angelos zuliebe. Sie war bemüht, ein neutrales Gesicht aufzusetzen, auch wenn die Langeweile und ein unterdrückter Ärger sie wie eine Lähmung überkamen. Eigentlich war es gleichgültig, was man von ihr dachte. Sie konzentrierte sich auf das Essen, schob es langsam und gesittet in sich hinein. Die meisten, die hier versammelt waren, hatten so gut wie nichts mit der Tagung der Psychoanalytiker zu tun. Es waren Kunstliebhaber, Intellektuelle, Dichter, Schriftsteller und andere dem geistigen Leben Nahestehende, die sich in unregelmäßigen Abständen nach kleinen Lesungen zum Abendessen und zu einem Gedankenaustausch trafen. Kulturfragen wurden erörtert. Inzwischen waren es überaus freundschaftliche Beziehungen, welche die Teilnehmer miteinander verbanden, und sie freuten sich an dem zwanglosen Beisammensein. Zu hoch wissenschaftlichen Diskussionen kam es nur noch selten. Und wenn in Zypern die Tagespolitik und überhaupt die politischen Themen den Hauptgesprächsstoff in einer geselligen Runde bildeten, so schien hier an dieser Art der Unterhaltung kein Interesse vorhanden zu sein. Sie sah zu Angelos hinüber, versuchte ihn mit Blicken zu erreichen. Er erwiderte ihren Blick, ruhig und ernst. Links von ihm saß eine bekannte Schauspielerin mit ganz faltenlosem Gesicht, um die er freundlich bemüht schien. Er schenkte ihr nach. Es musste das vierte oder fünfte Glas Wein sein.

Besonders die Gespräche ihrer direkten Tischnachbarn verursachten ihr Unbehagen, denn diese Gespräche richteten sich nicht an sie, sondern an die Personen, die neben ihr saßen. Else bildete nur ein Hindernis, in diesem Fall sogar ein körperliches. Sie gehörte nicht dazu, nicht in diese Gesellschaft. Und auf die Art und Weise, wie sie zwischen den Gesprächspartnern saß, meinte sie zu schrumpfen. Es war durchaus ein physisches Gefühl, das genau in der Mitte des Körpers begann, irgendwo in der Magengegend. Ein Strichmännchen, das man ausradieren könnte. Was war sie anderes.

»Jeden Sommer lese ich meinen Homer«, erzählte ihr rechter Tischnachbar.

»Ich habe neulich wieder einmal den Cervantes hervorgeholt, kann mich aber nicht mehr dafür begeistern. Er hat uns heute nichts mehr zu sagen«, antwortete der Mann links von ihr, ohne auf das Stichwort Homer einzugehen.

Damit sie dem Gespräch ihrer Tischnachbarn sozusagen freien Lauf gewähren konnte, lehnte sich Else auf ihrem Stuhl zurück und sah teilnehmend mal nach links, mal nach rechts. Zustimmung kam von dem Mann vis-à-vis, er warf ein, dass er sich wieder den Dante vornehmen wolle. Daraufhin sagte die Frau mit dem tiefen Ausschnitt links von ihm hastig: »Aber nur in der ausgezeichneten neuen Übersetzung von meinem Freund.«

Else konnte den Namen des Freundes nicht verstehen. Es hätte auch nicht weitergeholfen. Sie kannte sich nicht aus. Sie unterdrückte den Impuls zu gähnen, rückte weiter vom Tisch zurück, schlug das linke Bein über das rechte, legte die Serviette auf ihrem Schoß zurecht. Auf seltsame Weise überkam sie plötzlich das Gefühl, in der Vergangenheit angekommen zu sein. War das nicht ein Abschiednehmen von dieser Welt? Einige ihrer Tischnachbarn hatten das Alter ihrer Eltern. Wie sahen sie die heutige Welt? Keine Frage. Diese Runde gab sich da keiner Illusionen hin. Die heutige Gesellschaft steuerte unweigerlich ihrem Untergang entgegen. Und der wurde in immer bunteren Farben ausgemalt. Damit wenigsten eins ihrer handgeschriebenen Manuskripte bleiben würde, lehnten es die meisten von ihnen ab, einen Computer zu benutzen. Mit Vorliebe sprachen sie über verloren gegangene Werte. Else bekam den Eindruck, dass sie sich schon in Endzeitstimmung befanden und für die ihnen noch verbleibende Zeit nach dem Wesentlichen suchten. Und sicher kamen sie irgendwann zu der Erkenntnis und Einsicht, die höchsten Stufen nicht erklommen zu haben. Deshalb nun die Verbeugung vor dem unvergänglichen Kunstwerk. Dasein als ästhetisches Phänomen.

»Was meint denn unsere schöne Frau E., sie hat den ganzen Abend nur zugehört, wie stehen Sie zu der Kunst? Ihr Land hat große Komponisten, aber auch große Dichter hervorgebracht.« Ihr linker Tischnachbar hatte mit deutlicher Stimme gesprochen.

Else schreckte förmlich auf. Keine Frage, sie war gemeint. Alle Blicke richteten sich nun auf sie. Sie fürchtete, rot zu werden. Ohne Überlegung sagte sie: »Die Seele der Kunst ist der Eros.« Kaum war der Satz heraus, da hätte sie sich wegen der schülerhaften Antwort ohrfeigen können.

»Wunderbar, ja, schöne Frau«, hörte sie da, »bravo!«

Ihr Arm wurde von einer Hand getätschelt, die von blauen Venenknoten nur so strotzte. Man lächelte. Jemand wollte auf die Liebe anstoßen.

»Nun, wir wissen nicht, wie Sappho sich verhalten hat«, meinte da der rechte Tischnachbar, das Gespräch wieder aufnehmend, »ich glaube, sobald der Dichter keine sexuellen Beziehungen mehr unterhält, ist es mit seiner Dichtung vorbei. Es bleibt ihm nur noch der Essay.«

»Sublimierung der Sexualität«, murmelte Else.

Aber niemand hörte sie. So ein geflüsterter Satz ging unter. Was vielleicht kein Unglück war.

Die Frau links von dem Mann gegenüber zitierte: »Eros hat mir die Sinne geschüttelt.«

»So wie ein Sturm in die Eichen des Bergwaldes fällt«, fiel der rechte Tischnachbar schnell ein.

Großartig. Wer hatte das gesagt? Andere fielen ein. Es wurde lebhaft. Zitiert wurden Sappho, Kavafis, natürlich Seferis und schließlich Elytis.

Else, die diese Diskussion angestoßen hatte, war bemüht, ihre Bewunderung über die vorgetragenen Gedichte auszudrücken, bis die Sappho-Kennerin ihr gegenüber die Lippen kräuselte und sie ansah. »Ich hätte nicht gedacht, dass Sie eine Liebhaberin unserer Dichter sind. Man sieht es Ihnen gar nicht an.«

Wie viel Hochmut und Verachtung gleichzeitig aus dieser Stimme sprachen. Else sah die Frau an. Sie war alt. Ihre Haare blond gefärbt. Die Nase groß, scharf. Die Haut zerfurcht. Die dunklen Augen. Was sollte sie dieser alten Frau antworten? Mit leichtem Kopfschütteln sagte sie schnell: »Suchst du den Kern der Sache, dann geh zu Sappho.« Nichts weiter. Sie holte tief Luft, nahm dann ihre Tasche, holte ein Taschentuch heraus und blieb jede weitere Antwort schuldig. Sekt wurde herumgereicht, dazu verschiedene Torten. Verführerische Kleinkunstwerke, denen sie nicht widerstehen konnte. Sie nahm ein kleines Schokoladenstück mit einer großen Erdbeere.

»Und morgen schwimme ich eine Runde mehr«, meinte Angelos und zwinkerte ihr fröhlich über den Tisch hinweg zu. Alle längst bekannte Anekdoten wurden neu erzählt und die Zeit des Aufbruchs konnte nicht mehr fern sein. Hinter einer Fassade von Freundlichkeit küssten einige der älteren Herren Else beim Abschied die Hand. Das hatte etwas Tröstliches.

Im Auto, kurz bevor sie das Haus seiner Tante erreicht hatten, sagte Angelos plötzlich nach längerem Schweigen: »Du bist das schlechthin Andere.« Er hatte das so gesagt, als wäre er nach längerem Überlegen zu diesem Schluss gekommen. Was er damit gemeint habe, fragte sie. Er lächelte, es sei nicht böse gemeint. Aber seine Aussage wollte er nicht zurücknehmen, auch später nicht. Else hatte Argumente aufgezählt, die ihn umstimmen sollten. Das Andere würde nicht als etwas Positives gesehen. Das Andere sei bestenfalls das Unwesentliche, wenn der Mensch sich selbst als das Wesentliche bejahe. Das Andere würde häufig als Feindliches empfunden. Angelos hüllte sich in Schweigen. Auch diese Gesellschaft hatte sie in ihrer Außenseiterposition bestätigt. War es nicht das, was Angelos sagen wollte?

»Du übertreibst«, sagte Angelos. Er parkte das Auto vor der Haustür. Und im Aussteigen sagte er dann noch: »Kannst du nicht einfach natürlicher mit den Menschen umgehen?«

Von einem Balkon im Nachbarhaus waren Stimmen und Geschirrgeklapper zu hören. Eine Frau lachte. Stumm ging Else voraus und hielt die Gartenpforte für Angelos auf. Im Aufzug legte er einen Arm um ihre Taille. Sie machte sich steif und wich aus.

Der Abend war nun völlig verdorben. Im Bett, bevor sie Angelos den Rücken zukehrte, meinte Else, es sei nichts Neues, dass dem Fremden in der Regel Misstrauen entgegengebracht würde.

Der Traum verwunderte sie nicht. Obwohl sie ihn nicht völlig rekonstruieren konnte, war sie sich sofort über seine sexuelle Bedeutung ganz sicher und sah darin sogleich die Antwort auf den gestrigen Abend. Angelos war mit von der Partie. Auf einer Schaukel bemühte sich Else vergeblich um den richtigen Schwung. Bald gingen Angelos und Else an einem Bach spazieren, den man zwischen den hohen Nadelbäumen kaum vermutete. Über den Kiefern und Zedern der stahlblaue Himmel. Es hätte im Tróodos-Gebirge sein können, ein Ort, den sie in den heißen Sommern in Zypern häufig aufsuchten. Sie gingen hintereinander. Else, die vorausging, zog bald die Schuhe aus, um in den Bach hineinzusteigen. Da bemerkte sie eine schön gemusterte Schlange, die unter Seerosen hervor auf sie zuschlängelte. Sie flüchtete sich aufs Trockene, aus dem Bach hinaus. Schon schlängelte sich die Schlange hinterher, verfolgte sie, züngelte, kroch dann über die Grasnarbe. War es denn noch eine Schlange? In diesem Augenblick fand eine Verwandlung statt. Nicht eine Schlange, sondern ein Krake auf acht Beinen nahm die Verfolgung auf. Else lief, konnte sich kaum vorwärtsbewegen. Der Krake ringelte sich auf einem Baum und beobachtete sie aus einem Auge. Einem großen, zwinkernden Auge, das mitten in dem runden weichen Körper saß, sich langsam ausdehnte und schließlich den ganzen Körper ausmachte. Laufen half nicht. In Panik wachte sie auf. Platschnass. Sie lag lange wach. Das Auge mit dem frechen, schelmischen Blick ließ sich schwer abschütteln, prägte sich ihr tief ein, sie hätte es zeichnen können. Traumdeutereien.

Sie hatte es dann doch nicht gewagt, Angelos von ihrem reizenden, schaurigen Traum zu erzählen. Allzu großen Einblick wollte sie ihm nicht gewähren.

Angelos stand unter der Dusche und ließ das Wasser über seinen Körper laufen. Schlank, braun gebrannt, das dunkle Haar glänzend vor Nässe. Else starrte ihn an.

»Ist was, ich bin gleich fertig«, sagte er, »herrlich, dieses Wasser ist eine Wonne.« Vergnügt sah er sie an. »Hier ist noch Platz.«

Der freche Blick, durchdringender, je weniger sie von den Pupillen in den dunklen Augen sehen konnte. Jetzt trällerte er fröhlich einen Marsch. Die Sinne waren alarmiert. Es könnte etwas passieren. Else runzelte die Stirn. Leise sagte sie: »Ich suche nach meinem kleinen Spiegel« und wandte sich ab.

Als sehe ich zum ersten Mal einen nackten Mann unter der Dusche stehen! Aber Erziehung ist alles. Jedes Bedürfnis nach Zärtlichkeit wird als etwas Verbotenes gleich verworfen. Zum Rührmichnichtan erzogen. Lust beschneiden. Im Bad, in der Dusche, keine Grenzen. Das geht nun wirklich nicht, Johanna kann jeden Augenblick hereinkommen.

Der Spiegel entglitt ihrer Hand, fiel auf den Fliesenboden und zersprang in tausend Teilchen. Sie fluchte, warnte Angelos vor den Scherben und begann sie aufzusammeln. »Das bringt sieben Jahre Unglück, würde meine Mutter sagen.«

»Ach«, lachte Angelos, »Scherben bringen Glück.«

Sie sah zu ihm auf. In seinen Augenwinkeln Fächer der Heiterkeit.

Das Meer grün. Wellen und einige Schaumkronen.

»Das Meer schenkt dir deinen Körper wieder, Else«, murmelte sie.

Der Körper war ganz in Vergessenheit geraten. Ihr Körper, das war auch sie. Dieser Körper, diese Hülle für das Selbst. Eingebettet in das Auf und Ab der Wellen, denen sie sich mit geschmeidigen Schwimmbewegungen anpasste, spürte sie Zugehörigkeit. Sie tauchte durch die Wellen, bis sie ganz außer Atem war. Sie meinte vor Lebendigkeit zu sprühen. Erst das Schwimmen im Meer machte sie lebensfähig. Olga meinte, man solle seinem Wahn nach leben. Was hatte sie damit sagen wollen? Ihr Wahn? Olgas Wahn? Sind wir nicht alle gar zu gern davon überzeugt, dass an uns, über unsere Selbstwahrnehmung hinaus, nichts zu bemerken ist? Wir glauben unser Verhalten unter Kontrolle zu haben, sodass es verbirgt, was wir vor dem anderen verbergen wollen.

Es hatte sich so ergeben. Sie hatte sich wieder mit Olga zum Schwimmen verabredet, ohne Angelos. Olga kannte einen ganz besonders schönen Ort, den sie manchmal aufsuchte, und hatte angeboten, Else und Johanna mitzunehmen. Also brachen sie auf, um den Vormittag am Meer zu verbringen. Das Auto holperte auf einem Sandweg, bis schließlich der Weg nicht weiterführte und sie im spärlichen Schatten einer jungen Pinie parkten. Else war durchgeschwitzt. Das T-Shirt klebte am Rücken.

»Da wären wir«, sagte Olga mit einem Lächeln, das wohl sagen sollte, seht her, etwas Besseres kann euch nicht geboten werden. Sie bahnten sich ihren Weg zwischen Oleander und Ginstergesträuch. Auf einem Ziegenpfad, der zu der kleinen Bucht unterhalb der Felsenküste führte, strebten sie mit Sonnenschirm und Badetaschen weiter. Ein Glück, dass sie auch Johanna feste Turnschuhe angezogen hatte. Da lag sie, die kleine Bucht, wie sie seit Urzeiten dagelegen hatte. Kein Mensch weit und breit. Sie hatten die ganze Bucht für sich allein. Johanna jauchzte, sprang durch den weißen Sand gleich ins Wasser. Und Else wunderte sich in diesem Augenblick, wie Phrasen der griechischen Sprache mühelos aus ihr flossen, eigentlich ohne mein Dazutun, dachte sie. Aber dieses kleine Wunder trat nur ein, wenn sie sich wohlfühlte, sorglos und beschwingt. Ich beherrsche die Sprache nicht wirklich. Das Verständlichmachen bleibt dem

Zufall unterworfen. Kommunikation ein Glücksspiel, inzwischen mit hoher Zufallsquote. Es handelte sich um ihre Wohlfühlsprache. Die Ausdrucksmöglichkeiten in der fremden Sprache unterlagen ihren Gefühlsschwankungen. In extremen Fällen geriet die Syntax ins Wanken. Aus Angst vor der Sprachverwirrung und größeren Ausrutschern verfiel sie dann lieber in Schweigen. Heute gab es keine Probleme, denn Olga übernahm die Gesprächsführung, bevor bei Else Erschöpfungserscheinungen auftreten konnten. Ihre Stimme dunkel und rau. Allen Anschein nach hatte Olga eine Zuhörerin dringend nötig und Else spielte die Rolle erfahrungsgemäß gut. Es war ihr Schicksal. Jedenfalls erschien es ihr auch heute so. Sie musste Olga nur ab und zu mit einem zustimmenden Nicken ermuntern. Warum nur hatte sich Olga bisher kein einziges Mal nach ihrem Befinden erkundigt und, was für Griechen ganz untypisch war, auf das »Wie geht's, wie steht's« verzichtet? Fragen, wie es Else bisher auf Zypern ergangen sei, ob sie glücklich oder unglücklich sei, wie sie ihr Leben dort gestalte waren bis jetzt ausgeblieben. Sie hätte Interesse vortäuschen können. Olga stellte keine Fragen. Und sie wollte keine Antworten. Den Dialog suchte sie wohl nur mit Angelos. Eigentlich konnte es ihr gleichgültig sein. Ein wunderschöner Tag am Meer. Was sonst. Also konzentrierte sie sich wieder aufs Zuhören. Ab und zu kam es vor, dass Else spontan äußerte: »Ja, genauso machen wir es auf Zypern« oder: »Bei uns ist das aber anders«.

Olga, die gar nicht auf Zwischenbemerkungen eingestellt war, verdrehte dann erstaunt die Augen. Und Else lächelte entschuldigend. Wenn Olgas Stimme allzu schulmeisterhaft klang, hörte sie einfach nicht mehr zu, träumte vor sich hin, bis ein Stocken in dem vorbeirauschenden Strom der Sprache sie alarmierte.

Olga dozierte gerade: »Beide Großhirnhälften sind nicht völlig symmetrisch strukturiert und sie funktionieren nicht auf dieselbe Art und Weise. Es scheint, dass die linke Hirnhälfte eher für Abstraktion, die rechte dagegen eher für konkrete Bilder und Töne empfänglich ist.«

Das ließ Else aufhorchen, denn nun verstand sie den Zusammenhang nicht. Wie war Olga bloß auf dieses Thema gekommen? Die Vorgeschichte war Else entgangen. Auf gut Glück warf sie ein, dass das Gehirn ebenfalls die bemerkenswerte Fähigkeit zur Selbstveränderung habe.

»Ach komm, das weiß ich doch auch«, sagte Olga da und lächelte ironisch. Sie saß im Schneidersitz. Anklagend schwieg sie dann und kramte in ihrer großen Tasche nach dem Notizbuch, in das sie eine Eintragung machte.

Was nun, war sie jetzt gekränkt? Wie fremd wir einander doch sind, dachte Else und wie wenig empfindsam Olga für die Stimmungen eines anderen ist. Wir liegen am Meer in der Sonne und sie erzählt mir von Großhirnhälften. Was will sie nur immer beweisen und warum dieses Bedürfnis? Else hätte in diesem Augenblick lieber nur in den blauen Himmel geblickt oder das Wasser auf ihrem Körper gespürt. Später im Meer schwamm sie in die entgegengesetzte Richtung. Sie schwamm schneller als Olga. Sie tobte sich aus. War ganz außer Atem. Kein Zweifel, Olga hatte viele Gesichter, das musste selbst sie langsam erkennen. Wenn sie objektiv sein wollte. Jedes Mal lernte sie eine andere Olga kennen. Von Augenblick zu Augenblick konnte Olga sich verändern. Die liebenswerte Freundin verwandelte sich in eine ungeduldige, arrogante Besserwisserin, sodass man meinen konnte, eine andere Person vor sich zu haben. Allerdings gab das ihrer Beziehung zu Olga auch einen gewissen Reiz. Es würde nie langweilig werden. Ein Zusammentreffen mit Olga versprach immer eine Überraschung.

Johanna kam gelaufen. Sie hielt etwas in der Hand und rief: »Ein Schatz, ich habe einen Schatz gefunden.«

Schätze fand Johanna jeden Tag. Muscheln waren selten, man musste lange nach ihnen suchen. Wirklich schöne, heile Muscheln holte Angelos vom Meeresgrund herauf. Else gelang es nicht, ohne Taucherbrille Muscheln in der Tiefe zu entdecken. Schatzgräber sind wohl in erster Linie die Männer. Zum Glück war Johannas Freude über einen wohlgeformten, bunten Stein ebenso groß wie über eine Muschel. Nun aber streckte sie Else die Hand mit einer kleinen Muschel entgegen.

»Die ist aber bewohnt«, sagte Else, »ein Einsiedlerkrebs wohnt darin. Wollen wir die Muschel wieder ins Wasser legen, dann kommt er bestimmt heraus.«

Johanna zögerte, besann sich aber, als das Tierchen seine Scheren sehen ließ. Else musste nun die Muschel mit seinem Bewohner tragen. Johanna machte ein betrübtes Gesicht, gern trennte sie sich nicht von ihrem Schatz, und Else und Olga versprachen ihre Hilfe bei einer weiteren Schatzsuche.

»Was für ein schönes Alter«, sagte Olga, »da hat man seine Kinder noch ganz für sich. Mein Sohn hing an mir, ohne mich konnte er nicht sein.« Ihr Gesicht bekam einen verträumten Ausdruck, der Else schon bekannt war, den Olgas Gesicht annahm, sobald sie von ihrem Sohn sprach. »Ja, wir hatten eine sehr innige Beziehung, natürlich sind wir uns immer noch sehr nah.« Sie setzte eine Sonnenbrille auf, und Else konnte ihren Blick nicht mehr erkennen. »Es gibt viel Literatur darüber, wie eine Mutter sich zu verhalten hat, damit aus ihrem Kind ein gesunder Erwachsener werden kann«, sagte Olga in einem sachlichen Ton.

»Nach Angelos«, warf Else ein, »darf die Mutter dem Kind nur Hilfestellung bieten, damit es über sie hinauswachsen kann.«

Olga lachte kurz auf. »Da haben wir es, das sind die Verhaltungsvorschriften von eifersüchtigen Vätern, die der Mutter den Sohn nicht gönnen. Der Stoff ist von unseren großen Vorfahren ausführlich behandelt worden. Nun heißt es, dass die kluge Mutter vor allem die Liebe des Sohnes von sich auf eine andere Frau lenken muss. Und was passiert mit der Mutter? Wie eine zerbrochene Eierschale bleibt sie zurück. Das Junge ist ausgeschlüpft und ihr Leben lässt sich nicht wieder kitten. Folglich muss die Mutter, nachdem sie den größten Liebesbeweis erbracht hat, den größten Liebesentzug erleiden. Das ist das Leben einer Mutter, ihr Schicksal. Nur ein kurzes Glück.« Während Olga sprach, hatte sie aus ihrer umfangreichen Strandtasche eine bunte Dose mit Keksen hervorgeholt, ein Tuch ordentlich entfaltet und darauf, genau in die Mitte, die Keksdose gestellt. »Zeit, um uns zu stärken«, meinte sie. Sie hatte sich wieder unter Kontrolle.

Else legte ein paar Trauben dazu und rief Johanna, die aber nur zwei Kekse nahm und gleich wieder davonlief. Else und Olga rückten unter dem Sonnenschirm näher zusammen.

Else überlegte, ob sie Olga nach ihrem Sohn fragen sollte. Sie war sich nicht sicher, wie Olga reagieren würde. Sie fragte dann: »Und dein Sohn, lebt er auch in Athen?«

»Ja«, antwortete Olga, »Aris wohnt in Athen, aber nicht bei mir.« Sichtlich nervös griff sie nach einem Kiesel, suchte ihre Hände zu beschäftigen. »Aris hat geheiratet, es ist kein Geheimnis«, sagte sie und legte Johannas Steinchen kreisförmig aneinander.

»Ares, wie wir auf Deutsch sagen«, sagte Else, »ist das ein Göttername?«

»Ja, ein Göttername. Ich stand damals mit der ganzen Welt auf Kriegsfuß. Nein, es stimmt nicht ganz, eigentlich ist er Aristoteles getauft, nach meinem Vater. Aber ein Kriegsgott kam mir damals sehr recht.« Sie schwieg und begann einen neuen Kreis aus den Steinchen zu legen.

Else wollte etwas sagen, aber es fiel ihr nichts ein. Sie war da in etwas hineingeraten. Sie hätte die Frage nach dem Sohn nicht stellen sollen. Das Gespräch hatte eine unangenehme Entwicklung genommen, sie hätte gern von dem leidigen Thema abgelenkt. Wer weiß, was sie noch alles sagen würde. Weshalb hatte sie sich eingemischt mit dieser Weisheit von Götternamen. Das konnte falsch ausgelegt werden. Sie hörte Olga mit leiser Stimme sagen: »Die Trennung fällt mir schwer. Ich empfinde es eigentlich wie eine Amputation. Schön, dass wir heute zusammen am

Meer sind, das lenkt mich ab.« Und nach einer Pause, sie legte eine Hand auf Elses Arm, sagte sie beschwörend: »Ich weiß, dass ich dir vertrauen kann, ich spreche sonst nicht darüber. Niemand würde mich verstehen. Und ich antworte nicht, wenn man mich darauf anspricht. Es ist so, zu Aris Hochzeit bin ich nicht gegangen. Ich konnte an der Trauung nicht teilnehmen. Sie hatten mich natürlich eingeladen.« Olga legte die Steine in den kleinen Eimer zurück. »Ich bin auf die Insel geflohen. Wir haben auf Naxos ein kleines Haus. Meine Mutter kommt von dort. Ihr müsst mich einmal dort besuchen, Angelos und du. Früher, als meine Mutter noch lebte, verbrachten wir den Sommer dort, mein Sohn und ich. Als Aris sich auf seiner Hochzeitsreise in Italien vergnügte, in Florenz und Venedig, blieb ich allein am Strand. Ich lag unter dem Sternenhimmel und wünschte meinen Tod herbei.«

Die Steinchen waren im Eimer. Else sagte nichts.

»Weißt du«, fuhr Olga fort, »du hast deinen Mann, ich habe meinen Sohn. Seitdem mein Sohn erwachsen ist, habe ich keinen Mann mehr angesehen. Mein Sohn bedeutet mir alles. Ich stimme mit seiner Haltung, seinen Gedanken vollkommen überein. Er ist der Mann meines Lebens.« Sie hielt einen Moment inne. »Klingt das merkwürdig? Auch als er in Paris studierte, fühlte ich mich nicht von ihm getrennt. Jede Woche hat er mir lange Briefe geschrieben. Diese liebenswürdige Handschrift. Ich habe alle seine Briefe aufgehoben.« Olga lächelte, wohl in Erinnerung an eine schöne Zeit. Aber ihr Blick verdüsterte sich schnell und unterdrückte Wut war aus ihrer Stimme zu hören, als sie sagte: »Dieses Mädchen oder diese Frau passt nicht in unsere Familie, sie ist ganz anders aufgewachsen. Sie will ihn für sich. Sie hat mir meinen Sohn weggenommen. Und nicht nur zwischen mich und ihn hat sie sich gestellt, auch seine alten Freunde duldet sie nicht, sie hat sie ihm entfremdet. Sie hat ihn zu sich herabgezogen. Selbst ihre Sprache wird er übernommen haben. Ich kann gar nicht beschreiben, was für eine Vulgärsprache sie gebraucht. Wie kann er wollen, dass diese Frau seine Kinder erzieht.« Olga schüttelte sich, so als riefe der Gedanke Ekel in ihr hervor. Dann nahm sie zwei Kiesel aus dem Eimer und warf sie in hohem Bogen über den Strand.

Ganz wie Angelos, dachte Else, auch er liebt das Spiel mit den Kieselsteinen. Dann lagen sie nebeneinander, ohne zu sprechen. Olgas Schweigen verwunderte Else. Ob sie eingeschlafen war? Else rückte ein wenig zur Seite, streckte sich lang auf dem Handtuch aus, schloss die Augen, wollte lieber unauffindbar sein. Aber Olgas Stimme drang schon wieder an ihr Ohr.

»Wir mögen keine Veränderung. Wir können uns nicht damit abfinden, dass unsere Kinder selbstständig sind. Wir haben eine Feuerversicherung, eine Krankenversicherung, vielleicht sogar eine Lebensversicherung, aber gegen den Verlust unserer Kinder sind wir nicht versichert. Haben wir die Kinder verloren, haben wir unseren Lebensweg verloren.« Olga hatte sich aufgesetzt und sprach nicht weiter. Sie rieb die Hände aneinander. Bis nach einer Weile alle Schwermut von ihr gewichen schien und sie sagte: »Und nun übe ich mich im Alleinsein und zelebriere die selbst auferlegte Einsamkeit.«

Sie lachte nervös auf. Else sah sie an. Unter der großen Sonnenbrille waren Olgas Lippen unschön verkniffen. Nur für einen Augenblick.

»Komm, wir wollen den Tag feiern«, rief Olga da. Sie war aufgesprungen und warf die Arme hoch. »Was für ein schöner Tag, lass uns die Welt umarmen.«

Zu dritt spielten sie Ball. Sie liefen und lachten, bis sie vor Erschöpfung auf die Handtücher fielen. Olga sagte, sie verabschiede sich jetzt, sie müsse sich ein bisschen im Meer abkühlen. Sie setzte den großen Strohhut auf, befestigte ihn unter dem Kinn, damit er im Meer nicht davonfliegen konnte, und ließ dann mit einem Lächeln ihr Bikinioberteil fallen. »Entschuldige, aber ohne fühle ich mich besser.«

Wieder war Else von Olgas Lächeln fasziniert, das, wie sie sich eingestand, die vorstehenden Zähne so bezaubernd begünstigten. Es benötigte einige Beherrschung, ihr nicht ständig auf den Mund zu sehen.

Ist es nur das Lächeln, was sie mir sympathisch macht? Wahrscheinlich nur das Lächeln.

In dieser kurzen Zeit war Olga für sie wichtig geworden. Wie oft waren sie zusammen gewesen. Doch sie wusste von Olga nur, was diese über sich erzählt hatte. Eigenartig. Else sah sich nach Johanna um. Sie setzte ihr die Mütze auf. Johanna wollte nicht mit ins Meer. Von Olga sah sie nur den Hut, wie er scheinbar über die Wasserfläche glitt. Sie würde Olga vielleicht nie wieder begegnen, wenn sie erst wieder in Zypern wären. Was würde sie vermissen?

Du solltest vorsichtiger abwägen, an wen du deine Sympathien verteilst, ermahnte sich Else. Die vielen Unstimmigkeiten. Ich bin da einer Sentimentalität erlegen. Eine Freundschaft für einen Sommer, mehr muss daraus nicht gleich werden.

Auf der Suche nach einem Ersatz für die auf so tragische Art und Weise verlorene Freundin stürzte sie sich ziemlich kopflos in Abenteuer. Was war es, das Olga mit Lotte gemeinsam hatte? Weshalb traf sie diese merkwürdige Wahl?

Ich bin mehr oder weniger allen Menschen ausgeliefert, die aus irgendwelchen Gründen etwas freundlicher zu mir sind. Die gute Frau Drakaki kommt mir möglicherweise nur freundlich entgegen, weil sie von ihrem eigentlichen Interesse an meinem Mann ablenken will. Der Ausdruck »mein Mann« ist zutreffend. Besitzergreifend. Den Hut über den Wellen beobachtend spann Else den Gedanken weiter. Würde ich zum Beispiel ein Hündchen mein Eigen nennen, dann könnte Olga, falls sie sich gut mit mir stände, mit diesem Hündchen spazieren gehen. Ich kompliziere die Situation nur durch meine Leichtgläubigkeit, die so weit führt, dass ich mich gegen alle Vernunft von ihr geliebt glaube. Ich bin wie verhext und spiele leichtgläubig mit dem Gedanken, dass ihre Zuneigung nicht nur ausschließlich meinem Mann gilt, sondern auch mir. Heilige Einfalt!

Das Meer ganz nah. Eine Abkühlung würde ihr ebenfalls gut tun. Else ließ sich hineinfallen, schwamm automatisch. Die Gedanken kamen und schwanden, wie eine leichte Brise, die anhebt und abflaut. Sie war weiterhin versunken in Zweifel und Missgunst und vergegenwärtigte sich eine besondere Eigenart Olgas. Häufig, wenn Olga erzählte, wenn ihre Erregung deutlich war, geschah es, dass sie ihren Kopf hochwarf. Die gerade griechische Nase leuchtete im Profil und verlieh ihr diesen hochmütigen Ausdruck im Gesicht. Else hatte sich an diese Gebärde bald gewöhnt, in der Annahme, es handele sich um einen Tick, was Olga in ihren Augen von allem Hochmut freisprach. Du idealisierst die Frau, Else. Ganz so einfach ist das nicht. Doch Hochmut? Ich verstehe schon lange keinen Menschen mehr. Hör auf, ermahnte sich Else und versuchte sich auf das Schwimmen zu konzentrieren. Die gleichmäßigen Schwimmbewegungen beruhigten sie tatsächlich, dämpften ihren Unmut. Schließlich schrieb sie ihre Gereiztheit dem übermäßigen Aufenthalt in der Sonne zu. Sie durfte sich nicht länger am Strand aufhalten und sich unbeschränkt der Sonne aussetzen. Maßhalten gehörte nicht zu ihren hervorstechenden Eigenschaften. Erst Johanna, die ins Wasser stieg, lenkte sie endgültig ab. Mit ihr tollte sie herum. Sie zeigte Johanna, wie sie sich ganz ruhig auf dem Wasser ausstrecken und liegen konnte. Angelos soll mich so sehen, sagte Johanna.

Olga suchte lange in der Strandtasche nach dem Autoschlüssel. »Wie gut, dass wir ihn nicht verloren haben«, sagte sie, als sie endlich eine bunte Perlenschnur in der Hand hielt, von der der Schlüssel baumelte.

War der Pluralis majestatis für Olgas eigene Wichtigkeit notwendig? Unter dem breitkrempigen Strohhut Olgas lächelndes Gesicht. Else lächelte zurück. Es war eine komische Episode, sie hier mit dieser Frau. Ohne Zweifel liebte Olga das Exzentrische. Wie ein exotischer Vogel sieht sie wieder aus, dachte Else und hätte gern etwas Freundliches gesagt, sodass sie schließlich Olga, die gerade unter einer Palme stand, heute ganz in violette Tücher gehüllt, auf Deutsch zurief: »Du treibst Blüten, Olga.«

Olga war heute, zu diesem besonderen Anlass, in damenhafter Kleidung erschienen und das ließ Elses jünglingshaftes Outfit krasser zutage treten. Das Taxi wartete vor dem Haus. Es war früher Nachmittag. Zwar war es nicht der letzte Tag vor ihrer Abreise nach Zypern, keine Trennung stand bevor, aber wie sie da beisammenstanden, meinte Else, dass es Zeit für ein Foto sei. Schließlich hätten sie bisher keine Fotos gemacht, auf denen sie gemeinsam zu sehen wären. Die Gelegenheit bot sich, weil sie gerade einen Fotoapparat eingesteckt hatte, um vom Theater einige Aufnahmen zu machen. Angelos und Olga zusammen auf einem Foto, beide lächelnd. Olga sagte, Beweise seien überflüssig, man habe es eher mit einem Fantasiegebilde zu tun. Als Angelos dann von den beiden Frauen eine Aufnahme machen wollte, drückte Else im letzten Augenblick das Kind an sich, wie um einen Unterschied hervorzuheben. Der Dieselmotor knatterte. Man musste los. Es gab keinen Grund, die Abfahrt länger aufzuschieben. Als sie Johanna auf dem Arm hatte und sie zum Abschied küsste, bereute sie ihren Entschluss. Die Fahrt nach Epidaurus ins Theater erschien völlig unnötig. Johanna legte ihr die Arme um den Hals und drückte ihren kleinen Kopf ganz fest an ihr Gesicht. Else musste sich losmachen. Das Taxi wartete. Der Fahrer ließ den Motor laufen. Angelos war bereits eingestiegen. Ich rufe dich gleich von dem Schiff aus an. Sie stieg ein, konnte kaum die Tür schließen, da fuhr das Taxi schon los. Aus dem Autofenster sah sie Johanna, wie sie da neben Tante Kiki stand, die Arme hingen am Körper herab. Elses Winken erwiderte Johanna nicht.

Sie saß auf ihrem Deckstuhl und sah auf das Meer hinaus, horchte auf das laute Stampfen der Schiffsmotore. Mal schien es ihr, als ob sich das Schiff nur unter großen Anstrengungen vorwärtsbewegte, dann wieder glaubte sie, wenn sie sich über die Reling beugte und in die aufgewühlten Wellen sah, auf einem besonders schnellen Schiff zu sitzen. Angelos und Olga, die gleich neben ihr saßen, waren in ein Gespräch über die Vor- und Nachteile der Einfriedung von Grundstücken vertieft, zu dem sie sich nicht äußern musste. Olga hatte ein Stück Land auf einer Insel erworben und stellte sich die Frage, ob sie sich womöglich vor Ziegenherden schützen müsse. In Zypern kam jeden Tag ein junger Hirte mit seinen Ziegen an ihrem Haus vorbei. Wenn der Junge nicht aufpasste, die Tieren mit seinen Pfiffen nicht zurückhielt, dann stellten die Ziegen ihre Vorderbeine auf die kleine Mauer, die den Garten eingrenzte, und zerfraßen die Hecke.

Else langweilte sich und machte sich deshalb auf, eine andere Zerstreuung auf dem Schiff zu entdecken. Wut? Wieder hatte man sie ausgestoßen. Oder kam ihr das nur so vor? Beide hatte es nicht gekümmert, als sie aufgestanden war. Sie hatten nicht gefragt, sie einfach gehen lassen. Hätte sie vielleicht sagen sollen: Ihr schließt mich von euren Gesprächen aus, ich fühle mich hintergangen? Ihre Gesichter, wenn sie das gesagt hätte. Aber so weit wollte sie es nicht kommen lassen. Sie ging hinunter in das Restaurant. Alle Tische waren besetzt, selbst im Café war nichts frei. Else setzte sich an die Bar und bestellte einen Orangensaft. Am schlimmsten war, dass sie wieder weggelaufen war. Unvorsichtig. Sie schloss die Augen und sah Olga, wie sie beim Sprechen ihre angezogenen Knie mit beiden Armen umfasste und die Hände nur löste, um sich die langen Haare aus dem Gesicht zu streifen. Als sie den Orangensaft ausgetrunken hatte, bestellte sie sofort noch einen Eiskaffee hinterher. Die spontane Eingebung, Angelos und Olga einen Kaffee zu bringen, verwarf sie sofort wieder. Sie entschied, dass diese beiden ihre Aufmerksamkeit nicht verdient hatten. Der Raum war überfüllt. Die Luft zu kühl, die Klimaanlage zu groß aufgedreht. Sie würde davon Kopfschmerzen bekommen. Sie beobachtete eine Gruppe junger Engländer, Rucksacktouristen. Das Mädchen neben ihr hing förmlich auf dem Barhocker, beugte sich vor und ließ zwei pralle rote Brüste aus ihrer rund ausgeschnittenen Bluse sehen. Die Männer mit bloßem Oberkörper. Zwei von ihnen mit einem starken Sonnenbrand auf dem Rücken, ein anderer hatte seine Nase mit einem weißen Sonnenschutz verklebt. Die Gruppe kaufte eine Flasche Wasser an der Bar und ging wieder hinaus. Später sah Else die Engländer auf dem Oberdeck. Sie lagen in der Sonne. Konnten sie nicht genug davon kriegen? Else fand einen Stuhl, legte die Beine auf die Reling und verfolgte das Spiel der Möwen, die dem Schiff folgten. Delfine waren selten. Sie hätte gern Delfine gesehen. Bei dem Verkehr auf dem Meer sicher ausgeschlossen. Es fiel ihr ein, dass sie ein Buch auf dem Stuhl bei Angelos und Olga gelassen hatte. Zurückgehen wollte sie jetzt nicht. Ob Tante Kiki mit Johanna zu einer Freundin gegangen war, wie sie gesagt hatte? Sie hätte Johanna besser nicht mit der Tante allein lassen sollen. Viel zu leicht schob man Kinder hin und her, als seien sie eine unangenehme Last. Else fand es irritierend, dass sich zwei Frauen direkt neben sie setzten, obwohl noch viele Stühle frei waren. Die Frauen hatten einen etwa achtjährigen Jungen dabei, der sich sofort in ein Micky-Maus-Heft vertiefte. Der Junge erinnerte Else gleich wieder an Johanna und sie stand schnell auf und ging auf die andere

Seite. Sie lehnte sich über die Reling und sah nach unten auf das Zwischendeck und tatsächlich entdeckte sie Angelos und Olga, die ihre Liegestühle in den Schatten gerückt hatten. Olga hatte einen Arm unter ihren Kopf geschoben, den anderen nach vorn ausgestreckt auf Angelos Lehne. Else konnte nicht ausmachen, ob sich die beiden unterhielten oder einfach in die Ferne sahen. Für einen Augenblick sah sie Angelos Hand, wie sie sich auf die Hand auf der Lehne legte. Eine zärtliche Geste, fand Else.

Als sie sah, wie Angelos Olga die Haare aus dem Gesicht strich, zuckte sie unwillkürlich zusammen. Neid oder Eifersucht? War es möglich, dass sie selber gern Olgas Haar berührt hätte? Fühlte sie Eifersucht? Zu einem späteren Zeitpunkt erinnerte sie sich wieder an diese Szene. Erst in der Erinnerung sah sie darin einen Austausch von Zärtlichkeiten.

Vor dem Eingang zum Theater hatte sich eine lange Schlange gebildet. Else kaufte ein Programmheft, begann darin zu lesen. Olga erzählte von anderen Aufführungen. Sie kannte die Schauspieler, die heute Abend spielen würden. Anekdoten. Die Zeit verging. Schließlich passierten sie die Kartenkontrolle und folgten einem schmalen Weg zwischen Pinien, der zum Theater führte. Die vielen Menschen. Die Größe des Theaters. 14 000 Zuschauer fasste das Theater in Epidaurus in der Antike, hatte sie gelesen. Sie stiegen die Stufen hinauf, suchten sich einen Platz. Der Marmor von der Sonnenhitze noch immer heiß. Viele Zuschauer hatten Sitzkissen mitgebracht. Else setzte sich auf das Programmheft. Manche standen herum, anstatt sich auf ihre Plätze zu setzen. Sie blickten umher, reckten die Hälse, suchten nach Bekannten, winkten, begrüßten sich. Man saß eng. Angelos zwischen Olga und Else. Else links und Olga rechts von ihm. Vor Else rutschte ein Liebespaar zusammen. Um sehen zu können, musste sie sich nun in die Höhe strecken.

Auf dem Programm stand »Ion«, nicht »Medea«. Else hätte lieber »Medea« gesehen. Noch einmal mit Lotte in eine Medea-Aufführung gehen. Medeas Rache. Die Tragödie der Fremden. Medeas Einsamkeit, weil sie die Fremde ist, mit anderem kulturellen Hintergrund, einer anderen Religion. Von ihrem Mann betrogen und verlassen. Eigentlich geht es um das Zusammenleben von Mann und Frau. Wie fremd sie einander sein können. Wo war die Lösung? Die Unbedingtheit von Medeas Leidenschaft. Aber die eigenen Kinder töten? Undenkbar. Die Kindsmörderin. Ein Rätsel. Angelos unterhielt sich mit Olga. Natürlich, sie war wohl nur ein lästiges Anhängsel. Sie nahm erneut das Programmheft in die Hand. Es ließ sich nicht so gut darauf sitzen, sie rutschte hin und her. Mittlerweile war die Hitze aus den Steinen gewichen. Abenddämmerung. Und dann umgab Dunkelheit das Theater. Die Vorstellung konnte beginnen.

Im »Ion« wählt Euripides einen untragischen Ausgang. Else hatte nur eine Zusammenfassung gelesen. Eine moderne Aufführung. Keine Chitons. Gar keine Gewänder. Der Chor in moderner Straßenkleidung. Leider.
Bei Medea gibt es keinen Gewinner und keinen Verlierer, überlegte Else. Und bei Lotte? Zur Selbstvernichtung getrieben. Der Tod als Ausweg, weil ihre Welt am Ende war.
Die Beerdigung auf dem Friedhof in Nicosia. Sie war auf der Beerdigung gewesen. Es war ein sehr heißer Tag gewesen. In der neuen Abteilung keine Bäume, nirgendwo Schatten. Grelles Sonnenlicht. Ockerfarbene Erdhügel, noch keine Grabsteine. Vor dem offenen Grab stand Lottes Mann, in Tränen aufgelöst. Sie konnte kein Mitleid mit ihm empfinden. Sie wollte nicht mit ihm sprechen, ihm nicht die Hand geben. Sie glaubte ihm seine Trauer nicht. Er hatte Lotte in die Verzweiflung getrieben. Else empfand nur Abneigung gegen ihn. Eigentlich seit dem Ausflug in die Berge. Damals hatte Else ihn mit eigenen Ohren sagen hören, für ihn sei nur eine sanfte und aufopfernde Frau geeignet, mit einer anderen könne er nicht zusammenleben. Als sie das gehört hatte, war sie empört gewesen. Männer vertrauten doch allen Ernstes auf eine natürliche Opferbereitschaft der Frau. Auch heute noch. Mit Sklavinnen möchten sie sich umgeben. Ach, Lotte.
Sie versuchte sich wieder auf die Aufführung zu konzentrieren. Kreusa erkennt ihren Sohn. Die berühmte Akustik in dem Theater. Sie verstand tatsächlich jedes Wort. Die Sprache bereitete ihr keine Schwierigkeiten.

Auf dem Rückweg zum Bus gingen sie untergehakt, Angelos in ihrer Mitte. Sie stützten einander. Der abschüssige Weg war schlecht beleuchtet und das Pflaster uneben. Sandalen ganz unangebracht. Die vielen Baumwurzeln. Und auf den Kiefernnadeln rutschte man leicht aus. Sie bewegten sich langsam mit dem Menschenstrom vorwärts, der erstaunlich geordnet dem Parkplatz zuquoll. Gesprächsfetzen. Einige hatten das Handy wieder eingeschaltet. Obwohl noch seltsam erregt von der Aufführung, verspürte Else eine Müdigkeit in allen Gliedern, die vom langen unbequemen Sitzen herrührte. Sie inmitten der vielen Menschen. Sie war froh, Angelos neben sich zu wissen. Der Gedanke, ein Teil dieser Menge zu sein, verursachte ihr Unbehagen. Ihre Hilflosigkeit. Alle strömten zurück in ihre Wohnungen, die Tragödie auf dem Theater wurde abgestreift, das eigene alltägliche Schauspiel konnte wieder beginnen.
»Nun, ist denn etwas von dem apollonischen Licht bei uns angekommen?«, unterbrach Angelos in scherzhaftem Ton das Schweigen.

Olga hatte die Aufführung nicht überzeugt. Sie bemängelte die Kostüme. Die Darstellerin der Kreusa habe ihre Rolle zwar gut gespielt, aber ihre Kostümierung hätte eher zu Tschechows »Kirschgarten« gepasst. Angelos stimmte ihr zu, wandte dann aber ein, dass es bei der Aufführung einer antiken Tragödie nicht um ein nostalgisches Heraufbeschwören der Vergangenheit gehen könne.

»Ich habe mich vom Augenblick tragen lassen«, sagte Else, »Ion hatte ich noch nie gesehen. Die Rolle der Kreusa hat mir sehr gefallen. Sie hat die Rolle des Opfers abgelegt. Wie aus der leidenden, ja resignierten Frau im Verlauf der Handlung ein leidenschaftliches, rachsüchtiges Weib wird, das hat mich fasziniert. Die leidenschaftlich handelnde Frauengestalt.«

Olga meinte, nach kurzem Auflachen, was sie denn über Apollons Handlungsweise denke. Götter jagen Jungfrauen. Wie stehe es da mit einer moralischen Wertung. Die uralte Geschichte. Aber sie habe sich auf den Text konzentriert und daran auch ihre Freude gehabt.

»Schade, dass ich kein Apollo bin«, scherzte Angelos und hakte sich bei Else und Olga ein. Else erinnerte Angelos an eine Aufführung, die sie zusammen gesehen hatten. Wo war das doch gleich gewesen? Hamlet in moderner Straßenkleidung.

»Es hat uns beiden nicht gefallen«, sagte sie. »Mir liegt nichts an einem Hamlet, der aussieht wie eine Zufallsbekanntschaft aus dem nächsten Pub.«

Angelos schüttelte den Kopf. »Verderben wir uns nicht den Abend«, sagte er und fuhr mit heiterer Stimme fort: »Schnell, meine Damen, wir verpassen den Bus, wir verpassen das Schiff und das schöne Essen.«

»Das ist doch gar nicht so schlimm«, wandte Else ein.

Aber wie es schien fühlte sich Angelos von ihrem Einwand erst recht angespornt, auf Eile zu drängen. Im Laufschritt zog er die beiden Frauen mit sich fort. »Eine Tragödie wäre es, wenn wir hier übernachten müssten. Und vergessen wir nicht, jede Tragödie hat ihre Vorgeschichte.«

Als sie auf dem Schiff ankamen, drängten alle Theaterbesucher nach unten in den Speisesaal. Man musste sich glücklich schätzen, wenn man einen freien Tisch gefunden hatte. Obwohl es ein Uhr morgens war, stürzten sich alle mit großem Appetit auf das verspätete Abendessen. Sie setzten sich mit Olga an einen kleinen runden Tisch. Der vierte Stuhl zwischen Olga und Else blieb leer, sie stellten ihre Taschen darauf ab. Else wunderte sich wie gut ihr das Stück Lammbraten und die Röstkartoffeln mitten in der Nacht schmeckten. Olga saß sehr gerade vor ihrem Teller und Else fiel auf, wie langsam sie das Essen kaute. Als habe sie Angst, auf einen

Knochen zu beißen und ihre Zähne zu ruinieren. Ihre langsamen Bewegungen während des Essens standen ganz im Gegensatz zu ihrer sonst lebhaften Gestik beim Sprechen. Angelos beugte sich fortwährend nach links Olga zu. Er hatte schnell gegessen und wollte jetzt seine Unterhaltung aufnehmen. Von dem Gespräch zwischen den beiden verstand Else nur wenig. Sie musste das Kauen einstellen, wenn sie etwas hören wollte, denn der Lärm im Speisesaal war ungeheuerlich. Irgendwoher kam dazu noch Tanzmusik. Es hatte den Anschein, dass Olga und Angelos sich über das Theaterstück unterhielten.

Else legte das Besteck aus der Hand und beugte sich etwas vor und mit dem Vorsatz, die offensichtliche Harmonie zwischen den beiden zu stören, sagte sie laut: »Vor gar nicht langer Zeit habe ich eine ausgezeichnete Aufführung der Medea gesehen.«

Olga nahm ihren Ausspruch zum Anlass, um über Paradoxien in der Kommunikation zu reden. Was dazu führte, dass zwischen Olga und Angelos sofort wieder ein lebhafter Dialog entfachte. Else bestellte bei dem vorbeilaufenden Kellner ein Dessert. Sollte sie sich wieder ihrer Ignoranz schämen müssen, hatte es Olga darauf angelegt? Sie beschloss, von nun an die Gespräche mit Olga zu blockieren, indem sie ihnen grundsätzlich eine unvorhersehbare Richtung geben würde. Sie achtete auf Olgas Stimme, verfolgte das Auf und Ab und fiel dann mit einem Wort dazwischen. Dabei beachtete sie nicht das Thema. Sie ließ ihren Wörtern einen sprudelnden Lauf und redete einmal über Kindererziehung, dann über die heißen Sommertage auf Zypern. Unterbrach und redete über eine Reise, die sie durch Afrika führen sollte, plauderte eben über Dinge, die ihr gerade in den Sinn kamen. Ausführlicher ließ sie sich aus über die Prinzipien psychiatrischer Behandlungen im Mittelalter, über ein Buch mit dem Titel »Hexenhammer« und die sogenannte therapia ultima. Angelos schwieg und leistete keinen weiteren Beitrag zu ihren verrückten Gesprächen. Else meinte, einen Blick des Einverständnisses von ihm zu erhaschen. Sie konnte sich aber auch getäuscht haben. Denn da stand er auf und ging wortlos.

Olga bringt mich dazu, Dummheiten zu sagen. Ich habe die Kontrolle verloren.

Als Angelos den Tisch verlassen hatte, sagte Olga zu Else: »Griechische Männer sind sehr eifersüchtig, wenn sie verliebt sind. Du musst also aufpassen. Wenn er keine Eifersucht mehr zeigt, dann kannst du sicher sein, dass er eine Affäre hat.« Sie nahm ihr Weinglas, um mit Else anzustoßen. »Prost.« Sie benutzte das deutsche Wort.

»Wie kommst du darauf?«, fragte Else.

»Nichts, ein Spaß«, lächelte Olga und lehnte sich tiefer in den Sessel zurück, beide Arme vor der Brust verschränkt.

Auf Deck war es kühl. Der Wind deutlich spürbar durch die dünnen Jacken. Sternenübersät der Himmel und das dunkle Meer sehr nah. Sie fand eine Liege, wo sie windgeschützt lag. Angelos und Olga nirgendwo zu sehen. In leichten Schlummer gesunken, hätte für sie die Reise endlos weitergehen können.

Ihr Gesicht dicht über der Wasseroberfläche. Sie beobachtete, wie das Licht durch die Wellen hindurch auf dem Meeresgrund leuchtete und vielfältige Muster formierte. Sie tauchte tief, griff nach Sand und stieß wieder an die Oberfläche, das Rauschen in den Ohren.

»Wo sind Sie denn zu Hause, auch ein Nordlicht?«, erkundigte sich die Frau, die sie immer frühmorgens am Strand gesehen hatte. Der Strand war um die Zeit beinahe leer und jeder Neuankömmling fiel gleich auf.

»Eigentlich aus Berlin«, sagte Else. Der Geburtsort wurde sozusagen wie ein Markenzeichen gehandelt.

»Wirklich!«, rief die Frau und sah sie aus hellblauen Augen auffordernd an. Meinte sie, jetzt eine aufregende Lebensgeschichte zu hören? Nach dem kleinen Ungeschick musste sie nun ihre Neugier befriedigen. Else war ihr jeden Morgen an diesem Strand begegnet. Immer trug sie dieselben Kleider, lange weiße Hose und dazu eine weiße langärmelige Bluse. Sie blieb nur für eine kurze Zeit, hielt sich nicht lange am Strand auf, offensichtlich wollte sie zu viel Sonne vermeiden. Else hätte die Frau niemals angesprochen, aber sie war mit ihr ins Gespräch gekommen, als Johannas Ball die Lesende ungünstig getroffen hatte. Else entschuldigte sich. Dabei stellte sich heraus, dass sie beide Deutsche waren. Der Anhaltspunkt war gefunden. Unweigerlich wurden der Fremden Fragen gestellt. Man unterhielt sich über dies und das. Seit über dreißig Jahren, erzählte die Frau, lebe sie im griechischen Raum. Allerdings wäre da noch eine kleine Wohnung in Berlin, wo sie sich von Zeit zu Zeit gern aufhalte. Else stand mit dem Ball unter dem Arm und sah auf die Frau hinunter, die auf einem gestreiften Handtuch saß. Johanna war davongelaufen.

»Ich wäre ganz gern in Berlin, was hält Sie hier in Griechenland?«, fragte Else höflich und um zu zeigen, dass sie es eilig hatte, warf sie einen Blick auf ihre Armbanduhr.

»Weshalb ich hier lebe«, antwortete die Frau, sah auf das Meer hinaus und hob dabei eine Hand, als wollte sie etwas zeigen, »das frage ich mich auch manchmal.« Sie legte ihr Gesicht in fröhliche Falten. »Aber ich habe hier so viele Jahre gelebt, zu viele Jahre. Ich glaube, ich will ohne das Licht und dieses Blau«, ihre Hand beschrieb einen großen Bogen, »nicht mehr leben.«

Heimatlosigkeit. Else brachte das Wort ins Gespräch. Darüber, erklärte die Frau, mache sie sich seit Langem keine Gedanken mehr. Schon, weil sie auch mit dem Begriff Heimat nichts mehr anfangen könne. Und immer im Vergangenen suchen, davon halte sie nicht viel.

»Sicher, die Sehnsucht nach Zugehörigkeit ist durchaus gerechtfertigt, aber finden wir die Zugehörigkeit wirklich in Orten?«, sagte die Frau. »Ich glaube, dass die Suche nach Heimat der Wunsch ist, nicht fremd zu sein, eben in eine Gemeinschaft aufgenommen zu werden. Ich glaube nicht, dass Heimat nur etwas Regionales ist.«

Else wusste keine Antwort. Sie nickte zustimmend. Es gab nichts weiter zu reden, sie wollte auf ihren Platz zurück. Und auch die Frau hatte es plötzlich eilig. Sie begann ihre Badesachen zusammenzuräumen. Sie gehe frühmorgens ans Meer, um nicht zu lange in der Sonne zu sein, erklärte sie. Abends gehe sie nur selten, dazu sei sie zu bequem. Else fragte noch, ob sie in diesem Jahr schon Quallen gesehen habe. Aber die Frau hatte keine gesehen, meinte, Quallen seien in dieser Gegend äußerst selten und fügte, um Else zu beruhigen, noch hinzu, sie schätze die Gefahr sehr gering ein. Die Frau wünschte noch einen schönen Tag, winkte Johanna zu und ging.

Else war wieder im Wasser und schwamm vor sich hin, sie dachte über ihre neue Bekanntschaft nach und es fiel ihr auf, dass sie nicht einmal den Namen der Unbekannte kannte. Sie blies in das Wasser, prustete. Schön war es. Welch ein Glück, dass sie in diesem Augenblick nicht in Berlin war. Im Februar war sie dort gewesen. Eine schlechte Jahreszeit, sie hätte im Frühling fahren sollen oder im Sommer. Die Stadt war nicht so geblieben wie zu der Zeit, als ihre Mutter mit ihr fortgezogen war. Die Erinnerung an die Mauer: Hier war die Mauer gewesen. Berlin war anders und doch altbekannt. Sie konnte in den Osten gehen. Was für ein Gefühl. Dennoch, der Osten blieb der Osten und der Westen blieb der Westen. So war es ihr vorgekommen. Aber die Stadt hatte sich verändert. Alles ist der Zeit unterworfen. Sie konnte sich nur schwer zurechtfinden. Neue Plätze waren entstanden. Alles zu neu. Die frische Farbe meinte sie noch zu riechen. Schicke Cafés. Touristen. Unter den Linden, vor dem Kanzleramt, dem Deutschen Dom. Und ihre Erinnerungen, Ansätze und Augenblicke, denen sie sich zu nähern suchte. Einmal hatte sie den Bus genommen und war wie immer an dem Haus ihrer Tante vorbeigefahren, dessen Fassade mit neuer Farbe gestrichen worden und nun viel schöner war. Jetzt von Fremden bewohnt. Sie hatte auf die Namensschilder gesehen. In den Fenstern im zweiten Stock andere Gardinen. Und dann die Erinnerung an die Steinfliesen im Hausflur. Undeutlich. Ungenau. Dunkelgrün an den Wänden im Treppenhaus. Vielleicht ein Mäander, fortlaufend. Aber die Steinfliesen im Eingang. Sie war sicher, dass sie alles wiedererkennen würde. Die knarrenden Treppenstufen. Plötzlich erschien es wichtig. Sie wollte einen Blick in das Treppenhaus werfen, mochte aber nicht an einer Tür läuten. Hätte sie sagen sollen, ich möchte die Steinfliesen in ihrem Hausflur sehen? Unmöglich. Diese Verworrenheit. Das ließe sich weiterspinnen. Die Steinfliesen waren der Auslöser für kindliche Fantasiewelten. Die Vermutungen und ein unbestimmtes Gefühl hatten bewirkt, dass sie unschlüssig und wartend vor dem Haus stand. Vielleicht ergab sich eine Gelegenheit, hineinzusehen. Else wartete. Die Zeit verging. Niemand kam aus dem Haus heraus und niemand ging hinein. Schließlich wurde sie die Warterei leid. Wegen einiger Steinfliesen und einer undurchsichtigen Kindheitserinnerung. Sie ging auf die gegenüberliegende Straßenseite und sah an dem Haus hoch, zu den Fenstern im zweiten Stock hinauf. Niemand winkte ihr nach. Wie viele Jahre waren seitdem vergangen, seit dort hinter der Gardine jemand gestanden und ihr zugewinkt hatte. Erschöpft war sie fortgegangen. Sie hatte keinen Bus gefunden und war eine lange Strecke bis zum Friedhof zu Fuß gegangen. Ein alter Friedhof. Und dann hatte sie sich in den Reihen verirrt. War zwischen den Gräbern gelaufen. Rundherum alte Steine, einige halb eingesunken. Kaum irgendwo frische Blumen. Auf den Wegen nasses Laub. Schließlich hatte sie die Grabstätte unter einem wuchernden Busch gefunden. Sie starrte auf die Namen, kratzte an dem Moos, legte Blumen auf das Grab. Weiter. Was sollte sie jetzt tun? War es ein Pensum, das sie zu erfüllen hatte? Es begann zu regnen. Dazu ein böiger Wind. Während ihrer Berlinreise hatte es fast ausschließlich geregnet. Sie war schlecht vorbereitet gewesen. Ungeeignete Kleidung. Es hatte sie gefroren. Sicher, bei Sonnenschein wäre alles ganz anders gewesen. Wäre es besser gelungen, sich gegen Erinnerungen abzuschotten. Die Sinnlosigkeit solcher Reisen in die Vergangenheit war offensichtlich. Vorzüge, die einen Ort in der Erinnerung interessant erscheinen lassen, verblassen leicht bei der Gegenüberstellung. Mit bestimmten Erwartungen war sie gereist. Sie hätte sich nicht darauf verlassen sollen. Eine Vertrautheit mit der Stadt wollte sich nicht einstellen. Ihre eigene Stimmung ließ sie keinen heimischen Ort finden. Sie hatte sich wohl dagegen gewehrt. In dem Laden an der Ecke, in dem sie hin und wieder Hefegebäck gekauft hatte, war jetzt ein Kopierladen. Längst war eine neue Wirklichkeit entstanden. Sie war nur drei Tage in Berlin geblieben. Was hätte sie in der kurzen Zeit sehen können.

Ihre Mutter sprach selten von den Berliner Jahren. Gern erzählte sie aus ihrer eigenen Kindheit. Sie verstand es, mit grotesken Anekdoten zu unterhalten. Nur über die Zeit, als sie mit ihrem Mann und der kleinen Else in Berlin gelebt hatte, gab es nichts zu sagen. Den Grund hatte Else nicht herausfinden können. Auf Fragen einsilbige Antworten. Eine Gedächtnislücke. Die Erinnerungen ihrer Mutter deckten sich nicht mit ihren eigenen. Möglicherweise gab sich ihre Mutter der Vorstellung hin, dass ein gewisser Zeitabschnitt in ihrem Leben gar nicht existiert habe, solange sie sich nicht daran erinnerte. Ihr Erinnerungsvermögen schien zu streiken, immer wenn Elses Erinnerungen ihre Zustimmung suchten. Deshalb fühlte sie sich um eine Kindheit beraubt, an die sich niemand mehr erinnern wollte. Winzige Fragmente aus einer Vergangenheit, einer gemeinsamen Vergangenheit, Mutter.

Ihr Mobiltelefon summte. Sie griff danach, meldete sich. Es war ihre Mutter. Gedankenübertragung? Daran glaubte sie nicht. Else lachte laut auf. Mir geht es prima. Soll ich dir Johanna geben? Nein? Else hörte zu. Ihre Mutter wollte ins Kino gehen, fragte Else, ob sie »Ein Fisch namens Wanda« gesehen hätte, fragte nach ihrer Meinung. Else riet ihr dazu, den Film anzusehen. Sie wünschte noch viel Spaß. Das Gespräch war zu Ende. Sie steckte das Telefon in die Seitentasche. Johanna spielte mit zwei kleinen Kindern Ball.

Else legte sich auf dem Handtuch zurecht und sah in den blauen Himmel. Der lange Sommer. Sie wollte die langen Sommer nicht missen. Sie fühlte eine angenehme Müdigkeit in allen Gliedern. Beim Schwimmen hatte sie sich wieder verausgabt. Hatte das rechte Maß nicht halten können. Das konnte sie niemals. Und immer in der Sonne, bei ihrer hellen Haut. Die Sonne wie ein heißes Kissen auf ihr. Ein erhöhtes Hautkrebsrisiko. Sie griff nach einem Buch, hielt es gegen den blauen Himmel und begann darin zu lesen.

Die Kinder verhielten sich ruhig in dem kleinen Zimmer, in dem sich Johanna sofort wohlgefühlt hatte. Es traf sich ausgezeichnet, dass es als Kinderzimmer schon eingerichtet war. Sogar Spielzeug von Tante Kikis Enkelkindern war noch vorhanden. Zum Glück schloss Johanna leicht Freundschaften. Else hatte das kleine Mädchen von gegenüber zum Spielen eingeladen. Melina war nur ein Jahr älter als Johanna. Die Kinder schienen gut miteinander auszukommen. Gerade hatte sie nach ihnen gesehen und den Kindern eine Limonade gebracht. Eigentlich blieb nichts zu tun. Die wenigen Einkäufe waren erledigt, das Mittagessen zubereitet. Sie nahm das Programmheft von »Ion« wieder zur Hand und blätterte darin. Sie las über Euripides, las, ihn hätten die großen Frauengestalten Medea, Phaedra, Hekabe, Hermione, Kreusa gefesselt. Die Leidenschaften der weiblichen Psyche. Als es an der Tür läutete, schreckte Else zusammen.

Was Olga bewegt hatte, unangekündigt die kleine Wohnung aufzusuchen, während Angelos seit dem frühen Morgen auf dem Kongress weilte, war für sie nicht gleich ersichtlich. Sie hätten sich am Meer treffen können. Aber Else freute sich über den plötzlichen Besuch. Olga gab an, nach einer Gelegenheit gesucht zu haben, um mit Else allein verschiedene Angelegenheiten zu besprechen, ein Treffen am Meer sei dazu nicht geeignet. Nach dieser Einleitung, die ihren Auftritt begleitete – denn wieder handelte es sich um einen bühnenreifen Auftritt, mit der schwungvollen Übergabe einer Eistorte –, vermutete Else, etwas Außergewöhnliches über Angelos zu erfahren. Aber Olga sagte dann, sie am Arm berührend, Frauenfreundschaften lägen ihr nicht, doch mit Else sei es eine Ausnahme. Und sie fügte noch hinzu: »Obwohl, du weißt ja, Heidegger sieht sehr wohl, dass das Mit-Sein mit dem anderen für das je eigene Dasein die ständige Frage nach Selbstständigkeit einerseits und Konformität mit den anderen andererseits aufwirft.«

Unmöglich, dass Olga nicht gleich ihre höchst ausgefallene Belesenheit unter Beweis stellte. Für einen Augenblick überlegte Else, ob sie jetzt sagen sollte, nein, ich weiß das nicht. Aber der Augenblick war vertan. Und sie versuchte zu lächeln.

Das dritte Programm brachte ein Klavierkonzert von Mozart und Else, von dem Besuch überrascht, hatte das Radio nicht ausgeschaltet.

»Kannst du noch Mozart oder Bach hören?«

»Zum Glück«, sagte Else.

Sie lächelten sich einen Augenblick an. Verlegenheit. Else war nicht sicher, ob sie sich über den unverhofften Besuch noch freuen konnte. War es Zufall, dass sie sich in seinen Sessel setzte? Aber Olga konnte unmöglich wissen, dass Angelos diesen Korbsessel bevorzugte, oder doch?

»Das muß eine große Erleichterung für dich sein«, sagte Olga, »Musik war mir immer das Höchste, aber mir ist es in dem Zustand, in dem ich mich jetzt befinde, ganz unmöglich, irgendeine Musik zu hören. Das Lesen will mir ebenfalls nicht mehr gelingen. Es ist egal, was ich da zur Hand nehme, ob Zeitgenossen oder sogenannte Klassiker. Mit Mühe schaffe ich es durch zwei, drei Seiten, kaum ein Gedicht, das ich zu Ende lesen kann. Ich habe bei mir eine innere Unruhe festgestellt, die mir das Lesen verdirbt. Lange Sätze, ausschweifende Erklärungen ermüden mich zusehends.« Sie stockte, blickte sich um. Else wundere sich wohl über ihren Besuch. Sie legte die Hände aneinander, führte sie wie zu einem Gebet bis unter das Kinn und sagte dann: »Aber ich werde dir doch verraten, weshalb ich heute gekommen bin.« Sie stützte beide Arme auf die Lehnen des Korbsessels, um sich weiter vorzubeugen. »Was bist du eigentlich für ein Tierzeichen?«

Else sagte, dass sie Fisch sei, und Olga meinte, dass sie das geahnt habe. Da bestehe eine gewisse Ähnlichkeit zwischen Else und ihr, wegen des gleichen Tierzeichens. Sie seien beide Fußgänger der Luft.

Olga wollte keinen Kaffee trinken und Else war froh, dass sie wenigstens einen Saft zu Hause hatte, den sie anbieten konnte. Diese Marke kaufe sie auch, versicherte Olga und kam dann wieder auf Gemeinsamkeiten zurück. »Wir ähneln uns in so Vielem«, sagte sie, »Euer Leben ist für mich von größter Wichtigkeit.«

Olga beugte sich vor und legte ihre Hand auf Elses Arm. Und obwohl Else wusste, dass diese Berührung bedeutungslos war und unter Griechen durchaus normal, hatte sie Mühe, ihren Arm nicht zurückzuziehen. Sie saß deshalb recht unbequem. Die körperliche Nähe bereitete ihr Schwierigkeiten. Dort, wo Hand und Arm aufeinander stießen, wurde es feucht. Aus allernächster Nähe sah sie in Olgas Gesicht, das vor Hitze glänzte, sah an ihrem linken Ohrläppchen einen Schweißtropfen wie eine Glasperle herabhängen. Was brachte sie ins Schwitzen? Else zog nun doch ihren Arm zurück und rückte weiter auf die Seite. Feine Streifen aus Licht drangen durch die Fenster, schnürten den Raum auf, in dem es zunehmend heißer wurde. Wie ein Meteor schwebe sie um ihren Sohn, sagte Olga, sie sei recht einsam. Else meinte, dass eigentlich sie viel einsamer sei, weil sie ja im Ausland lebe.

»Wenn ich meinen Sohn nicht bei mir habe, kann ich nichts tun. Nur das Verhältnis zum Sohn bringt der Mutter uneingeschränkte Befriedigung«, sagte Olga, »es ist die vollkommenste, die am ehesten ambivalenzfreie aller menschlichen Beziehungen.«

Olga stand von ihrem Platz auf und ging ein paar Mal in dem halbdunklen Raum hin und her. Wollte sie wieder von ihrem Sohn erzählen? War sie deshalb gekommen? Else spürte, dass sie jetzt auch aufstehen musste. Sie hätte gern etwas gesagt, vom Thema abgelenkt. Nach einem Ausweg suchend machte sie Olga ein Kompliment über ihr Aussehen. Olga schien erfreut und gab das Kompliment zurück: »Du siehst so jugendlich aus«, sagte sie und dann: »Macht es dir etwas aus, wenn wir uns auf die Terrasse setzen, ihr habt einen herrlichen Blick auf das Meer. Draußen weht sicher ein kleines Lüftchen.« Und ganz unvermutet sagte sie: »Du bist so viel jünger als Angelos.« Und als von Else keine Reaktion kam, fragte sie plötzlich: »Warum hast du ihn geheiratet?«

»Bitte?«

»Weißt du, dass du einen Ödipuskomplex hast? Und ziemlich sicher hegst du aggressive Gefühle gegen deine Mutter. Darüber musst du dir doch klar sein«, sagte Olga und ihre dunklen Augen sahen Else prüfend an. Ausschlaggebend sei natürlich der große Altersunterschied und ihre Persönlichkeit verdanke sie, wie selbstverständlich auch ihre geistigen Interessen, ihrem Mann, nämlich Angelos.

Else war verblüfft. Irgendwann reichte es. Jetzt griff Olga sie direkt an. Sie setzte zu einer Antwort an, irgendeiner Antwort. Doch Olga hatte ihr den Rücken zugedreht, zeigte mit einer theatralischen Handbewegung auf das Meer, das da vor ihnen lag. Unverbaute Aussicht, ein blauer Meerteppich so weit das Auge reichte, und fern im Dunst am Horizont waren, wie mit feinen Pinselstrichen angedeutet, die Konturen von den Bergketten des Peloponnes erkennbar.

»Gibt es etwas Schöneres?« Else deutete auf Ägina und erzählte, dass sie sich noch vorgenommen hätten, die Insel zu besuchen.

»Weißt du, dass dort die ältesten griechischen Münzen geprägt wurden?«, fragte Olga. Als Else verneinte, meinte Olga: »Aber den Aphaia-Tempel von Ägina hast du in München gesehen.«

»Die Giebelskulpturen«, antwortete Else, die sich vorkam als würde ihre Bildung aufs Neue auf die Probe gestellt. Wie kann man sich so wichtig vorkommen, dachte sie. Sie überlegte, ob sie wieder einmal mit ein paar irrationalen Antworten das Gespräch beleben und verwirren sollte, verwarf aber diese Idee sofort. Olga war ein Gast. Und schließlich wartete sie immer noch auf eine Erklärung für den Überraschungsbesuch. Es hieß keine weitere Ablenkung provozieren. Soll sie mich doch attackieren, wir wollen mal sehen, wie lange wir das beide aushalten.

Als sie ihre Bambusstühle in den Schatten gerückt hatten und Else sich wünschte, dass Olga sie nun endlich wieder alleine lasse, trank diese stattdessen einen Schluck Wasser, was so viel heißen konnte, dass sie einen erneuten Anlauf nahm und nun endlich zur Sache kommen würde. Gespannt lehnte sich Else zurück und betrachtete Olga, wie sie in dem Sessel saß. Nicht schön, eher interessant ihr Gesicht. Dieser Mund, die vorstehenden Zähne. Das aufgesteckte Lächeln.

»Ihr seid ein attraktives Paar, Angelos und du«, sagte Olga. Dasselbe hätten alle Freunde gesagt, die damals auf ihrer Einladung gewesen wären.

Else musste darauf nicht antworten und sie wartete, was sie noch hören würde. Nach allen Süßholzraspeleien befürchtete sie nun einen Angriff. Sie klimperte mit dem Eis in ihrem Glas, aber ihre ganze Aufmerksamkeit galt der dunklen, warmen Stimme Olgas, die nun von ihrer Studienzeit erzählte, die, wie hätte es anders sein können, in die Zeit fiel, in der auch Angelos in München gewesen war. Damit war der Anfang gemacht. Man hatte die Studienzeit zusammen verbracht. Und dann kam, worin Else den Grund für Olgas Besuch sehen musste. Olga begann ihr zu erklären – es seien sicher keine Neuigkeiten, die sie da erzähle, schließlich sei es kein Geheimnis –, sie und Angelos seien ein Paar gewesen. Unzertrennlich, füreinander bestimmt. Else spürte ein unüberwindliches Gefühl der Beklemmung. Konnte diese Frau sie nicht in Frieden lassen? Olgas Stimme wurde eindringlich. »Aber sag nicht, dass du davon nichts gewusst hast.«

War das ein Präludium? Sie wusste nicht mehr, wie sie sitzen sollte. Rutschte hin und her. Trotz des Hinweises auf eine anscheinend allgemein bekannte Tatsache galt ja Olgas ganzer Auftritt sicher nur dem einen Zweck, ihr das Geheimnis um die Vergangenheit zu erschließen. Aus einer totalen Finsternis, in der sie sich befand, sollte ihr nun ans Licht verholfen werden. Also bitte. Und was erwartete man von ihr? Hatte sie nicht die ganze Zeit über gespürt, dass es sich bei Olgas Freundlichkeit um eine Falle handelte? Sie wollte sich die Ohren zuhalten. Taschenspielertricks, flüsterte sie. Sie sollte aus dem Leben ausgestoßen werden. Man vernichtete sie. Was sollte sie jetzt tun? Hitze stieg auf. Olgas Blick auf ihr, verfolgte sie. Sie stand auf und schob den Stuhl laut zurück. Sie nahm die Karaffe mit dem Saft, hielt sie fest in der Hand. Wollte ihr die Karaffe an den Kopf stoßen. Aber dann schüttete sie den Rest Saft in Olgas Glas. Das konnte Olga nicht ablenken. Ihr Redefluss geriet nicht gleich ins Stocken. Nichts hielt sie mehr auf.

»Ich möchte nicht, dass unsere Beziehung nur noch auf Misstrauen basiert. Etwas mehr muss da schon sein«, sagte Olga.

Elses Finger umklammerten den Griff der Karaffe. Einfach nicht hinhören. Sie ging mit der leeren Karaffe in der Hand aus dem Schatten in die Sonne. Sie sah auf das Meer hinaus. Sie wollte nichts mehr hören. Sie schaute nur auf das tiefe Blau und das Lichtgefunkel. Darüber leichter Dunst. Es würde heiß werden, es war bald Mittag. Nun war es gesagt. Hatte sie es nicht längst geahnt? Ein Wort breitete sich in ihrem leeren Kopf aus. Wahrheitsgehalt, lautete es. Und wie auf Wellen schwang in ihrem Innern nur dieses eine Wort. Schon hatte sie resigniert. Sie fasste sich an den Kopf. Wischte über ihre nasse Stirn. War sie dabei, den Verstand zu verlieren? Nein, sie würde es sich zur Aufgabe machen, den Wahrheitsgehalt herauszufinden. So war das, hörte sie Olga sagen. Was war so gewesen? Egal, sie hatte nicht mehr zugehört. Wenn Olga doch endlich gehen würde. Als sie sich umdrehte, hoffte sie, dass ihr Gesicht nichts von dem verriet, was sie bewegte.

Sie hörte Olga sagen: »Wir waren nicht nur in nächtelange Diskussionen über die großen metaphysischen Probleme verwickelt, ach, wir waren so jung, Angelos und ich.«

Warum hörte sie nicht auf? Wollte sie sie absichtlich kränken? Das war der Grund für ihren Besuch. Else hob den Blick, sah Olga an, wie sie da stand. Aufrecht, den Kopf nach hinten gebogen, als wollte sie den Himmel betrachten. Olgas Augen hatten sich unschön verschoben. Der irre Blick. Im selben Augenblick fühlte Else sich in ihrer vagen Vermutung bestätigt. Spuren von Wahnsinn hafteten Olgas Benehmen an. Mehr als nur ein Seitensprung? War es das?

Im Flug der Zeit würde auch dieser Augenblick Vergangenheit sein. Doch vergessen würde sie ihn nicht. Und diesen Satz, den Olga zum Schluss, als Höhepunkt loswerden musste – »Wir waren ein uneinnehmbares Paar, wir wollten zusammen alt werden« –, wie könnte sie ihn aus ihrer Erinnerung streichen? Sie spürte jetzt Pochen in den Schläfen, das Hämmern. Wie sich noch beherrschen. Sie schlagen und weglaufen. Fest zuschlagen. Eine Impulshandlung. Das könnte sie nicht rechtfertigen. Es war gar nichts geschehen.

Plötzlich war Olga weg. Else war allein. Olga musste an ihr vorbei zur Tür gegangen sein, ohne dass sie es bemerkt hatte. Jetzt erst wurde es ihr bewusst, dass sie die ganze Zeit über geschwiegen hatte. Kein Wort war aus ihrem Mund gekommen. Stumm hatte sie es über sich ergehen lassen. Eines aber war klar geworden, Olga stellte nun höhere Ansprüche, eine Liebesaffäre, die strenge Geheimhaltung verlangte, genügte ihr nicht mehr. Sie hatte doch von einer vergangenen Beziehung gesprochen. Die Mittagssonne holte den letzten Schatten von der Veranda. Vor der flimmernden Hitze zog sich alles ins Innere des Hauses zurück, hinter die schützenden, halb geschlossenen Fensterläden, die nur Lichtstreifen hereinließen. Mittagsruhe. Nur das Lied der Zikaden. Else war dabei, die Fenster zu verschließen, als ein Geräusch hinter ihr sie aufschrecken ließ. Sie drehte sich rasch um. Da stand Olga mitten im Zimmer. War sie nicht gegangen, wo hatte sie sich inzwischen aufgehalten? Aber dann war Olga schon wieder aus dem Zimmer verschwunden. Was war das, sah sie schon

Gespenster? Sie spürte, wie sie vor Erregung zitterte. Sie ging in den Flur, wollte nachsehen. Olga küsste gerade Johanna zum Abschied. Sie sah Else nicht an. Erst als sie schon in der geöffneten Tür stand und das Kind zum zweiten Mal geküsst hatte, winkte sie mit der Hand in Elses Richtung, ohne etwas zu sagen. Dann verschwand sie. Else war wie erstarrt. In diesem Augenblick lief ihr Johanna ungestüm in die Arme.

»Eben habe ich unten im Garten Tante Kiki getroffen«, sagte Angelos, als er zur Tür hereinkam. »Sie hat heute Teigtaschen mit Spinat und Ziegenkäse zubereitet, sie bringt uns gleich einige davon herauf, damit wir sie noch warm essen können.«

Else sah ihn an, so, als müsse sein Aussehen eine Veränderung erfahren haben, nach all dem, was Olga ihr erzählt hatte. Nein, es war ihm nichts anzusehen. Vermutlich wusste er gar nichts von Olgas Besuch. Angelos war guter Laune. Johanna sprang ihm in die Arme und er tollte mit ihr herum.

Als Tante Kiki kam, saßen sie schon am Tisch. Es gab Pastisio und sie baten Tante Kiki, doch mit ihnen zu essen. Else hatte den Nudelauflauf gleich nach dem Frühstück zubereitet, noch bevor sie mit Johanna ans Meer gegangen war. Hätte sie auch Olga bitten sollen, zu bleiben? Vielleicht hatte sie das ja sogar erwartet. Und deshalb die Eistorte? Olga zum Essen einladen, das hätte noch gefehlt. Es war ihr einfach nicht eingefallen, nach allem, was passiert war. Olga hier an ihrem Tisch. Sie spürte ihren Magen. Schlimmer noch war der bittere Geschmack im Mund. Die Galle. Sie musste sich zwingen, ruhig zu bleiben. Die Unverschämtheit, mit der Olga sie überfallen hatte, wollte sie vor Angelos noch geheim halten. Einen besseren Zeitpunkt abwarten. Dem Anschein nach hatte Olga lediglich Angelos Abwesenheit ausnutzen wollen, um sie mit ihren Informationen einzuschüchtern. Die Eistorte, nichts weiter als ein Wurfgeschoss. Mit Erleichterung sah Else, dass Tante Kiki sich gern zu ihnen setzte. Jetzt musste sie nicht mit Angelos allein am Tisch sitzen. Ihr Gesprächsstoff schien ohnehin geschrumpft zu sein, seit sie in Athen waren. Immer öfter saßen sie sich beim Essen stumm gegenüber. Ereignisse des alltäglichen Lebens blieben unkommentiert. Für ihre Spottlust fanden sie keine Opfer und für ernste Gespräche war der Sommer zu heiß.

Johanna saß verträumt vor ihrem Teller, angelte die Makkaroni einzeln mit der Gabel in ihren Mund. Angelos scherzte mit seiner Tante und sie stießen mit ihren Wassergläsern an. Sie lachten. Komm, stoß mit uns an auf die schöne Zeit hier, auf den schönen Sommer, Else, dein Wasserglas. Die Gläser klirrten. Else lachte auf. Kein Zweifel, sie konnte sich in keinem schlechten Zustand befinden, wenn sie mit ihnen lachen konnte. Wie schön, dass ihr mich besucht habt, sagte Tante Kiki. Sie wiederholte den Satz mehrmals. Sie erwähnte ein großes Familienfest, das ihr vorschwebe. Sie müssten alle zusammentreffen. Eleni und Giorgos. Angelos Mutter hätte sich seit eineinhalb Jahren nicht mehr eingefunden. Tante Kiki war eine Schwester von Angelos Mutter. Die Verwandtschaft war nicht zu übersehen. Tante Kiki war vielleicht etwas rundlicher und dabei kleiner. Sie hatte ein wunderschönes Lächeln, ebenso wie Angelos Mutter, und große dunkle Augen. Äußerlich waren sich die beiden Schwestern sehr ähnlich, aber im Wesen erschienen sie Else doch recht unterschiedlich. Tante Kiki war von beiden die Lebhaftere. Nie schien sie ihren Humor zu verlieren. Wenn sie erzählte, und sie konnte die wundersamsten Geschichten wiedergeben, nahm sie nicht nur gern die Hände zu Hilfe, ihr ganzer kleiner Körper bebte vor Aufregung. Ihr Gesicht widerspiegelte jede Gemütsbewegung. Sie konnte ihre Zuhörer im Bann halten. Angelos liebte seine Tante. Die beiden Schwestern hatten über die Jahre eine enge Beziehung aufrechterhalten. Man hatte sich gegenseitig besucht und, weil die Kinder im selben Alter waren, oft die Ferien gemeinsam verbracht. Diese Zeiten waren längst vorbei. Nun lebte Tante Kikis Tochter Eleni seit Jahren verheiratet in Frankreich und Giorgos, der in dieser schönen Wohnung mit dem Meeresblick gewohnt hatte, war seit sechs Monaten in den USA. Seine Frau, eine Amerikanerin, hatte ihn verlassen. Reichlich obskur erschien Else die Geschichte, die Tante Kiki über den Hergang erzählte. Giorgos sei eines Tages aus dem Krankenhaus zurückgekommen und habe weder Frau noch Kind vorgefunden. Lediglich einen Zettel mit einer Notiz über ihre Abreise. Giorgos habe schrecklich gelitten. Wegen des Kindes. Tante Kikis Stimme wurde leiser. Während sie erzählte, schien sie mehr und mehr in sich zusammenzusinken. »Ich habe mich nicht in ihre Angelegenheiten eingemischt. Ich weiß gar nicht, wie es so weit kommen konnte.« Giorgos habe die Trennung nicht ertragen, erzählte sie weiter, schließlich eine Assistentenstelle als Orthopäde in Detroit angenommen, um seiner kleinen Tochter näher zu sein. Aber Frau und Tochter lebten doch in New York. Angelos versuchte zu trösten. Dass es Giorgos bisher nicht gelungen sei, in New York einen geeigneten Arbeitsplatz zu finden, bedeute nicht viel. Manchmal dauere es etwas länger. Tante Kiki schüttelte nur den Kopf. Es war klar, sie wollte nicht weiter darüber sprechen. Sie tat Else leid.

»Zum Scheitern einer Ehe reicht es aus, wenn einer der Partner kaputt ist«, sagte Angelos.

»Was heißt da ›kaputt‹«, meinte Else, stockte dann mit einem Blick auf

Tante Kiki. Sie spürte die Abneigung der Tante, ein solches Gespräch über Ehekrisen fortzuführen, und schwieg. Die Stimmung war dahin. Man sollte auch auf Johanna Rücksicht nehmen. Else holte tief Luft. Warum sprang sie nicht laut schreiend auf? Warum gab sie nicht diesem Verlangen nach, Angelos ins Gesicht zu schreien? Wie er da unbekümmert saß, mit seiner Tante plauderte und gute Ratschläge gab. Sie schloss für einen Augenblick die Augen. Ehekrisen. So weit waren sie also gekommen. Else fragte sich, ob Johanna etwas von ihren Gesprächen verstehen konnte. Ihr Essen rührte sie jedenfalls nicht mehr an. Stattdessen zeichnete sie mit dem Messer Linien in das Tischtuch. »Wenn du nicht essen willst, kannst du aufstehen«, sagte Angelos in diesem Augenblick. Johanna trottete davon. Was, wenn Johanna später von Olgas Besuch erzählen würde? Hatte sie etwas von Olgas Offenbarungen gehört? Johanna war die ganze Zeit über mit ihrer Freundin und den Lego-Bausteinen beschäftigt gewesen, oder vielleicht nicht?

Zum Nachtisch trug Else Wassermelone auf. Bei der Hitze war Melone das Einzige, was wirklich schmeckte. Tante Kiki gab sich wieder unbekümmert und beschrieb, wie sich aus dem Saft von frischen, möglichst dunklen Trauben eine schmackhafte Nachspeise herstellen ließ. Else tat überrascht, so als hätte sie noch nie davon gehört, ließ sie sich jede Einzelheit erklären. Tante Kiki tat das gern und Else sagte sich, sie will mir, der Fremden, mit der griechischen Küche helfen. Sie nahm es ihr nicht übel. In Gesellschaft der Tante fühlte sie sich wohl. Sie ließ es auch gern geschehen, wenn Tante Kiki sagte: »Gib mir deine Tasse. Ich will in deinem Kaffeesatz lesen.« Mit ernstem Gesicht beugte sie sich über den eingetrockneten Kaffeesatz auf der Untertasse, bemüht, aus den verschiedenen Konturen bedeutende Ereignisse in Elses Zukunft herauszulesen.

»Nun, was hat das Schicksal mit mir vor?«, fragte Else dann immer, so auch dieses Mal.

»Du vertraust den Moiren nicht, nicht wahr? Aber wissen wir wirklich alles? Unser ganzes Leben ist nur ein kurzer Augenblick, in dem wir uns allen Ernstes plagen, streiten, grämen und uns in unserem kleinen Lebensraum mit großer Wichtigkeit umtun. Kaum haben wir unser Gesicht im Spiegel wahrgenommen und ihm unser Interesse gewidmet, da erkennen wir bei einem weiteren Hinsehen das Gesicht einer Greisin.« Tante Kiki lachte auf. »Und nun schwatze ich schon wie eine Greisin«, sagte sie und schlug temperamentvoll mit der Hand auf den Tisch, dass die Tassen klirrten.

»Das ist aber jetzt übertrieben«, meinte Else, »ich wünschte, ich wäre so aktiv wie du und so attraktiv.«

Tante Kiki nahm Elses Hand, ihre dunklen Augen funkelten, während sie sagte: »Lass es gut sein. Der Flug der Zeit ist nicht aufzuhalten.«

Else verstellte den Duschkopf, lehnte sich an die Kachelwand und ließ das kalte Wasser über ihren Kopf und Körper laufen. Nachdenken, sagte sie sich. Was nun. Ich bin mit Misstrauen infiziert. Nach dem, was vorgefallen ist, nach dem, was Olga erzählt hat, muss ich jede Begegnung mit ihr vermeiden. Olga war zu ihr gekommen wie eine um ihre Liebe Betrogene. Vermutlich beabsichtigte sie, Ansprüche an Angelos einzulösen. Else stellte sich vor den Spiegel und betrachtete ihren Körper. Bei einem Vergleich mit den Hochglanzfotos in verschiedenen Zeitschriften, wie würde sie da abschneiden? Und wie sah Angelos sie? Diesen Körper, diese Hülle.

Eigentlich weiß ich gar nicht, ob Olga die Wahrheit gesagt oder ob sie gelogen hat, überlegte sie. Aber die Lüge schafft eine fiktive Wahrheit. Und wenn es nur eine fiktive Wahrheit ist? Doch selbst einer fiktiven Wahrheit scheine ich nicht gewachsen zu sein.

Ärgerlich griff sie nach dem Handtuch. Riss es von der Stange und rutschte dabei auf den nassen Fliesen aus. Heftig stieß sie mit dem linken Ellbogen gegen die Wand und an einen Haken. Sie fluchte und rieb die Stelle. Es würde einen blauen Fleck geben. Was hatte Tante Kiki in ihrem Kaffeesatz gesehen? Mit raschen Bewegungen begann sie sich einzucremen. Die Flasche fiel aus der Hand. Die Lotion tropfte auf den Fliesenboden. Auf der weißen Fliese ein langer Riss. Aber nicht von ihr. Das konnte nicht jetzt passiert sein. Sie wischte alles auf.

Wir werden bald abreisen. Olga ist schuld. Was bildet sie sich ein? Weiß sie überhaupt noch, wovon sie redet, wenn sie von Liebe redet? Sie idealisiert eine Beziehung, die ehemals bestanden hat. Bezeichnet sie als Liebe. Eine gewesene Liebe. Oder hat das zwischen ihnen nie aufgehört? Unvergängliche Leidenschaft.

Natürlich, der schleichende Druck in den Schläfen. Ihr Kopf, der immer wieder die Kopfschmerzen bereithielt. Für unlösbare Probleme. Der Kopf wie in einer Zange. Diese heimtückischen Kopfschmerzen, die sie gleich nach dem Mittagsschlaf bemerkt hatte und die nun ständig deutlicher wurden. Sie suchte und fand Gott sei Dank in ihrem Reisenecessaire ein Aspirin. Nur jetzt einen klaren Kopf behalten. Eine Episode, die bald in Vergessenheit geraten würde. Sie würde Olga nie wieder sehen. Und Angelos? Man müsste abwarten. Wie sollte das nun weitergehen? Schließlich hatte Angelos nichts gesagt. Hysterisch war sie und ein bisschen verrückt. Es war ein Überfall gewesen.

Johanna fragte, ob sie jetzt »Die drei Schweinchen« ansehen dürfe. Tante Kiki hatte ihr heute früh die Videokassette geschenkt.

»Lass uns lieber das Hütchenspiel spielen«, antwortete Else. »Ich kann dir auch etwas vorlesen.«

Aber Johanna war zum Fernseher gelaufen und sagte: »Tante Kiki hat mir gezeigt wie ich das machen muss.« Sie schob die Kassette rein und nahm die Fernbedienung.

Else starrte einen Augenblick mit in den Apparat. »Mach nichts kaputt«, mahnte sie, aber das Kind hörte sie nicht mehr.

Sechs Uhr früh. Vor ihr lag das Meer, eine glatte Fläche, absolut still. Leicht glitt sie hinein, bemüht, mit ihrem Körper die Stille nicht zu verletzen. Das Wasser drängte kühl an ihre Haut. Sie tauchte den Kopf unter.

Donnerstags war Wochenmarkt. Else und Johanna begleiteten Tante Kiki, in deren Leben die Einkäufe jeden Donnerstag einen festen Platz einnahmen. Frisches Obst und Gemüse kaufte Tante Kiki, wie so viele andere Leute, grundsätzlich auf dem Markt ein. Um ihn zu erreichen und die Schlepperei zu vermeiden, benutzte sie das Auto. Tante Kiki hatte, sehr zu Johannas Freude, einen kleinen zusammenklappbaren Wagen dabei, mit dem die großen Wassermelonen und kiloweise Obst und Gemüse vom Verkaufsstand zum Auto befördert wurden. Johanna durfte das Wägelchen gleich ausprobieren. Mal schob sie, mal zog sie, mal musste Else helfen. Eine Palette farbenfroher Waren breitete sich vor ihnen aus. Das Angebot war überaus reichlich. Dicht an dicht drängten sich die Stände und auf den Tischen unter Markisen und Schirmen verführten in allerschönsten Farben Obst und Gemüse in Hülle und Fülle zu Großeinkäufen. Auch Fisch wurde an mehreren Ständen angeboten. Die toten Körper glänzend in der Sonne. Die Augen weiß. Die meisten Händler machten lauthals Angebote, versuchten andere Anbieter zu übertönen. Das hatte Sinn. Die Käufer waren wählerisch. Schließlich wollte jeder so billig wie möglich einkaufen. Die Preise wurden verglichen. Möglicherweise waren ja die Tomaten ein paar Stände weiter besser und sogar billiger. So legten die Käufer ein großes Stück Wegs zurück. Und war das Wägelchen schon übervoll beladen, so fand ein Blumentopf als Abschluss noch seinen Platz.

»Nicht auszudenken, was ich ohne den Markt machen sollte«, sagte Tante Kiki, als sie die vielen Einkäufe und den kleinen Topf mit Basilikum, den Else für Tante Kiki gekauft hatte, im Kofferraum verstauten.

»Auf Zypern fahre ich auch einmal in der Woche zum Markt. Es ist alles so viel frischer«, meinte Else.

»Gefällt es dir denn auf Zypern?«, fragte Tante Kiki wie nebenbei.

Else wich ihrem Blick aus und antwortete zögernd, dass es schwierig sei, einen Kontakt zu einheimischen Frauen zu bekommen, dass sie ein paar nette deutsche Frauen kennengelernt hätte und dass es ihr natürlich recht gut auf Zypern gefalle. Sie spürte den forschenden Blick der Tante und sah auf. »Soll ich dir erzählen, was mir eine Deutsche über ihr Leben auf der Insel, sie ist ungefähr dreißig Jahre dort, gesagt hat? Ihr ganzes Leben auf Zypern, sagte sie, sei im Grunde nur von dem einen Gedanken geprägt gewesen, diesem Land, diesen Sitten nicht anheimzufallen, ihr ganzes Leben sei ein Sich-Wehren gegen dieses Land gewesen. Nicht für einen Augenblick habe sie sich mit der Idee, dort ein Leben zu verbringen, anfreunden können. Ein jahrelanger Kampf, fast ein lebenslanger. Ohne ihre Fluchtgedanken ginge es nicht, sei kein Überleben möglich. Aber bis jetzt sei es ihr noch nicht gelungen, sich von Zypern zu lösen.«

War sie in ihrem Eifer zu weit gegangen? Else lächelte und fügte erklärend hinzu: »Ich denke, es ist eine Art Selbstzerstörung, was Marlene mit der Verwerfung, immerhin ist es ihr Lebensraum, betreibt.«

»Ich denke, dass die Frau sehr unglücklich ist und die Gründe dafür woanders liegen«, sagte Tante Kiki. »Diese Frau wäre auch in ihrer Heimat unglücklich geworden. Sie hat keine Freunde, sagtest du. Vermutlich mag sie niemand ansprechen, weil sie so ablehnend wirkt. Oft merkt man nicht, dass sich hinter dem blasierten Benehmen große Unsicherheit verbirgt.«

Else war erleichtert, als der Verkehr an der Kreuzung reichlich chaotisch wurde und Tante Kikis ganze Aufmerksamkeit verlangte. Möglicherweise dachte sie ja, dass Else ihre eigenen Probleme beschrieben hatte und Marlene bloß ein Vorwand war. Ganz so schlimm stand es um sie gewiss nicht. Nichts anderes als eine kleine Melancholie. Wie hätte sie ihren Zustand sonst erklären können. Probleme einer unausgelasteten Hausfrau, würde Angelos sagen. Darum ging es, oder nicht? Jetzt, nachdem sie Lotte verloren hatte, schien alles noch trostloser.

Später war sie davon überzeugt, dass es ein Fehler war, Tante Kiki von den deutschen Frauen und deren negativen Einstellungen zu erzählen. Tante Kiki würde sie nun ähnlicher Gefühle verdächtigen. Tante Kiki war eine Griechin. Ein Umstand, den sie niemals vergessen durfte. Kein Grieche kann auch nur die leiseste Kritik ertragen und von einer Deutschen am wenigsten. Natürlich hätte sie einfach erzählen sollen, wie herrlich es auf der Insel sei, wie viel schöner als in Deutschland, ihrer Heimat, wo es immer regnen und schrecklich kalt sein würde. Nur das wurde von ihr erwartet. Else, die Touristin. Else, der Gast. Tante Kiki hatte noch gefragt, ob Else niemandem begegnet sei, dem die Integration gelungen sei. Aber solche Menschen würden wohl nicht mehr ins Auge fallen, hatte sie dann gemeint. Else hätte also besser ihren Mund gehalten. Hätte besser kein derart verfängliches Thema angeschnitten. Doch jetzt war es zu spät.

An und für sich konnte keine der Frauen, mit denen sie zusammengetroffen war, viel Positives über ihr Leben auf der Insel berichten. Das neue Leben hatte sie verängstigt, anstatt frisches Lebens- und Selbstgefühl in ihnen zu wecken. War es möglich, dass sich alle in der Zauberkraft des Südens getäuscht hatten? Was war geschehen? Die Zauberkraft, so schien es, reichte nur für einen Sommerurlaub. Und sie selbst? Wie wenig war sie bereit, mit vorurteilslosen Augen neue menschliche und gesellschaftliche Verhältnisse zu betrachten. Von blasiertem Benehmen hatte Tante Kiki gesprochen. War es Selbstschutz, aus dem sich einige eine übertrieben kritische Haltung angeeignet hatten? Ein Leichtes war es sicher, sich von Kunstdenkmälern, Säulen, Mosaiken und Ruinen überwältigt zu zeigen. Der Himmel ist blau. Es ist ein Liebesverhältnis, und das im Sommer. Das Licht in den Augen hinter der Sonnenbrille. Eine ewige Touristin, was war sie mehr. Und positiv gedacht, meine Liebe. Noch liegt es in deiner Hand, dass der Aufbruch in den Süden nicht nur eine kurzlebige Eskapade war. Lotte hatte sich besser zurechtgefunden. Lotte hatte gewöhnlich zu sagen gepflegt, die unglücklichste Reaktion wäre, sich vor dem Anderen zu verschließen. Allen Unterschieden zum Trotz müsse man sich in den anderen hineinversetzen, denn natürlich gingen die Verschiedenheiten in die zwischenmenschliche Beziehung mit ein. Eine Beziehung könne im Grunde an individuellen Besonderheiten nur wachsen. Lotte und ihr Optimismus. Else lächelte. Und die Irrtümer? Sie beschloss, noch einen Eiskaffee zu trinken, und ging in die kleine Küche. Trotz einiger Bedenken nahm sie einen Löffel Vanilleeis in den Kaffee.

Lila Licht umspielt die Berge, sagte sie zu ihrer Mutter, die gerade angerufen hatte. Bist du vielleicht ein bisschen allein, fragte ihre Mutter daraufhin. Sie solle mal unter Menschen gehen. Nur immer im Meer schwimmen, das sei keine Lösung. Worüber sich ihre Mutter immer gleich Gedanken machte.

Es war achtzehn Uhr. Sie schaltete die Klimaanlage aus. Die Spatzen kämpften lautstark um einen Platz im Eukalyptusbaum. Vermutlich war es ihr Schlafbaum. Sie hielten sich genau an die Zeit, zeterten und zwitscherten, bis sie ihren Schlafplatz eingenommen hatten. Und frühmorgens, gegen sechs Uhr, ging wieder das Gezwitscher los, da fand der Aufbruch in den Tag statt. Tagsüber vernahm Else sie kaum. Ihre Stimmen gingen in dem allgemeinen Lärm unter. Und auf den Drähten, den Telefonleitungen beobachtete sie wohl Tauben, aber keine Spatzen. Bisweilen schob sie das auf die Hitze, vermutete, dass die Vögel vor dem heißen Tag irgendwo anders Unterschlupf suchten. Um ihren strengen Rhythmus waren die kleinen Vögel zu beneiden. Eine straffe Zeiteinteilung, die wäre ihr ebenfalls zuträglich. Als Johanna noch kleiner war, hatte sie sich einer strengen Tagesordnung unterworfen. Jetzt lebte sie planlos in den Tag hinein. Immer im Meer schwimmen ist keine Lösung. Mutters Sprüche.

Sie sah auf das Meer hinaus. Sie war froh, dass ihre Mutter nichts von Olgas Existenz wusste. Dabei sollte es bleiben. Mit niemandem konnte sie darüber reden.

Das Meer weiß und ganz vereinzelt indigoblau. Die Sonne ging unter und blieb für einen Augenblick als roter Punkt auf einer Bergspitze hängen.

Else spielte mit Johanna »Ich sehe was, was du nicht siehst«. Johanna liebte dieses Spiel und konnte wie gewöhnlich auch heute kein Ende finden. Angelos, der gerade auf die Terrasse kam, musste auch mitspielen. Johanna war in dem Spiel so weit fortgeschritten, dass sie sich Dinge ausdachte, die mit dem bloßen Auge nicht zu sehen waren. Sie ließ ihrer Fantasie freien Lauf. Aus diesem Grund waren sie jetzt von grünen Nashörnern und Dinosauriern umgeben. Else musste einen kunterbunten Papagei erraten und die Hexe aus »Hänsel und Gretel«.

Nachdem Angelos den Frosch, der auf dem Tisch herumsprang, nicht erraten hatte, sagte Johanna: »Nun mache ich es dir ganz leicht. Ich sehe was, was du nicht siehst, aber du würdest sie sehr gern sehen.«

»Dann handelt es sich um eine Person«, sagte Angelos.

»Ja«, erwiderte Johanna, »mit vielen, vielen Farben und einem Hut.«

Angelos fragte, ob es ein Clown sei. Und Johanna lachte und klatschte vor Begeisterung in die Hände.

»Nein, sieh mal!«, rief sie und stolzierte mit übertrieben gezierten Bewegungen im Kreis herum. Dann sprang sie ihrem Vater in die Arme, verdrehte die Augen und küsste ihn auf beide Wangen. Angelos meinte, es sei wohl etwas zum Anfassen. Worauf Johanna jubelte: »Ja, zum Anfassen, es ist Olga, die ich sehe.«

Angelos setzte Johanna auf seinen Schoß und schlug vor, nun ein anderes Spiel zu spielen.

»Wo hast du Olga eigentlich kennengelernt?«, fragte Else und versuchte, möglichst uninteressiert zu wirken. Die Frage sollte bei Angelos keinen Verdacht erwecken. Um abzulenken, wandte sie sich gleichzeitig an Johanna, die jetzt etwas malen könnte.

»Ach«, meinte Angelos, »hast du es wirklich nicht gewusst? Es war in einer Vorlesung in München, damals.«

»Wieso, hat sie denn Medizin studiert?«, fragte Else.

»Es hatte nichts mit Medizin zu tun«, sagte Angelos. »Es waren sozusagen die Geisteswissenschaften, es lief in die Richtung Psychoanalyse und Marxismus.«

»Aha«, sagte Else und griff zu ihrem Wasserglas.

Angelos gab keine weiteren Erklärungen ab. Es lag ihm offenbar daran, die so deklarierte Freundschaft – oder hatte er von einer Bekanntschaft gesprochen? – als puren Zufall abzutun. Ob Angelos das geisteswissenschaftliche Abenteuer gefunden hatte, war also nicht bekannt, auch nicht, ob er ein ganz anderes Abenteuer eingegangen war. Aber man kann vom anderen Menschen nicht alles wissen wollen, auch nicht vom Partner. Wahrheitssuche. Sie hatten in der Nacht nach Olgas Besuch miteinander geschlafen. Sie hatte es nicht verhindert. Hat er in unserer Umarmung an die Andere gedacht? Vielleicht ist Olga gar nicht seine Geliebte. Täuschungen, Lügen. Spielen die beiden eine Komödie vor mir? Hier sitzen wir wie eine liebe Familie.

Johanna kletterte in dem Korbsessel herum. Angelos sah ihr zu und blätterte gleichzeitig in einer Zeitung. Sie konnte ihm keine einzige Frage stellen. Ihr Mund war wie ausgetrocknet. Jetzt über Olga reden. Über ihre hinterhältigen Schmeicheleien. Ihre freimütige Offenheit. Hatte sie Else nicht scheinbar ins Vertrauen gezogen mit ihren Klagen über ihre Schwiegertochter? Hinterlistig hatte sie ihr Vertrauen und ihre Zuneigung ausgebeutet. Johannas Spiel wurde unerträglich und Angelos schickte sie in die Küche, um ein Eis zu holen. Ablenkung. Nur zwischen ihr und Angelos gab es keine Ablenkung. Sie schwiegen. Die Rosensträucher dufteten stärker. So jedenfalls schien es ihr. Ihre Sinne waren alarmiert Sie atmete den Duft. Nach einer Weile brach Angelos das Schweigen und sie redeten, doch sie redeten von unbedeutenden Dingen. Er kommentierte die Zeitungsartikel. Unverfängliche Plauderei. Ja, man musste sie für ein reizendes Paar halten. Nein, Else wollte doch keinen Wein mehr trinken.

Sie holte den Teller mit den Jasminblüten, die sie mit Johanna gesammelt hatte, und zeigte dem Kind, wie es die noch geschlossenen Blüten auf einen Faden bündeln konnte. Unter ihrer Anleitung reihte die Kleine die Blüten ganz geschickt auf und verknotete sie zu einem Sträußchen. In wenigen Stunden würden sich die Blüten öffnen und ihren feinen Duft ausströmen. Den kleinen Blütenschmuck sollte Johanna an ihr Kleid stecken, wenn sie alle am Abend zusammen mit Tante Kiki in ein Fischrestaurant gehen würden.

Die Dunkelheit war längst hereingebrochen, als sie in einer kleinen Fischtaverne am Meer saßen. War das nun ein harmonischer Abend? Nach allem, was sie von Olga erfahren hatte? Man gab sich zivilisiert. Das Tuckern der kleinen Motorboote. Angelos machte Johanna auf die auslaufenden Fischerboote aufmerksam und zeigte ihr die winzigen Punkte ihrer Lampen auf dem dunkel glänzenden Meer. Sein Verhalten ließ keinen Verdacht zu. Um einen Verdacht ging es gar nicht mehr. Sie hatte den Beweis. Oder nicht? Olga hatte von einer gemeinsamen Vergangenheit gesprochen. Als sie aufblickte, sah sie in Angelos lächelndes Gesicht. Sie fühlte sich ertappt. Vermutlich sah er Unregelmäßigkeiten in ihrem Gesicht, Falten. Oder schlimmer, konnte ihr Gesicht einem Vergleich standhalten? Mit kurzer Bewegung wandte sie ihr Gesicht zur Seite. Konnte seinen Blicken nicht ausweichen.

Er betrachtete sie. »Wunderschön braun bist du. Es steht dir. Das Schwimmen bekommt dir.«

Seltsam sein Lächeln. Sie glaubte ihm nicht. Nicht mehr.

»Danke«, sagte sie knapp. »Ich bin nicht sonderlich braun. Die Griechinnen sind viel dunkler, obwohl sie beim Schwimmen meistens einen Hut tragen.«

»Nur die Verschiedenartigkeit der Menschen macht unser Leben reizvoll«, sagte Angelos und fügte, weil er keine Antwort bekam, nach einer Weile hinzu: »Meinst du nicht auch, Else?«

»Gehen wir doch zur Tagesordnung über, zum Fische verzehren.«

Es blieb Tante Kiki überlassen, die Stimmung zu retten. Sie lenkte die Aufmerksamkeit auf das Kind, zeigte, wie man mit den kleinen Fischen umzugehen hatte. Und Johanna staunte, denn Tante Kiki überzeugte sie, die kleinen Fische auf einmal mit Kopf und Schwanz in den Mund zu stecken. Es sei nur ein kleiner Happen. Sie selbst verspeiste auch die viel größeren Barben auf dieselbe Weise. Sie ließ sich sogar noch die abgetrennten Köpfe von Angelos Fischen geben und aß auch diese mit sichtlichem Genuss.

»Ich stamme aus einer Familie von Seefahrern«, sagte sie.

»Piraten«, staunte Johanna.

»Was du nicht sagst, das finde ich lustig«, meinte Angelos, »meine Verwandten, die Seeräuber.«

Die Tante schlug ihm leicht auf die Hand. »Wirklich, Angele, deine Mutter und ich sind in dem herrlichen Alexandria aufgewachsen.«

»Natürlich«, antwortete Angelos mit einer kleinen Verbeugung in ihre Richtung, »wie alle anderen baut auch ihr beide, auf der Suche nach Heimat, an einer Vergangenheit und schafft neue Episoden. Die Realität entgleitet. Manchmal nimmt das Verlorene sogar gigantische Züge an.«

»Lass mir doch meine Freude«, schmollte Tante Kiki. »Nur die Nähe des Meeres ist mir geblieben. Und zur See fährt niemand mehr.« Sie ergriff ihr Weinglas, um auf ihre Geburtsstadt Alexandria anzustoßen.

Die alte Frau hatte noch keine Rose verkauft. Else beobachtete, wie sie von Tisch zu Tisch ging. Langsam. In den staubigen Sandalen schlurfend. Zwei, drei Rosen hielt sie den Sitzenden hin und sagte dazu ihren Vers auf. Ihre Bewegungen waren mechanisch. Immer derselbe Spruch. Sie hatte nichts Aufdrängendes. Aber das fehlt ihr, dachte Else, sie versucht es gar nicht richtig, man wird nicht auf sie aufmerksam. Wie mochte das Leben dieser Frau aussehen, wie ihr Tag? Ging sie jeden Abend mit einem Korb Rosen umher? Von Taverne zu Taverne? An den Tischen genügte nur ein Wink mit der Hand, um sie zu verscheuchen. Sie konnte sich nicht durchsetzen. Der Gitarrenspieler hatte mehr Glück gehabt, ihm hatten mehrere Gäste Geld zugesteckt. Die alte Frau ging leer aus. Else überlegte, ob sie ihr Rosen abkaufen sollte. Doch vermutlich gehörte in diesem Fall der Kauf von Rosen zu den Aufgaben eines Mannes. Also war es Angelos' Angelegenheit. Nur keinen Unmut erwecken. Sie zögerte einen Augenblick und machte dann Angelos auf die alte Frau aufmerksam. Er nickte und winkte der Frau. Er kaufte ihr zwei Rosen ab. Tante Kiki strahlte und Else schob ihre Rose Johanna zu. Die alte Frau zog weiter, anscheinend unbeeindruckt von dem Geschäft. Else verlor sie aus dem Blick.

»Jetzt möchte ich einen Fisch malen«, sagte Johanna mit Nachdruck und unterbrach Elses Schläfrigkeit. Geschäftig suchte Tante Kiki in ihrer Handtasche nach Papier und Stift. Else kramte aus ihrer sehr kleinen dunkelbraunen Tasche einen Kugelschreiber hervor und Angelos meinte, man könnte ebenso gut eine Papierserviette benutzen. Sie bemühten sich nun alle drei um das Kind. Übermütig versuchte jeder, seine Zeichenkünste aufs Papier zu bringen. Zum Schluss sammelte Tante Kiki die Zettel ein und steckte sie alle in ihre Tasche.

Else war barfuß und saß jetzt mit hochgezogenen Beinen, die Arme um die Knie geschlungen. Gelangweilt betrachtete sie ein paar Nachtfalter, die um die Lampe flatterten, schließlich den Weg unter den Lampenschirm fanden, dort anstießen und immer wieder anstießen, bis sie an der

Glühbirne verbrannten. Eine eklige Angelegenheit. Sie stand auf, um das Licht auszuschalten. Sie könnten hier draußen auf der Terrasse ebenso gut mit Kerzenlicht auskommen.

Plötzlich sorgte ein Kakerlak für Unruhe. Ein prächtiges Exemplar kurvte um einen der Tonkübel. Else schrie auf und sprang auf den nächstbesten Sessel, um sich in Sicherheit zu bringen. »Bring ihn um!«, schrie sie.

Aber Angelos war barfuß und sagte: »Einen Schuh, schnell.«

Doch das Untier war schneller und verschwand hinter den Blumentöpfen.

»Du weißt doch, dass ich mich vor ihnen fürchte«, sagte Else, »und du tust gar nichts.«

Ihr Blick fiel auf die Bodenvase mit den getrockneten Artischockenblüten. Für einen Augenblick meinte sie, darin eine Bewegung zu sehen. Das Untier kraxelte in den Blütenblättern. War es dahin geflogen? Ein Knacken im Korbstuhl. Angelos hatte den Schuh gefunden, der als Waffe dienen sollte. Else besann sich, wollte mutig erscheinen, auch sie nahm eine Sandale zur Hand, aber der Kakerlak war inzwischen unauffindbar. »So etwas gibt es in Deutschland jedenfalls nicht«, sagte Else und ging nach drinnen. Sie hörte, wie ihr Angelos etwas nachrief. Sie musste über ihre Angst lächeln. Diese Aufregung. Mittlerweile fand ihr Gezeter nicht mehr das gewünschte Echo.

Die Luft stand still, nichts bewegte sich, kein Laut, nur der Herzschlag in ihren Ohren. Verdächtiges Schweigen rundherum. Kein Windhauch, der ein Blatt bewegte. Stickig, nicht ausreichend Luft zum Atmen. Der Wecker zeigte drei Uhr. Warten auf den Morgen, die Helligkeit. Wie sich ihr der Sommer auf die Nerven legte. Sie würden das totale Misslingen der Athenreise zugeben müssen.

Was Olga betrifft, habe ich von Anfang an Vorbehalte gehabt, dachte Else. Nur einmal sind wir bei ihr zu Hause gewesen. Da spielte sie die große Gastgeberin, hat aber für mich keine Zeit gehabt. Alle meine Bedenken schwanden nach ihrem ersten Besuch bei uns. Vorschnell, wie sich herausstellte. Wie dumm von mir. In jedem Augenblick bin ich bereit, auf einen kleinen Wink hin mich einem Menschen an den Hals zu schmeißen. Sie war zu Olgas Gespött geworden. Wie sie mich verachtet, wenn sie sich dozierend vor mich hinstellt. Am liebsten würde sie mir mit ihrem intellektuellen Getue das Genick brechen. Dieses Zwittergeschöpf, weder Frau noch Mann ist sie. Reiner Wahnsinn von mir, mich mit ihr ans Meer zu setzen. Ich bin völlig willenlos dagesessen und immer melancholischer geworden, als ich gemerkt habe, dass ich ihr ganz und gar gleichgültig bin. Diese Art von Frauen haben eben gar keine Achtung vor anderen Frauen. Sie meinen, sie können sich ihnen gegenüber jede Niederträchtigkeit erlauben. Der Grund dafür, sagte sich Else, ist sicher in ihrer Unzufriedenheit mit ihrem eigenen Geschlecht zu suchen und ihrer Verachtung für alles Weibliche. Boshafte Überlegungen. Was sie sich alles ausmalte. Jedenfalls war sie von ihrer Zuneigung für diese Frau geheilt. Recht so. Was für eine Hitze. Sie musste ruhig liegen. Olga, die Hauptattraktion auf ihrer Athenreise.

Hätte sie Olga nicht einfach hinauswerfen sollen? Stattdessen hatte sie Haltung bewahrt, aber Olga nicht mit Wangenküssen wie einen lieben Gast verabschiedet. Olga nicht ins Gesicht gesehen. Sie hatte es einfach nicht fertiggebracht und dabei im Stillen gehofft, Olga auf diese Weise genügend zu kränken. Wer wusste, zu welcher Reaktion Olga fähig war? Höhnisches Gelächter erschien Else momentan am wahrscheinlichsten. Sie versuchte sich des Hergangs wieder zu erinnern. Es konnte nicht sein, dass Else die falsche Freundin umarmt hatte. Bei allem Bemühen gelang es ihr dennoch nicht, Olgas Abgang zu rekonstruieren. Der Augenblick war ausgelöscht. Ein Selbstschutz? Momentane Verwirrung. Nur eins war sicher, die Eistorte hatte sie ins unterste Fach geschoben. Da würde sie niemand entdecken. Ein Hund schlug an. Else lauschte auf die Hundestimmen, versuchte sie zu unterscheiden. Das tiefe Bellen eines schon betagten Hundes, dann als Gegenstimme das lebhaftere, helle Bellen von einem jungen Hund. Das Bellen verstummte. Else fühlte sich hellwach. Nun war Musik von einem Lokal am Meer zu hören. Also keine Ruhe. Wie sollte sie da schlafen? Ihr Kopf begann zu schmerzen. Sie fühlte eine innere Unruhe. An Schlaf war nicht zu denken. Angelos schlief, ganz in das Bettuch eingewickelt. Unterliegen wir nun einem Nichtberührungszwang, waren seine letzten Worte gewesen. Die großen Umwälzungen, die Olgas Spiele mit sich brachten. Die Kränkung. Sie hätte mit Angelos reden sollen. Stattdessen ihre Abwehrhaltung. Geschieht ihm recht, ihre einzige Empfindung. Mit Lotte könnte sie jetzt Vermutungen über Jasons psychischen und physischen Untergang anstellen. Leider war sie keine Medea und Angelos kein Heros.

»Zu uns, liebe Else, passt die Passivität, von dem Medea Typ sind wir weit entfernt«, hatte Lotte einmal gesagt.

Wie recht sie hatte. Für gewöhnlich, ja. Nur, gerade jetzt befand sie sich in einer rachsüchtigen Stimmung. In diesem stickigen Raum. Das Gegenteil von Freiheit sei Sklaverei und sie erlebe es am eigenen Körper, oder so ähnlich, war ein anderer von Lottes Sprüchen gewesen, erinnerte sich Else. Beide hatten sie gelacht. Ohne weiter zu überlegen war sie auf Lottes scherzhaften Ton eingegangen, als könnte der Humor über den Ernst einer Situation hinweghelfen. Das war kurz nach ihrem gemeinsamen Besuch der »Medea«-Aufführung gewesen. Else hatte Lotte daran erinnert.

»Nimm dir an Medea ein Beispiel«, hatte sie gesagt, »sei nicht ganz so grausam, aber wehre dich.«

Große und kleine Qualen für den Mann waren ihnen eingefallen. Albernes Zeug, bis Lottes Stimmung umschlug. Ihre Rivalin ließe sich nicht einfach in einem Gewand ersticken, hatte sie gemeint.

»Und wo bist du jetzt?« – »Ach, Lotte.« Auf Zehenspitzen verließ sie den Raum. Es gelang ihr, die Verandatür lautlos zu öffnen. Sie stand lange Zeit und sah in die schwarzblaue Nacht hinaus. Der Mond sah aus wie der Mond ihrer Kindheit im »Kleinen Häwelmann«. Er zeigte sein freundliches Gesicht und legte eine Lichtstraße über das Meer. Die Musik war jetzt lauter. Langsam bewegte sie sich im Takt, bewegte sich in den Hüften, versuchte dann einzelne Tanzschritte.

Sie saßen am Frühstückstisch. Else wartete wieder einmal auf ihre Tochter, die keine Milch trinken wollte und in dem gekochten Ei herumstocherte. Versunken in den Anblick des geköpften Eis dachte Else an Szenen aus einem Traum. War es in der letzten Nacht gewesen? Sie hatte einen mächtigen Vogel mit leuchtend buntem Gefieder davonfliegen sehen. Während der Vogel seine mächtigen Flügel schüttelte und ausbreitete, hatte er sie unverwandt angesehen. Mit wenigen Flügelschlägen war er auf und davon, hatte sie zurückgelassen. Das Gefühl der Verlassenheit war so groß gewesen, dass sie davon aufgewacht war. Wie leicht ließen sich doch manchmal die Träume erklären. Ihre Befürchtungen, dass sie Angelos längst verloren hatte, hatten das schillernde Traumbild hervorgebracht. Es wurde ihr augenblicklich klar. Nein, der Traum bedurfte keiner großen Auslegung. Sie hatte verloren.

»Alle gut geschlafen?« Angelos betrat den Raum und machte sich gar nicht erst die Mühe, sich zu setzen. Das Frühstück, das bei ihm ohnehin nur aus einer Tasse griechischen Kaffees bestand, wurde heute im Stehen zelebriert. Ehe auch nur ein Wort gesprochen wurde, ging er hinaus, nicht ohne anzukündigen, dass er nicht genau wisse, wann er zurück sein würde. Eine Verabredung zum Essen mit seinem Verleger. Else und Johanna sollten also nicht mit dem Essen auf ihn warten. Er hatte noch Johanna, die träumend vor ihrem Ei saß, auf die Haare geküsst und leicht mit der einen Hand, die andere hielt schon die Türklinke, in Elses Richtung gewinkt. Die Tür war hinter ihm ins Schloss gefallen, bevor Else auch nur eine Antwort in den Sinn gekommen war. Keine Zärtlichkeiten mehr für sie. Sie wurde betrogen. Wie lange schon? Hatte es zwischen ihm und Olga nie aufgehört? Sie hätte ihn zur Rede stellen müssen. Hätte er alles abgestritten? Sie hätte wütend schreien können. Wenigstens das. Aber nein, sie war bemüht, so zu tun, als ob nichts vorgefallen war.

Sie hörte die Garagentür, dann Angelos' Auto, das hinausfuhr, dann wieder das Zufallen der Metalltüren, das Zuschlagen der Autotür, schließlich das Abfahren, das Knirschen der Reifen. Dann Stille. Ganz plötzlich merkte sie, wie allein sie war. In ihren Ohren begann es unangenehm zu rauschen. Sie musste sich hinsetzen. Ohnmächtige Wut rief dieses Unwohlgefühl hervor. Da klingelte das Telefon. Es war ihre Mutter.

»Hast du was?«, fragte sie sofort, »du hörst dich komisch an.«

»Nein, mir geht es gut. Es ist alles wundervoll. Die Leute sind hier furchtbar nett.« Und damit nur ja keine Pause entstand, in der die Mutter ihre Fragen stellen konnte, sagte sie schnell: »Ich habe nur ganz wenig Zeit. Ich fahre gleich mit Johanna nach Sounion. Wir werden ein, zwei Nächte dort im Hotel bleiben. Es ist wunderschön dort.«

Was erzählte sie denn? Sie ging schnell aus dem Zimmer, weil sie nicht vor Johanna sprechen wollte. Und sie redete immer weiter, es war, als könnte sie nicht mehr aufhören mit diesen Lügengeschichten. Und gleichzeitig schämte sie sich, ihre Mutter anzulügen. Ein Schwindelgefühl breitete sich in ihr aus.

»Ich rufe dich sofort aus Sounion an, sobald wir da sind«, sagte sie schnell. Dann legte sie den Hörer auf, aus Angst, die Selbstkontrolle zu verlieren. Sie musste sich setzen. Sie hatte sich in lächerliche Schwierigkeiten gebracht. Jetzt musste sie dem vorlauten Geschwätz hinterherlaufen. Es blieb ihr wohl nichts anderes übrig. Warum denn eigentlich nicht ganz allein fortfahren? Die volle Verantwortung übernehmen. Selbstständig sein, tun und lassen, was sie wollte, auf niemanden hören müssen. Es war verlockend. Würde sie sich das trauen? Einen Zettel mit der lakonischen Nachricht hinterlegen: »Wir sind fort. Ich weiß noch nicht, wann wir zurückkommen werden.« Die Nummer von einem Hotel könnte sie aufschreiben. Ja, ihn überraschen und zeigen, dass sie mit ihrer Geduld am Ende war. Nicht länger sein Meteor sein.

»Ich will keine Rolle mehr spielen, ich bin frei«, sagte sie laut und erkannte gleichzeitig, wie schwer es sein würde, an diesem Gedanken festzuhalten. Die Protesthaltung allein würde nicht genügen. Sie würde handeln müssen. Sofort. Und da war sie auf dem richtigen Weg. Bislang hatten ihre Ausbrüche immer nur im Kopf stattgefunden.

In der Bucht unterhalb des Tempels gab es nur ein Hotel. Und dieses Hotel steuerte Else an.

Der kleine Fiat ließ sich gut fahren. Es war der letzte Kleinwagen in der Autovermietung gewesen. »Christos – rent a car«, wie sie sich nannte, war nur ein paar Straßen von dem Haus von Tante Kiki entfernt. Im Überschwang ihres neu erworben Freiheitsgefühls gelang Else ein Preisnachlass. Zuerst sah der Mann sie verständnislos an, strich über seinen Schnurrbart, als sie versuchte, den Preis herunterzuhandeln. Sie musste sich unnachgiebig zeigen, durfte nicht nachgeben. Sie wiederholte ihre Forderung. Der Mann schüttelte den Kopf und ohne ein Wort zu sagen nahm er von dem kleinen Stapel vor ihm einen Prospekt und klopfte mit einem Kugelschreiber auf ein paar Zahlen. Das Klopfgeräusch unterstützte seine Preisforderung. Aber Else bediente sich jetzt ebenfalls der Zeichensprache. Sie hob die Schultern und schüttelte den Kopf, bis eine große Gebärde mit beiden Armen ihr endlich den ersehnten Preisnachlass einbrachte, gerade, als sie aufgeben wollte. Der Mann winkte einen jungen Angestellten herbei, man hatte sich mit dem Preis geeinigt und alles Weitere geregelt. Der schöne Junge, wie aus einem Fitnesscenter entlaufen, sollte Else und Johanna zu dem Wagen führen. Er grinste Else an und klapperte mit einem Schlüsselbund. Else sah weg. Der Auftritt und der errungene Sieg beflügelten sie. Wenn sie wollte, konnte sie etwas erreichen, das hatte sie sich gerade bewiesen. Ihr Vorhaben war die einzig vernünftige Reaktion auf Angelos' Insensibilität.

Der attraktive junge Mann, von dem sie sich die Gangschaltung in dem Leihwagen erklären ließ, steckte in eng anliegenden Hosen und einem ebenso jeden Muskel hervorhebenden schwarzen T-Shirt.

»Ganz allein unterwegs?«, fragte er und sie meinte, einen anzüglichen Ton herauszuhören. Sie sah ihm nicht direkt ins Gesicht, sah vielmehr auf die festgestellte Sonnenbrille in dem gelackten Haar, die bei seinen Hantierungen im Auto nicht in Bewegung geriet, nicht einmal, als er beim Aussteigen aus dem Auto den Kopf ganz schräg auf die Seite legte.

Zum Glück waren sie Tante Kiki nicht begegnet, als sie mit zwei Reisetaschen in der Hand das Haus verließen. Der Gärtner erwiderte ihren Gruß nicht. Ein Albaner, hatte Tante Kiki gesagt, er spreche wenig Griechisch, lächele nie. Er sah nicht auf, als sie vorbeigingen. Else und Johanna hüpften fast fröhlich über einen Wasserschlauch. Unerkannt.

Johanna saß hinter ihr im Auto und im Spiegel konnte sie sehen, dass sie eingeschlafen war. Sie hielt das Schlaftier fest im Arm. Ein Bedürfnis nach Geborgenheit oder Gewohnheit oder beides? Noch ließ sich Johanna nicht überreden, auf diese Art von Sicherheit zu verzichten.

An einem Kiosk hielt Else an und kaufte zwei Zeitungen, eine griechische und eine deutsche, wenngleich das wenig Sinn machte, es war eher eine Gewohnheit. In der Abgeschiedenheit am Meer würden alle Nachrichten, ob politische oder kulturelle, belanglos sein. Bevor sie die Zeitungen auf die Rücksitze legte, warf sie noch schnell einen Blick auf das Datum. Ein wichtiges Datum, das sie sich merken wollte. Der Tag ihrer Wiedergeburt. Aber kaum hatte sie sich diesem Gedanken hingegeben, als ihre Selbstsicherheit zerrann. Ihre Reaktion war unüberlegt gewesen. Das sicher. Wenn Lotte sie sehen könnte, hier auf ihrer Vergnügungsreise. Was würde sie zu ihrem Unternehmen sagen? Vergnügungsreise war nicht der richtige Ausdruck. Die Vorstellungen von Liebe und Hingabe revidieren. Das Flickwerk der Beziehungen. Und in jedem Augenblick ein Machtkampf. Lotte würde nur wiederholen, was sie so oft gesagt hatte: »Risse kitten, Löcher stopfen, Schutt räumen, das ist die eigentliche Lebensaufgabe, meine Liebe. Die meiste Zeit befinde ich mich in einem unstabilen Geisteszustand.«

Die Klimaanlage im Auto funktionierte nicht oder sie konnte nicht die richtigen Knöpfe finden. Sie öffnete beide Fenster und herein strömte die heiße Luft. Wenigstens sechsunddreißig Grad. Selbst in den Kniekehlen verspürte sie den Schweiß. Die Straße immer dem Meer entlang. Nadelkurven an der Steilküste. Dann wieder kleine Sandbuchten. Da wich die Straße meistens vom Meer ab, weiter ins Land hinein, und ließ Platz für die hinter Büschen, Bäumen und leuchtenden Bougainvilleas versteckten Villen.

Dem Meer nahe knien die Fichten. In Sounion wenig Vegetation. Kahle Felsen.

Nach dem Essen ging Else mit Johanna auf das Zimmer, damit die Kleine ins Bett kam. Es war schon viel zu spät. Jetzt am Abend, ohne den Ausblick aufs Meer, erschien ihr das Zimmer kleiner. Das Bad war alt, sie überlegte, wer vor ihr das Bad benutzt habe, ob es überhaupt geputzt worden war. Sie entschied, Johanna vorläufig nicht zu baden. Nur die Zähne. Und dann die Zahnbürste gleich wieder in die Tasche.

Johanna schlief sofort ein. Merkwürdig, sie hatte nicht nach Angelos gefragt. Else ließ sich auf das Doppelbett fallen. Was nun? Von der kleinen Euphorie war wenig übrig geblieben. Doch ein Zurück gab es nicht mehr. Angelos würde sicher gleich anrufen, überlegte sie. War es das, was sie wollte? Sie sprang auf und ging ins Bad. Es blieb ihr nichts anderes übrig. Sie musste das Bad benutzen. Es war lächerlich von ihr, sich so anzustellen. Warum war sie weggefahren? Ob sich Angelos überhaupt

Sorgen machte? Warum rief er nicht an? Und wie sollte das weitergehen? Sie spülte die Wanne aus, bevor sie hineinstieg. Sie ließ das Wasser laufen und genoss den Wasserstrahl auf ihrem Körper. Der angenehme Duft ihres Badeöls. Aus Furcht, ihre Haut könne austrocknen und um einem vorzeitigen Alterungsprozess entgegenzuwirken, war sie bemüht, mit wenig Seife auszukommen. Zwar gab es noch keinen erkennbaren Grund, weshalb sie zu diesen Maßnahmen greifen musste, doch da war der Gedanke an einen alternden Körper. Aus Gewohnheit trat sie dann nackt vor den Badezimmerspiegel und betrachtete ihren Körper kritisch von allen Seiten. Noch ließ sich nicht feststellen, wie die glatte feste Haut einmal erschlaffen und herabsacken würde. Zufrieden mit dem braun gebrannten Körper, ihrem Spiegelbild, vollführte sie eine tiefe Verbeugung. Sie wiederholte die Verbeugung, um das Hin- und Herschaukeln der Brüste zu kontrollieren. Es beflügelt, wenn dir jemand versichert, dass du attraktiv bist. Nicht wahr, meine Liebe, sagte sie zu ihrem Spiegelbild. Trittst dir wieder im Spiegel entgegen, hattest dich fast vergessen. Da ist sie, die seltsame Schale, wohl bekannt und doch anders. Sie schüttelte die nassen Haare und streckte ihrem Spiegelbild die Zunge aus. Sie hätte sich zu gern einmal von außen mit fremden Augen gesehen. Nichtigkeiten. Du verschwendest dein Leben mit Nichtigkeiten. Wenn sie doch nur einen vernünftigen Gedanken fassen könnte.

Er musste sie vergessen haben. Ganz unmöglich, schon wegen Johanna nicht. Sollte sie sich jetzt so weit erniedrigen und ihn anrufen? Die Sache entwickelte sich zu einem geheimen Zweikampf. Wer hat die stärkeren Nerven? Wer versteht sich besser aufs Warten? Flucht, weil dein Mann fremdgeht. Die Sprache verfügt über Schätze, um ihre Situation stimmungsvoll zu beschreiben. Erotische Liebe. Die Praxis des Liebens. Es war ein paar Jahre her, dass Else sich in Erich Fromm vertieft hatte. Nun erinnerte sie sich, dass sie das Buch Elisabeth geliehen hatte. Seitdem war sicher schon ein Jahr vergangen. Sie verlieh ihre Bücher nicht gern. Aber Elisabeth hatte darauf bestanden. In ein paar Tagen hast du es zurück. Dumm, zu dumm, jetzt war das Buch verloren. Die Kunst des Liebens. Angelos. Ihr gemeinsames Leben sollte mehr als eine bloße Bettgemeinschaft sein.

Es war spät in der Nacht, da trat sie auf den Balkon hinaus, stand im Dunkeln. Unten konnte sie ein paar Fischerboote erkennen, wie sie da dicht an dicht lagen. Man hätte bequem von einem ins andere steigen können. Rundherum Netze. Die Netze lagen in Haufen nicht nur in den Booten, sondern auch zusammengeworfen neben Taschen und Körben auf einem

Holzsteg. Dazwischen Katzen, die nach Fischresten suchten. Das nachtschwarze Meer durch die Mondschneise aufgerissen. Stillstand. Nichts regte sich. Lautlosigkeit. Ohne Halt, allein im Raum. In diesem Augenblick, wie sie da auf dem Balkon stand, überkam sie wieder das beklemmende Gefühl, nicht ausreichend Luft zum Atmen zu haben. Die Leere, die sie umgab. Eine Krankheit, die sich in ihr ausbreitete? Trotz der Hitze verspürte sie kalte Schauer den Rücken entlang.

Sich über eine verflossene Liebesaffäre Gedanken zu machen ist töricht, sagte sie sich. Was für Ansprüche will Olga denn geltend machen? Sie hat gar nicht erwähnt, ob die Beziehung zu Angelos über die vergangenen Jahre weiter bestanden hat. Lächerlich ihr Ausspruch: Ihr seid ein schönes Paar, Angelos und du. Dahinter verbirgt sie nur ihren eigenen Anspruch. Und was macht unsere Ehe aus? Was bedeutet sie für mich? Es darf nicht dazu kommen, dass sie nur ein Aneinanderklammern ist. »Die Liebe ist zugeschneit, unter dem Eis erfroren«, hatte sie gelesen. So weit war sie noch nicht. Wer war denn hier das Klammeräffchen, Olga oder sie?

Sie war müde. Sie fühlte sich krank vor Unlust, konnte sich nicht aus der eintönigen Gedankenkette befreien. Sie schaltete den Fernseher ein. Der Sprecher trug eine randlose Brille. Die Zahnreihe tadellos. Anscheinend ging es um ein Fußballspiel. Dann das Interview mit einem Fußballspieler, der einen Pferdeschwanz trug. Ob so ein Pferdeschwanz beim Spielen nicht störend war? Ein verpasster Elfmeter. Es wurde ein Ausschnitt aus einem Fußballspiel gezeigt. Else schaltete den Fernseher aus, legte die Fernbedienung wieder auf den Apparat.

Nein, sie wollte nicht wissen, was vor ihrer Zeit passiert war. Und jetzt? Neues aus der Gerüchteküche? Wer wusste davon?

Ist es denn so gewesen, wie Olga erzählt hat? Oder hat sie sich alles erst später zurechtgelegt? Auszüge aus Geschichten, die nur für Else bestimmt waren. Nach all den Jahren. Selbst, wenn Olga um die Wahrheit bemüht war. Die Einbuße der Konturen durch den Nebel der Zeit hat sie an den Erinnerungen erst korrigieren müssen.

Ein ruhiger Schlaf wollte sich nicht einstellen, sie wachte immer wieder auf, sie träumte schlecht. Else hing mit einem Haken an einem Drahtseil, das an zwei stabilen Bäumen befestigt war. Es waren die einzigen Bäume auf einer Lichtung und Else klammerte sich an den Haken, der bei jeder Bewegung vorwärts- oder rückwärtsrollte. Sie musste ihre ganze Kraft aufwenden, um vorwärtszuschwingen. Sie fürchtete, den Halt zu verlieren und abzustürzen. Sie stand Qualen aus.

Der kleine Reisewecker tickte, als gelte es, eine Wette um die Zeit zu gewinnen. Weshalb hatte sie sich nicht davon getrennt? Niemand benutzte heute noch eine Weckuhr. Das Mobiltelefon in der Tasche. Aber es bestand keine Notwendigkeit, auf das bekannte und gewohnte Geräusch zu verzichten. Angelos hatte sich nicht gemeldet. War er gar nicht nach Hause gekommen? War es ihm gleichgültig, was mit ihnen geschah? Die vielen unbekannten Geräusche. Sie versuchte sie einzuordnen. Immer wieder horchte sie, ob Angelos nicht endlich gekommen sei. Dabei war es geradezu absurd. Angelos wusste nicht einmal ihren Aufenthaltsort. Ohne eine Nachricht zu hinterlassen, war sie abgefahren. Zuerst müsste das Mobiltelefon läuten. Sie hatte es am Nachmittag geladen.

Schritte auf dem Gang. Wäre es Angelos gewesen, sie hätte seinen Schritt erkannt. Sie nahm einen Schluck Wasser aus der Flasche. Das Wasser war warm, schmeckte abgestanden. Der Versuch war misslungen. Was denn für ein Versuch? Wenn sie nicht alles übereilt hätte. Kein freundlicher Schlaf in Sicht, der die Quelle der Gedankenflut zum Versiegen brächte. Was mich nicht umbringt, macht mich stark, hatte ihre Mutter immer gesagt, wenn sie sich über empfundenes Unrecht beklagt hatte. Die redet auch nur so dahin. Kein Eigenleben. Das ist der Grund überhaupt. Alle Frauen bemühen sich unter dem Dach der ehelichen Gemeinschaft um einen Zipfel Eigenleben. So auch ich, dachte Else, genau wie meine Mutter. Nach der Eheschließung hatte sie eine aussichtsreiche Karriere als Opernsängerin aufgegeben. Wenn ihre Mutter von ihrem Leben erzählte, dann nur von diesem Opfer und der Tatsache, dass sie seither ihr Leben als ein verlorenes Leben betrachtete. Nun, ganz so rosig dürfte es mit der Karriere als Opernsängerin nicht gewesen sein. In Nebenrollen war sie aufgetreten. Und davon gab es Fotos, die ihre Mutter aufbewahrt hatte. Manchmal schien sie selbst voller Zweifel, was die Aussichten auf die glorreiche Künstlerlaufbahn anbelangte. Das Gesangstudium hatte sie nebenher betrieben, mit dem Geld, das sie als Buchhändlerin verdiente, finanziert. Hannelore Seifert, die Freundin ihrer Mutter, hatte auf Elses Fragen gesagt: »Deine Mutter war ein bezauberndes Wesen, das von einer Sache zur anderen flatterte, dabei sehr talentiert. Die Bühne war ihre Leidenschaft. Weshalb sie dann alles aufgegeben hat, wer weiß das schon?« Hatte sie von der Freundin eine andere Antwort erwartet?

Und weiter hatte Hannelore Seifert noch gesagt: »Wer weiß, was sie zu deinem Vater hingezogen hat. Ehrlich gesagt, ich weiß es nicht. Er war das schlechthin Andere. Er muss sie wohl sehr beeindruckt haben. Diese Ruhe, die ihn umgab, seine Korrektheit.«

Über freundliche Gedanken an ihren Vater war sie eingeschlafen und erst die alltäglichen Geräusche weckten sie.

Wie gewöhnlich machten die Spatzen bei Tagesanbruch einen Heidenlärm. Das war anscheinend überall gleich, hier im Sommer. Zu Beginn eines neuen Tages probiert jede Kreatur seine Stimme aus. Diese Aufregung schwoll an, verebbte und bald trat wieder Ruhe ein, bis es Zeit für die unermüdlichen Zikaden war, die Kulisse weithin zu beherrschen. Nur heute schienen die Zikaden früher erwacht zu sein, übertönten jeglichen Lärm, ein Omen für einen heißen Tag.

Else hatte das Fenster weit geöffnet. Es war kurz nach sechs Uhr. Vorsichtig, um Johanna nicht aufzuwecken, legte sie sich wieder auf das Doppelbett. Sie betrachtete ihre kleine Tochter, wie sie lang ausgestreckt auf dem Rücken lag und friedlich im Schlaf lächelte. Kleine Schweißperlen auf der Stirn. Sie spürte ihren Magen. Schuld war das Hotelessen. Was hatten sie denn gegessen? Ein Salatgemisch. Dann eine Fleischspeise, dazu einen offenen Wein. Für Johanna nur Nudeln, wie immer. Vermutlich war aber das Eis schuld an dem kranken Magen. Unterwegs hatten sie ein Eis gegessen. Und später, erinnerte sich Else, waren sie an einem Bäcker vorbeigekommen und hatten Bougatsa gekauft. Johannas Bluse von oben bis unten voll Puderzucker gewesen.

Sie sah auf das Meer hinaus, sah diese Weite bis hin zum Horizont und verfolgte die immer neuen Formationen kleiner und großer Wellen. Die Augen fielen ihr zu. Nur das Rauschen des Meeres und schon fiel sie in einen angenehmen Schlummer, aus dem sie aufschreckte, als Johannas Arm gegen ihren Kopf stieß.

Sie lagen noch längere Zeit auf dem Bett. Wie auf einem Schiffsdeck fühlten sie sich mit dem weiten Blick aufs Meer. Unvorstellbar diese Aussicht. Sie war das Schönste an dem Zimmer. Johanna turnte auf ihr herum. Sie lachten, waren ganz außer Atem. Johanna würde in vierzehn Tagen eingeschult. Der Sommer ging zu Ende. Sie hatten noch keine Schultasche gekauft. Und als ob Johanna ihre Gedanken lesen konnte, sagte sie: »Wir wollten doch eine Schultasche in Athen kaufen, wann machen wir das, wann fahren wir nach Athen zurück?«

»Ja, wir haben nicht viel Zeit«, sagte Else, »wir können gar nicht lange hier bleiben.« Sie fügte hinzu, dass sie sich außerdem vorgenommen habe, die deutsche Buchhandlung in Athen aufzusuchen. In Zypern konnte sie keine deutschen Bücher bekommen, es war also wichtig, hier die deutsche Buchhandlung aufzusuchen. Zwar besorgte ihre Mutter jedes Buch, aber sie mochte sie nicht immer bitten. Bei dem letzten Deutschlandbesuch hatten Angelos und sie sehr viele Bücher gekauft. Die Koffer waren zum Bersten voll damit. Die vielen Neuerscheinungen jedes Jahr. Sie hatte die Übersicht verloren.

Durchdrungen von dem Gefühl der Freiheit, die sie für sich errungen hatte, durchquerte Else die Hotelhalle. Ein heller Morgen, die Luft angenehm frisch. Ihre Sandalen klapperten. Frei und selbstständig war sie. Heute müsste Angelos anrufen.

Sie frühstückten in der kleinen Weinlaube. Es waren nur wenige Tische besetzt, obgleich das Hotel voll belegt war. Johanna ließ sich Zeit mit dem Essen, sie war wohl nicht hungrig. Else trank schon die dritte Tasse Tee. Aus Verlegenheit. Der Tee schmeckte etwas fad. Immer machte sie den gleichen Fehler, in Hotels Tee anstatt Kaffee zu bestellen. Nur der Tee, den sie selber zubereitete, schmeckte ihr. Jedes Mal dieselbe Feststellung. Sie schob wie zur Bestätigung die Teetasse von sich und rückte ihren Stuhl weiter nach hinten, vom Tisch ab, lehnte sich zurück. Von drinnen drang jetzt Musik. Am Frühstücksbüfett hatte sich eine lange Schlange gebildet. Ein Mann in Badehose, ohne Hemd, nur ein Handtuch um den Hals geschlungen. Gab es gar keine Regeln mehr? Was kümmerte es sie. Johanna wurde heute wieder nicht fertig. Else sah ihr zu, wie sie unlustig an einem Stück Napfkuchen herumzupfte. Sie musste wieder an ihre Mutter denken, die sich über ihre einsamen Mahlzeiten beklagt hatte. Seitdem ihr Vater vor Jahren verstorben war, frühstückte ihre Mutter vor dem Fernseher. Die Menschen aus dem Fernsehprogramm waren ihr zur Gewohnheit geworden. »Sie sind meine Gesellschaft«, sagte ihre Mutter. Als Else sie im vergangenen Herbst besucht hatte, lief der Fernseher bei jeder Mahlzeit und Else hatte Mühe, die Mutter in ein Gespräch zu verwickeln. Das Fernsehen nahm die Stellung des realen Lebens ein, seitdem es in dem Leben ihrer Mutter keine Ansprechpartner mehr gab. Außer der Aufgabe, für die tägliche Nahrungsaufnahme zu sorgen, gab es anscheinend keine weiteren.

»Nun sind wir hier sitzen geblieben, was machen wir jetzt, nicht einmal dein Vater ruft uns an«, sagte Else und dachte dabei: Es kümmert ihn nicht, was mit uns geschieht, oder er will uns eine Lehre erteilen. Mein Ziel habe ich nicht erreicht. Johanna gab keine Antwort. Was hätte sie sagen sollen. Wollte sie das Kind in etwas hineinziehen? Das durfte nicht geschehen. Sie musste ihren Missmut von dem Kind fernhalten. Warum sprach das Kind gar nicht von seinem Vater? Etwas musste Johanna bemerkt haben.

Ablenkend und zu den gewohnten Tischgesprächen zurückkehrend fragte sie: »Magst du den Kuchen nicht?« Sie verrückte den Stuhl wegen der Sonne, die ihr ins Gesicht schien, und sah zum Nebentisch hinüber. Dort nahm eine Frau ihre Müslischale, goss Milch hinein und setzte sie ihrem kleinen, weißen Hund vor, der sich sofort daran machte, die Milch geräuschvoll aufzulecken. Sofort drehte sich Johanna auf ihrem Stuhl um und verfolgte die Fütterung.

»Du sollst deine Milch auch trinken«, sagte die Frau mit starkem Akzent auf Deutsch zu Johanna.

Natürlich, man hielt sie für Ausländer.

»Sie spricht auch Griechisch«, fühlte sich Else veranlasst zu sagen. Wenigstens ihr Kind sollte man nicht für eine Ausländerin halten.

»Ach, ich hielt sie für Fremde«, sagte die Frau wandte sich mit den üblichen Worten lächelnd an Johanna: »Wie heißt du denn, meine Liebe? Johanna, was für ein schöner Name. Kommt ihr aus Athen? Gefällt dir mein Hündchen? Sie heißt Fofo. Du kannst nachher mit ihr spielen, wenn du willst.«

Johanna sprang gleich von ihrem Stuhl auf und kniete neben Fofo, um sie zu streicheln. Sie gab dem Hündchen Apfelstückchen, die das Tier tatsächlich vom Teppich fraß. Beide Frauen lächelten sich an, streckten die Beine. Im gleichen Augenblick erklang vom Nebentisch lautes Gelächter. Else sah zur Seite, erhob sich. Sie konnten hier nicht länger sitzen. Man hatte ihren Tisch schon abgeräumt. Was hätte sie zu der Frau noch sagen können? Man würde sich später bestimmt am Strand treffen. Die Frau saß jetzt vollkommen still, die Hände zwischen den Schenkeln angespannt. Johanna und auch Fofo hatten das Interesse an Apfelstückchen verloren.

Auch das ewige Blau kann langweilig sein, dachte Else und starrte in den Himmel. Helle. Nicht einmal der Anflug einer verwehten Wolke. Wollte sie denn überhaupt noch ohne dieses Licht leben? Links oben auf der Anhöhe waren die wohlproportionierten Säulen des Poseidon-Tempels zu erkennen. Die Kunst hatte hier eine ihrer höchsten Stufen erreicht. Warum hatte sie nicht Kunstgeschichte studiert? Immer öfter bedauerte sie das, aber es ließ sich nun nicht mehr ändern. Und weshalb Kunstgeschichte? Um dem Kunstschönen nachzuhängen? Das ästhetische Erlebnis. Das Schöne nur eine subjektive Empfindung? Das Schöne an und für sich ist abhanden gekommen. Die Kunst heute bringt Gegensätzliches, eine unversöhnliche und zerbrochene Wirklichkeit. Sie würde beim Betrachten der ausgestellten Objekte in subjektiven Empfindungen stecken bleiben, wenn nicht die Kommentare und Erklärungen wären. Die Kopfhörer, die nun in jeder Ausstellung angeboten werden, sind angenehmer als die Führungen, die immer ein bisschen an Schulausflüge erinnern. Mit ihrer Bemerkung »Eros ist die Seele der Kunst« hatte sie sich auf der Einladung neulich wieder schrecklich blamiert. Nichts zu beschönigen. Alles, um ihre Befangenheit zu überwinden. Der Satz war wie ein Trompetenstoß gewesen. Eine Dummheit. Nur ihr passiert so etwas. Ja, und bei nächster Gelegenheit würde sie mit gescheiten Erklärungen in der Diskussion brillieren. Aber man hatte über ihre Unbeholfenheit hinweggesehen. Man hatte um sie herumgeredet, wie um einen Baum oder Felsen, der im Weg stand. Jetzt spielte es keine Rolle mehr. Sie machte alles kompliziert. Warum konnte sie nicht gelassen bleiben? Und der Seelenfreund sagte nichts.

Der Analytiker saß in seinem bequemen Ledersessel, wippte leicht, lächelte ihr aufmunternd zu, gähnte und warf einen verstohlenen Blick auf seine Uhr. Else erzählte ihm etwas, aber das vermochte sein Interesse leider nicht zu wecken. Er hing wohl seinen eigenen Gedanken nach. Offensichtlich langweilte er sich, wollte vielleicht telefonieren oder nach Hause gehen. Er hatte alle Anzeichen eines arbeitenden Mannes, der gerade seiner Arbeit überdrüssig ist. Und sie konnte es ihm nicht verübeln. Sie startete einen neuen Versuch. Und hoffte, dass ihr Geständnis ihn zu einer Aussage provozieren würde.

»Solange ich denken kann«, sagte sie, »plagt mich das Verlangen nach dem Außerordentlichen. Was ich auch tue, eine Befriedigung will sich nicht einstellen.«

Doch auch auf diese, von ihr wohlgewählte Äußerung, antwortete er nur mit einem leisen Lächeln.

Sie sah über den Strand, prüfte, welche Hotelgäste ihre Liegen schon eingenommen hatten. Nur die älteren Herrschaften und die Familien mit Kindern ließen sich so früh am Strand blicken. Aber da kam gerade die Frau, die beim Frühstück am Nebentisch gesessen hatte, mit ihrem kleinen Hund um die Hibiskushecke. Den Hund hatte sie unter den Arm geklemmt. Mit der freien Hand trug sie eine grellgelbe Strandtasche. Nach einem kurzen Blick nach rechts und links fiel ihre Entscheidung für die linke Seite des Strandes aus, die auch Else bevorzugt hatte, weil dort weniger Leute lagen. Else beobachtete, wie die Hundebesitzerin nur mühsam mit ihren Sandalen in dem Sand vorwärtskam, wie sie immer wieder stehen blieb und ein paar Worte mit den Badegästen wechselte. Sie schien mit jedem bekannt zu sein. Fofo zappelte unterdessen furchtbar mit den Beinen und versuchte, sich aus seiner Lage zu befreien. Als es ihm endlich gelang, sprang er bellend davon. Der Sand flog auf, Fofo lief über Handtücher, schreckte die schlummernden Sonnenhungrigen auf, rannte, als gelte es, ein Ziel zu erreichen, machte dann kehrt und lief in Richtung Frauchen zurück, wobei er erneut Sand aufwirbelte und die Handtuchgrenzen außer Acht ließ. Frauchen schimpfte, schnappte das Tier und klemmte Fofo wieder unter ihren Arm. Und weiter ging es, mit Entschuldigungen hier und Begrüßungen dort, zielstrebig einer geeigneten Liege entgegen. Else, die Situation überblickend, befürchtete zu Recht, dass diese geeignete Liege sich gar nicht weit entfernt von ihrem Schirm befinden würde.

Fofos Ankunft sorgte nicht nur bei den Badegästen für Unruhe. Ein getigerter Kater, dem die Ankunft des Schoßhündchens nicht entgangen war, erhob sich von seinem Stein und stolzierte mit hocherhobenem Schwanz auf ein Ruderboot zu, das auf dem Strand im Sand lag und eine höhere und sichere Position anbot.

Johanna kam gelaufen und rief nach Fofo, bevor Else es verhindern konnte. Das Hündchen zappelte mit den Beinen, sodass Frauchen das Tier schließlich aus der Umarmung entließ. Fofo lief bellend und Sand aufwirbelnd in Johannas Richtung und begrüßte sie überschwänglich. Else lächelte entschuldigend und winkte der Frau zu, die gleich zurückwinkte und so tat, als wären sie seit Langem befreundet. Es schien, dass die Frau in der Auswahl der Liegen nun sicherer geworden war. Sie folgte dem Hündchen und Elses Winken. Eigentlich wäre Else lieber unentdeckt und alleine geblieben, obwohl sie sich sehr einsam fühlte. Sie wusste kaum noch, weshalb sie hierhergekommen war, und Spaß an ihrem Ausflug konnte sie nun beim besten Willen nicht empfinden. Es verblüffte sie nur, dass gerade weil sie sich einsam fühlte, ihr ein Gespräch mit anderen Badegästen wenig erstrebenswert schien. Besser allein sein als mit Hinz und Kunz daherreden. Sie entschied, dass oberflächliche Plauderei gegen ihre Einsamkeit nicht helfen konnte.

Später, als sie Johanna bei ihren Schwimmversuchen zusah, dachte sie, dass sie gerade so wie jetzt Johanna über die kommenden Jahre beobachten würde. Sie würde jeden Schritt beobachten, den das Kind von ihr weg zu sich selbst hin tun musste. Sie würde den Weg der immer größeren Trennung verfolgen. Ähnliches hatte Olga gesagt. Die Trennung von dem Sohn. Lag Olga jetzt mit Angelos zusammen? Sie warf sich ins Wasser, ganz dicht neben Johanna. Nur mit Johanna herumtollen, weiter nichts. Sie nahm Johanna Huckepack und schwamm mit ihr hinaus.

Danach war sie so erschöpft und außer Atem, dass sie sich auf die Liege legen musste. Sie schloss die Augen. Die Versuchung ihn anzurufen. Sie musste nur das Handy herausnehmen. Sofort verwarf sie den Gedanken wieder. Um sich abzulenken, begann sie sich einzucremen. Dabei sah sie möglichst unauffällig zu ihrer Nachbarin hinüber. Ob die wusste, wie unvorteilhaft sie aussah, so wie sie sich hingelegt hatte. Sie verspürte auch jetzt keine Lust, sich zu unterhalten. Und sie waren auch über die üblichen Fragereien nicht hinausgekommen. Die Frau hatte sich erkundigt, wie lange sie schon in Athen sei und ob es ihr hier gefalle. Höflichkeiten. Wie sich die Frau in die Sonne gelegt hatte. Unmöglich. Bei der Figur würde sich Else nicht in einen Bikini hineinzwängen. Eine Sonnenanbeterin. Die öligen Beine weit gegrätscht, Fofo schlafend auf ihrem Bauch. Sie hatte sich wirklich ein weiches Plätzchen ausgesucht. Else lächelte, sah sich um. Niemand sah in ihre Richtung, niemand nahm Anstoß. Frauchen jedenfalls schien ihrer Umgebung wenig Bedeutung beizumessen. Ihre Weiblichkeit verbergen zu müssen, kam ihr wohl kaum in den Sinn. Dagegen fühlte Else sich erst richtig wohl, wenn sie ihre Figur versteckt hatte. Sie legte sich sehr gerade auf den Rücken, die Beine ordentlich nebeneinander ausgestreckt. Nichtstun, in den Himmel sehen. Die kleine Wolke beobachten oder die Augen einfach schließen. Eine Wolke war eine Seltenheit im Sommer. Nur das Blaue, heller oder dunkler. Harmonie. Meine Sorge gilt tagtäglich dem Harmonietheater, hatte Lotte gesagt. Wie er mich zugrunde richtet. Mein Blut stockt bei seinem Schritt. Er trachtet mir nach dem Leben und ich bemühe mich um Harmonie. Verstehst du das, Else? Sie hatte immer das Gefühl gehabt, Lotte erwarte gar keine Antwort von ihr, Lotte wolle sich nur ausreden. Hatte sie nicht eigentlich zu sich selbst gesprochen, gemurmelt? Mit Lotte hatte sie wundervolle kleine Abenteuer gehabt und so viel Spaß. Und im selben Augenblick erwachte wieder die Gewissheit, dass sie Lotte nicht wiedersehen würde, nie mehr. Ein plötzlicher Schmerz, nein, keine Tränen. Nur die Versäumnisse fielen ihr ein. Damals, als dann Lotte gesagt hatte, ich bin seine Leibeigene, konnte sie das nicht glauben. Wie bequem sie es sich gemacht hatte. Wie wenig einfühlsam sie gewesen war. Sie hatte immer nur an sich gedacht, an ihr Vergnügen. Nichts hat sie gemerkt. Einmal nur hatte Else gesagt: »Du kämpfst immer gegen dich selbst, du solltest auch nach außen kämpfen, gegen den Unterdrücker. Du bist ein Spielball der Gefühle, richte dich nicht zugrunde.« Wie gewöhnlich, wenn Lotte sich kritisiert fühlte, hatte sie nicht geantwortet. Und Else war das recht gewesen. Bis heute, Monate nach ihrem Tod, hatte sie ihre Aufzeichnungen immer noch nicht ganz gelesen. Sie schloss die Augen. Die Gedanken ziehen lassen. Dieser gemeine Kerl. Und Lotte hat ihn geliebt. Eine Frau fährt mit dem Auto ihres Mannes zu einem Hochhaus, um dort über die Balustrade vom Dach zu springen. Der Tod wird zur Entgrenzung. Else deckte das Gesicht mit dem Hut ab.

Vergessen und weiterleben. Konnte sie denn Lotte vergessen? Und waren nicht alle neuen Freundschaften, um Lotte zu vergessen und sich von

Schuld zu befreien? Aber was für eine Schuld? Jetzt mitten im Sommer diese Erinnerungen. Wollte sie gar nicht mit den Tatsachen fertig werden? Wollte sie in Erinnerungen verharren und sich in Trübsal stürzen? Eine sehr alte Frau hatte sie einmal sagen hören, sie lebe in einer von Gegenwart nur überlagerten Vergangenheit. Gibt es kein Vergessen?

Das ältere italienische Ehepaar unterhielt sich sehr laut. Elses Sprachkenntnisse reichten nicht aus, um zu verstehen, was sie sagten. Meistens war nur die Stimme der Frau zu hören. Eine ungewöhnlich tiefe Stimme. Else setzte sich auf, um nach Johanna zu sehen, dabei sah sie zu dem italienischen Ehepaar hinüber, das jetzt gymnastische Übungen betrieb, wohl um die Bauchmuskulatur zu trainieren. Es sah grotesk aus. Die Beine heben und senken, heben und senken, dann den Oberkörper heben und senken und so fort. Wie zwei Käfer. Zwei braune Käfer, die auf dem Rücken liegen und mit den Beinchen zappeln. Um ihr Aussehen schienen sie dabei wenig besorgt. Sie fürchteten keine Zuschauer. Else sah weg, weil sie das Gefühl hatte, es gehe nicht an, ihnen zuzusehen. Lag etwas Erotisches in ihrem Benehmen? Über die Vielen sieht es sich leichter hinweg als über den Einzelnen. Vermutlich durch jahrelanges Eheleben aneinander gekettet und ständig auf der Flucht voreinander. Else überlegte, was die Frau wohl gesagt hatte, als sie aus dem Wasser gekommen war. Sie hatte beobachtet, wie die Italienerin durch den Sand gestapft war. Noch bevor sie die Liege und ihren Mann überhaupt erreicht hatte, hatte sie gerufen. Aus dem Wortstrom war nur ein bekanntes Wort, »mare«, zu Else gedrungen, hatte sie neugierig gemacht. Das Gespräch, überlegte Else, hätte so verlaufen können:

Die Frau mit der dunklen Stimme: »Das Wasser ist ganz großartig, gerade die richtige Temperatur. Du solltest auch schwimmen.«

Der Mann wortkarg: »Später.«

»Hast du was? Du bist blass.«

»Nichts, ich ruhe mich aus.«

»Wir müssen nachher die Kinder anrufen. Schwimmen ist gesund, gerade in unserem Alter. Mein Arzt hat mir neulich erst wieder gesagt: Gehen Sie schwimmen und vergessen Sie Ihre Rückenschmerzen.«

Möglicherweise aber haben die beiden keine Kinder und sind nicht einmal verheiratet. Sie leben seit Jahren zusammen in einer hübschen Wohnung, in der sie unzählige Bücher und die kleinen Kostbarkeiten, die sie über die Jahre gesammelt haben, aufbewahren. Sie haben eine Leidenschaft für Zeitungen und Journale und kommentieren in unerschöpflichen Zwiegesprächen das Zeitgeschehen. Beide entnehmen Erklärungen und Lebensrechtfertigungen aus den tausend Bänden ihrer Bibliothek. Else blickte zu dem Mann hinüber. Er sagte nichts, lag da mit geschlossenen Augen, nahm von der Frau keine Notiz. Die Frau bückte sich jetzt, dabei geriet das grellfarbige Blütenmuster ihres Bikinis in Bewegung. Else sah die Frau unentschlossen an ihrem nassen Bikini zupfen. Anscheinend hatte sie sich für die Liege entschlossen, die sie unter dem Schirm hervorzog. Sie legte sich in die Sonne, den Kopf in ein grünes Handtuch gewickelt. Abwesend auch sie.

Es war an der Zeit, die neue Taucherbrille auszuprobieren, die sie in dem Lädchen im Hotel erstanden hatte. Ihr war heiß. Sie brauchte eine Abkühlung. Johanna konnte sie nicht dazu überreden, ins Wasser zu springen. Wenigstens zwang sie ihr einen klatschnassen Hut auf den Kopf. Ich bringe dir Muscheln mit, versprach sie dann Johanna, die ihr nachwinkte, und tauchte unter. Das Wasser kühlte ihren Körper, zog durch ihre Haare. Sie warf sich herum, auf den Rücken, holte mit den Armen weit aus. Alle Müdigkeit war vorüber. Sie kraulte, bis sie ganz außer Atem kam. Auf dem Meeresgrund war alles leer, nur mit Mühe gelang es ihr, einige Muscheln zu finden.

Als Else aus dem Wasser kam, sah sie Johanna mit dem Telefon am Ohr, hörte sie beim Näherkommen sagen: »Schickst du mir die Geschenke gleich morgen? Wir sind am Meer in einem Hotel. Meinst du, der Briefträger findet das?«

»Sprichst du mit Papa?«, fragte Else. »Lass mich mal.« Sie machte Anstalten, Johanna das Telefon aus der Hand zu nehmen.

»Nein, bitte, es ist Oma.«

»Komm, sag tschüss, Herzchen, und lass mich mit Oma sprechen«, befahl Else. Sie trocknete sich flüchtig mit einem Handtuch ab, um das Telefon vor Nässe zu schützen und passte besonders mit den nassen Haaren auf. Ihre Mutter brauchte nur ein Stichwort, um sie mit Vorwürfen zu überschütten. Sie beschwerte sich, dass Else nichts von sich hören ließ. Sie habe sich Sorgen gemacht. Sie verstehe das nicht, wo denn Angelos sei. Else gab keine Antwort und trocknete weiter die Haare. Ihre Mutter redete. Else suchte nach der Haarbürste, das Telefon am Ohr.

»Hörst du mir überhaupt zu?«, hörte sie ihre Mutter. »Heute denke ich schon mal, wenn ich vorm Spiegel stehe, dass ich sterben werde, bevor ich meinen neuen Lidstift aufgebraucht habe.«

Als keine Antwort von Else kam, meinte sie: »Ist das nicht schrecklich?«

Was hätte sie darauf antworten sollen. »Ich rufe dich wieder an«, versprach sie schließlich, legte auf und sah Johanna an. »Wir werden Oma bald besuchen.« Sie versuchte sich das Gesicht ihrer Mutter ins Gedächtnis zu rufen. Als das nicht gelang, erschrak sie.

Sie lag wieder im Meer und verfolgte die Schrift der Wellen. Weiches Anlehnen. Dem Müßiggang ergeben. So flossen die Tage dahin, und sie gefiel sich als zänkische Anklägerin. Schade um die verlorene Zeit. Die Zeit läuft weiter, auch ohne dein Dazutun. Du kannst sie für dich nutzen. Irgendwann ist es zu spät.

Hatte sie nicht immer gefürchtet, ihr Leben in einem vegetativen Dasein zu verlieren? Angelos war zu bewundern, weil er nie in stumpfe Passivität verfiel. Er hatte ein klares Ziel vor Augen. Was er damals gesagt hatte. Sprach da nicht Verachtung aus seinen Worten? Die Tatsache, dass sie sich noch daran erinnerte. Wie seine Worte sie verletzt hatten. Der angebrochene Tag gelte ihm als Herausforderung, hatte Angelos zu ihr gesagt, denn er habe mit ihm zu kämpfen. »Du bist eine völlig unkämpferische Natur.« Genau diese Worte hatte er benutzt. Er tat ihr unrecht. Ganz so phlegmatisch war sie nicht. Dennoch, was war aus den vielen Plänen geworden, die sie gehabt hatte? Ihrer Arbeit über die Sprache? Sie hatte alles liegen lassen. Ihre Entscheidung für das andere Land. Ein neuer Lebensentwurf. Die Heirat. Die Schwangerschaft. Und was noch? Ausreden. Sie warf sich auf den Rücken. Arme und Beine weit gestreckt, bewegte sich nicht. Regungslos. Sie schloss die Augen. Manchmal spricht das Meer in Farben, Formen, in Klängen. Es nimmt mich ein, es füllt mich aus. Es ist ohne Gefühl, denn auch das Meer, in das ich jeden Tag tauche, hüllt sich in Schweigen, wenn in mir nichts als Schweigen ist. Sie überließ sich dem Rhythmus des Wassers. Das Denken schwand dahin.

Diese schöne, weiße, gebügelte Bettwäsche. Sie war nur eine Einladung zu einem gesunden Schlaf, nichts mehr. Was für Ideen ihr durch den Kopf gingen. Sie gestand sich ein, dass ihr Angelos jetzt schon fehlte. Gar keine Müdigkeit, stattdessen das Unlustgefühl. Die Klimaanlage klapperte. Johanna spielte mit den Sandformen im Wasserbecken. Der Fußboden wurde nass. Else untersagte ihr, mit dem Wasser zu spielen. Johanna wollte nicht schlafen, hüpfte auf und nieder.

»Warum rufen wir nicht Angelos an, ich will ihn jetzt anrufen«, rief sie.

Else fiel keine Ausrede ein, sie gab schließlich nach und wählte die Nummer in Athen. Sie ließ es lange läuten. Sie stellte sich vor, wie das Läuten des Telefons Angelos aus seinem Mittagsschlaf aufschrecken würde. Niemand meldete sich. Johanna war sichtlich enttäuscht und verlangte, Tante Kiki anzurufen. Else sagte, es sei Mittagsruhe und da könne man niemanden stören. Sie versprach, es später noch einmal zu versuchen. Auch Tante Kiki könnten sie dann anrufen. Vorraussetzung sei allerdings, dass hier sofort Ruhe herrsche und Johanna die Augen schließe, wenigstens bis vier Uhr. Es tat ihr dann leid, dass sie mit Johanna geschimpft hatte. Hatte sie nicht Johanna einen schönen Ausflug versprochen? Ihr gemeinsamer Aufenthalt hier sollte ihr als angenehmes Ereignis in Erinnerung bleiben. Leise Atemzüge verrieten ihr, dass Johanna eingeschlafen war.

Keines der drei Bücher, die sie dabei hatte, schien ihr im Augenblick lesenswert. Bei dem übereilten Aufbruch hatte sie nur das eingepackt, was ihr vor die Hände gekommen war. Sie las die Titel. Keiner weckte ihr Interesse. Der Versuch zu lesen. Die Sätze. Die Worte aneinander gereiht. An einem Band. Von mir entfernt. Ergeben keinen Sinn. Die Gedanken, wie in einem Karussell, wanderten ab. Bereute sie ihren Entschluss? Bereute sie, dass sie die angenehme Wohnung der Tante verlassen hatte? Sie hatte spontan und unüberlegt gehandelt, das spürte sie nun. Mit ihrer Tat wollte sie Angelos herausfordern. Wenn aber keine Reaktion von seiner Seite kam? Ihre Rechnung ging nicht auf. Würde er sie so weit erniedrigen? Sie wollte nicht alles hinnehmen. Es war an der Zeit und jetzt bot sich die Gelegenheit, mit allen Hinter- und Nebengedanken aufzuräumen.

In jeder Frauenzeitschrift konnte sie darüber lesen. Über die Ausbruchsversuche, denen sich brave Hausfrauen in ihren Tagträumen hingaben, die über unsanfte Perioden im täglichen Leben hinweghelfen sollen. Sie hatte den Ausbruchsversuch in die Tat umgesetzt. Man sagt, dass Hausfrauen, trotz aller Frustration, für den großen Ausbruch zu bequem und zu ängstlich seien. Das traf auf Else nur bedingt zu, die ihre Handlung jetzt als unbedacht einstufte und überlegte, wie sie ungeschoren davonkommen konnte. Wenigstens hatte sie den Aufbruch gewagt. Aber schon beschlich sie die Befürchtung, am Beginn einer Katastrophe zu stehen. Sie versuchte sich das Alleinsein vorzustellen. Unter Alleinsein verstand sie in ihrem jetzigen Zustand eigentlich nur eine Trennung von Angelos. Das Seltsame war, dass sie sich ein Leben ohne Kind nicht mehr vorstellen konnte. Wenn sie Angelos verließe, müsste sie auf Johanna verzichten. So die Gesetzeslage. Der Gesetzgeber sprach das Kind dem Vater zu. Weil sie die Ausländerin war. Es war jetzt nicht der Augenblick, darüber nachzudenken. Sie steigerte sich in etwas hinein. Wenn alles nur ein Zufall war? Eifersucht ist unsinnig. Ein Mensch ist kein Besitz. Bislang war das immer ihre Einstellung gewesen. Sie hatte sie immer Angelos gegenüber vertreten, wenn sie ihm vorwarf, dass er sie verschlingen wolle. Wie kam es, dass sie jetzt befürchtet, ihn an eine andere Frau zu verlieren? Sie ertappte sich jetzt selbst beim Besitzdenken. Angst vor dem Verlust. Wenn Angelos ihr den Laufpass gäbe, was bliebe da zu tun? Sie hatten so viel Spaß gehabt. Sie stellte sich vor, wie eine ganze Reihe verführerischer Patientinnen sich Angelos in die Arme warfen. Es schüttelte sie vor Wut. Und jetzt die Freundin aus den Geisteswissenschaften. Betrachtete er sie wirklich nur ruhig mit seinem ewig verständnisvollen Lächeln? Nein, von ihrer Seite würde es keine Einverleibung geben. Fremdheit war zwischen ihnen seit längerer Zeit. Nicht erst, seit sie von Olgas Existenz wusste. Und die körperliche Nähe im Bett, überlegte Else, war ein nettes Rollenspiel, das Nähe nur vortäuschte. Überall Abnutzungserscheinungen und Wiederholungen. Die Balzrufe. Die Tage häuften sich, an denen Angelos keine Zeit für ein Gespräch hatte und sie nur kurze Botschaften austauschten, sich guten Morgen, guten Appetit, einen angenehmen Tag und auf Wiedersehen wünschten. Lotte hatte ihr Prüderie vorgeworfen. War es das oder eine anerzogene Sittlichkeit, die sie von allzu dramatischen Gefühlsäußerungen abhielt? Es hätte sich ein regelrechter Streit anbahnen können zwischen Lotte und ihr. »Aber Else, ich glaube, du bist prüde, oder tust du nur so?« Was hatte sich Lotte eigentlich gedacht oder erhofft? Und das alles, weil sie nicht gern über ihre Bettgeschichten plauderte, auch nicht mit Lotte. Schließlich war ihre Ehe kein Softporno. Und laszive Späße waren ihr ebenso zuwider.

Schon wieder dieser Druck im Magen. Dabei hatte sie nur wenig gegessen. Die Klimaanlage summte.

Hatte Angelos den Verkehr mit Olga über die Jahre hinweg aufrechterhalten? Plötzlich schien es wichtig, das herauszufinden. Sie fürchtete, er würde auf ihre Frage antworten, dass es sich um eine gewohnheitsmäßige Anhänglichkeit handele und nichts weiter zu bedeuten habe.

Wie stellt sich Schlaf ein? Zuerst schließt man die Augen. Bei leicht geschlossenen Augen empfiehlt sich am Mittag ein dünner Seidenschal, der über die Augen gelegt wird und die ersehnte Dunkelheit sicher herbeiführt. Ein angenehmer Duft im Tuch unterstützt das Wohlgefühl, das Voraussetzung für den Mittagsschlaf ist. Auf dem Bett lang ausgestreckt und entspannt, nur den eigenen Atemzügen noch Beachtung schenkend, gelang ihr das Loslassen und der fließende Übergang in den ersehnten Schlaf.

Den Kopf unter Wasser suchte Else nach einer geeigneten Stelle, zwischen Seeigeln unbeschadet an Land zu kommen. Sie zog sich am Felsen hoch, die Füße suchten nach einem festen Halt. Langsam richtete sie sich auf und blieb einen Augenblick stehen, bis sich das Schwindelgefühl legte. Mit unsicheren Schritten steuerte sie eine kleine Mulde im Felsen an, in die sie sich legen konnte. Sie schloss sie die Augen. Schon wieder befand sie sich in der Horizontalen. Der Sommer brachte es mit sich. Ein leichter Schwindel im Kopf, die Ohren taub, voll Wasser. Einmal bleibst du unten, kommst nicht wieder an die Oberfläche. Warum tust du dir das an? Was soll dann aus Johanna werden? Freude an der wiedererlangten Freiheit, Freiheit in Anführungszeichen, wollte nach dem letzten Gedankenkarussell auch nicht mehr aufkommen. Eher musste sie sich ein Gefühl der Verlassenheit eingestehen. Nein, um Freiheit handelte es sich nicht, denn sie hatte sich diesen kleinen Freiraum erschlichen. Besser wäre es gewesen, wenn sie mit Angelos über ihr Problem gesprochen hätte. Sie hätte einfach sagen können, dass sie ein paar Tage mit Johanna alleine verbringen wollte. Dann erst hätte man von Freiheit sprechen können. Sie hätte Olga in die Wüste geschickt und Angelos gleich hinterher. Else sah auf die Uhr. Sie war lange fort. Sie konnte Johanna nicht so lange allein lassen. Jetzt schnell zurückschwimmen.

Am späten Nachmittag die Buskolonnen mit den Touristen, die zum Tempel hinauffahren. Hoch oben vom Poseidon-Tempel kann man den schönsten Sonnenuntergang erleben. Für die Teilnahme an einem immer wiederkehrenden Naturschauspiel nehmen die Touristen gern die lange Busfahrt in Kauf.
    Um den Tempel rote Abendwolken im seegrünen Himmel. Else und Johanna waren den Hügel ebenfalls hinaufgeklettert und standen zwischen den Schaulustigen, gefesselt von der rosaroten Färbung, die die kleinen Wolken am Horizont angenommen hatten. Diese Horizontlinie schien den Blick zu schärfen, sie machte unersättlich. Else bemühte sich, ein altes Gefühl wiederzubeleben. Eine Erinnerung. Es wollte ihr nicht gelingen. Zeit zum Meditieren blieb keine. Ein Mann bat sie, ihn mit einer Frau zu fotografieren. Die Frau mit vorstehenden Zähnen wie Olga. Franzosen. Dann musste Else von der ganzen Gruppe ein Foto machen. Sie fühlte sich schlapp, leer. Kein erhebender Augenblick. Der Tempel gab die schönste Kulisse für die Erinnerungsfotos ab. Kameras, große und kleine. Gruppenbilder. Menschen, die fröhlich waren und »cheese« riefen, lachten. In unserer Wirklichkeit ist alles der technischen Herrschaft unterworfen. Die alarmierenden Klänge, die den ungenierten Umgang mit den Mobiltelefonen einleiteten. Auch hier. Sie fühlte sich einsam. Allein. Wie gern wäre sie jetzt mit Angelos zusammen. Und Angelos, war er ihrer überdrüssig? Hatte sie eine Chance? Vielleicht verbrachte er ja diese Stunde

mit Olga. Angenehm plaudernd saßen sie in einem Café beisammen und sahen in das Naturschauspiel. Oder sie lagen irgendwo? Johanna wurde inzwischen von einer Gruppe kreischender Engländer umringt und Else musste sie herausziehen. Johanna war den Tränen nahe. Dann spürte sie Johannas Hand in der ihren. Sie lächelte, beugte sich und küsste Johanna, zog sie an sich. Komm, Liebes, wir gehen jetzt. Aus diesem Tempel wird der Gott fliehen, wie jetzt das Licht.

Die Sonne tauchte ein ins Meer. Plötzliches Erlöschen.

Der Kellner befestigte die Papierdecke mit einem Gummiband an dem Metalltischchen. Dadurch wurde Else an die Reisebeschreibung über Griechenland erinnert, in der sie erst heute Morgen gelesen hatte, überall in griechischen Tavernen seien die Tischdecken aus Papier. Eine dumme Verallgemeinerung. Die ganze Beschreibung Athens brachte wenig Rühmenswertes, unter anderem wurde die Stadt mit dem Adjektiv »mordlüstern« geschmückt. Eine Provokation – oder hatte die Autorin nur einen schlechten Tag gehabt? Es musste für sie eine unerfreuliche Reise gewesen sein, denn als die Autorin auf der Akropolis stand, meinte sie, auf einer mächtigen Geröllhalde zu stehen. Welches Publikum sollte damit angesprochen werden? Selbst wenn man Beschreibungen dieser Art nicht ernst nehmen musste, ärgerten sie Else. Sie ärgerte sich über die Herablassung, die aus dieser Beschreibung sprach, und besonders betroffen machten sie Darstellungen dieser Art, wenn sie von deutschen Autoren kamen. Wie wenig gelingt der richtige Eindruck auf die Schnelle. Auf der Suche nach einem geeigneten Substantiv fielen Wörter wie »Säulen«, »Marmorblöcke«, »Bruchstücke«, »Ruinen«, »Trümmer« durcheinander. Viele Vorbehalte. Aber faszinierend, meinte die Autorin in einem Schlusssatz, sei trotz allem immer noch die Akropolis.

Bis hinauf auf die Akropolis hatte Else es in diesem Sommer nicht geschafft. Sie waren keine Touristen in Athen. Es gab keinen Grund. Sie war dabei, sich den Abend zu verderben. Dabei war es angenehm kühl. Nach dem heißen Tag spürte sie die frische Luft wie Balsam auf der Haut. Wieder ein Abend allein. Wie sie da saß, mit Johanna am Tisch, erntete sie neugierige Blicke. Else hatte noch nicht bestellt, wartete. Sie sah sich die Leute an. Einige waren ihr vom Strand bekannt. Angezogen machten sie eine weit bessere Figur. Auch die beiden Italiener saßen nicht weit von ihr entfernt und warteten wohl noch auf das Essen. Beide waren ganz in Weiß gekleidet und nichts an ihnen wies auf die zappelnden Käfer hin, die Else heute früh aufgefallen waren. Die Italienerin sah herüber und als ihre Blick sich trafen, lächelten sie sich an. An zwei zusammengestellten

Tischen saß eine Gruppe deutscher Touristen. Ältere Herrschaften, aber noch stramme Biertrinker, wie unschwer an den leeren Flaschen auf dem Tisch zu erkennen war. Eine grauhaarige Frau, die sie Ingeborg nannten, lachte laut. Erzählte man sich Witze? Keine Frage, es handelte sich um eine vergnügte Gesellschaft. Else sah sie zum ersten Mal. Vermutlich wohnte die Gruppe in einem anderen Hotel als sie. Waren wohl Fußgänger. Gut beieinander in ihrem Alter. Und was geschah jetzt? Gab es Unstimmigkeiten? Man steckte die Köpfe zusammen. Irgendetwas stimmte nicht, man hatte etwas an der Rechnung auszusetzen. Anscheinend fühlten sie sich betrogen und prüften anhand der Speisekarte ihre Rechnung. Ein bärtiger Herr schien besonders empört, sagte etwas auf Englisch zu dem Kellner, der sich vorbeugte. Aber in diesem Augenblick stand Johanna von ihrem Platz auf und lief davon. Else wusste nun nicht, was weiter an dem Tisch passierte. Sie bewunderte den Wirt, der höflich blieb. Trotz der Rücksichtslosigkeiten. Else fühlte sich unangenehm betroffen. Sie reisen als Herren durch die Welt, ebenso wie die Autorin. Wollen jeden Winkel kolonisieren und mit ihrer Vernunftmoral auftrumpfen. Wann wird man endlich mit den Vorurteilen aufräumen? Vermuten immer Betrüger im Süden. Sie verrannte sich in ihren Ärger. Dann fiel ihr ein, dass sie sich nie gefragt hatte, ob es Angelos störte, wenn sie überall mit ihm Deutsch redete, aus Gewohnheit und damit niemand sie verstehen konnte, damit alle Leute auf sie aufmerksam würden, man Angelos womöglich für einen Deutschen hielt. Johanna kam gelaufen und meldete ihren Hunger an. Else bestellte und hoffte, dass der Kellner sie nicht für eine deutsche Touristin hielt. Aber der war die Beschwerden und Herablassung wohl gewöhnt. Für sich bestellte Else einen Ouzo. Ihr Ärger musste noch einen anderen Ursprung haben. Es brauchte keine Mühe, den herauszufinden. Zwar fühlte sie sich leicht zu Widerstand gereizt, wo der sogenannte Süden verunglimpft wurde, aber eine Reisebeschreibung allein konnte nicht der Auslöser für so viel Unmut sein, schon gar nicht ein paar ungemütliche Touristen. Angelos hatte wieder nicht angerufen. Sie hätte nicht fortgehen sollen. Was dachte sich Angelos eigentlich, war sie die Hüterin des Hauses? Sie schaltete das Telefon aus. Jetzt war sie nicht mehr erreichbar. Am Nebentisch saß das Ehepaar mit dem kleinen Jungen, den sie vormittags in einem Schlauchboot herumgefahren hatten. Er war höchstens ein Jahr jünger als Johanna. Er wurde von beiden Eltern gefüttert. Das Kind unternahm erst gar keinen Versuch, etwas selbstständig in den Mund zu stecken. Seine Arme hingen untätig herab. Die Eltern selber rührten bei diesem Fütterungsprozess ihr Essen nicht an.

Langsam zeigte der Ouzo seine Wirkung. Ihre Glieder wurden lokker. Else aß ein paar Kartoffeln von Johannas Teller, die wieder einmal lustlos in dem Essen herumstocherte. Jedenfalls würde sie Johanna nicht füttern. Aber sie sollte eine Kleinigkeit zu essen mit nach oben auf das Zimmer nehmen, falls Johanna später hungrig würde. Sie lag jetzt mit dem Kopf in ihrem Schoß. Verweigerte sie das Essen, weil ihr der Vater fehlte? Was für ein schöner Abend, warm und windstill. Das Meer dunkel, ganz vereinzelt ein Lichtkegel von den Fischerbooten, die mithilfe des Lichts die Fische in Netze trieben. In dem kleinen Hafen von Voula hatten sie beobachtet, wie kleine Fische vom Licht angezogen wurden. Von der Kaimauer aus hatten Angelos und Johanna kleine Fische mit Brot gefüttert. Am Horizont jetzt die Lichterkette von einem Fährschiff. Mit Vorliebe machten sich die Schiffe am späten Abend auf den Weg nach Kreta oder Rhodos, hatte sie gehört. Die Passagiere verbringen eine Nacht auf dem Schiff und gewinnen so den Tag. Sie würde jetzt gern die Nacht auf einem Schiff verbringen, sich in den Schlaf schaukeln lassen. In der Dunkelheit auf einem Deck liegen und in den Sternenhimmel sehen. Wie leicht kann man sich da verlieren. Else sah zu dem Hotel hinüber. Nur in wenigen Hotelzimmern waren die Lichter an. Auf dem Balkon neben ihrem Zimmer meinte sie Gestalten zu erkennen. Dabei hatte sie die ganze Zeit über angenommen, dass ihre Zimmernachbarn ein paar Tische von ihr entfernt neben der Palme saßen. Chef und Sekretärin verbringen das Wochenende zusammen. Oder eher Vater und Tochter? Er redete ununterbrochen, sie lächelte dazu. Beide aßen sie Salat. Immer wenn er ihr einschenkte, rutschte sein weißer Hemdärmel hoch und man sah ein breites Goldarmband. Die Frau konnte kaum zwanzig sein. Es war peinlich. Dass sich die Frau nicht zu schade war. Was kümmert es dich, Else? Ein sorgloser Abend sollte es sein, schon für Johanna. Else ermahnte das Kind, ein paar Fleischbällchen zu essen. War es möglich, dass Angelos verreist war? Wie verbrachte Angelos die Abende, wenn er auf Reisen war? Es gab Gedanken, die sollte sie am besten vermeiden. Trotzdem erschien es ihr nun, als hätte sie mit ihrem Aufbruch Olga den Weg geebnet. Die Kränkung. Aber was für Beweise gab es eigentlich? Sie wusste nur, was Olga ihr erzählt hatte. Und waren ihre Geschichten denn glaubwürdig? Sie war in einen Teufelskreis hineingeraten. Angelos hatte viele Patientinnen. Sie könnte ihren Verdacht ausweiten. Waren Patientinnen für den Arzt tatsächlich tabu? Überschriften, wie man sie von Boulevardblättern kennt. Patientin von ihrem Analytiker sexuell missbraucht. Arzt von Patientin wegen sexueller Belästigung angeklagt. Else las alle Artikel dieser Art, die ihr in die Hände kamen. Viele Vergehen wurden gar nicht aufgedeckt, weil die Patientinnen schwiegen. Eine Dunkelziffer sollte es geben, was denkbar war. Else hatte kein Verständnis für Frauen, die einen sexuellen Missbrauch verschwiegen. Sie hatte sogar gelesen, dass die meisten Patientinnen sich dem Therapeuten, der sie missbraucht hatte, zutiefst verbunden fühlten und viel Zeit benötigten, um sich von ihren Gefühlen freizumachen. Falls sie das für wünschenswert hielten. Was aber hatte das eine mit dem anderen zu tun? Auch die Tatsache, dass Angelos abends oft nicht zu Hause war, musste sie nicht beunruhigen. Verband er die Kongressreisen mit kleinen Liebesabenteuern? Auf Ansichtskarten aus den verschiedenen Städten der wiederholte Satz: Ich vermisse dich und meine kleine Johanna sehr. War er auf allen Kongressen mit Olga zusammengekommen? Hitze stieg in ihr auf, ihr Kopf glühte. Schweiß stand ihr auf der Stirn. Wie leichtgläubig sie immer gewesen war.

Else hatte Frau N. nicht bemerkt. Sie schreckte auf, als Frau N. fragte, ob sie etwas dagegen hätte, wenn sie sich zu ihnen an den Tisch setzen würde, »in Gesellschaft schmeckt das Essen besser«. Johanna sprang erfreut von ihrem Stuhl auf, fasste ihren Rock mit beiden Händen und drehte sich graziös herum.

»Schau, was für ein schönes Kleid ich anhabe, das hat mir Angelos mitgebracht.« Sie setzte sich erst wieder auf ihren Platz, nachdem das Kleid genügend bewundert worden war. Natürlich wurde auch Fofo genügend bewundert, nachdem Frau N. auf die zwei hellblauen Schleifen aufmerksam gemacht hatte, mit denen sie das Hündchen heute Abend geschmückt hatte. Fofo wurde gestreichelt und legte sich bald auf Frauchens Schoß zurecht. Dann beschrieb Frau N. mit vielen Worten den Sonnenaufgang, den sie heute früh gefilmt hatte. Um das Schauspiel nicht zu verpassen, habe sie extra einen Wecker gestellt. Else sagte, dass sie bislang nur von Sonnenuntergängen gehört habe, wohl, weil niemand so früh aufstehen möchte, was doch schade sei. Frau N. sah sie verwundert an, und Else konnte die eigene Unfreundlichkeit nicht erklären. Denn auch sie hatte immer wieder Sonnenaufgänge beobachtet, vom Schiff und in den Bergen, oft mit Angelos zusammen. Warum wollte sie einer fremden Frau den Spaß verderben?

Der Kellner kam, um nach weiteren Wünschen zu fragen. Frau N. empfahl den Karamellpudding. Der sei hier besonders gut. Johanna wollte ein Eis. Else musste ihr klarmachen, dass sie hier kein Eis, sondern nur Karamellpudding haben könne. Dann näherte sich eine schwarze Katze und fauchte Fofo unter dem Tisch an, wo sie inzwischen an ihrem Leckerli fraß. Fofo bellte und zerrte an ihrer Leine. Die Katze ging hochmütig davon, aber der Hund ließ sich kaum beruhigen. Als man vom Nebentisch zu ihnen herüberblickte, nahm Frau N. den Störenfried wieder auf den Schoß. Fofo leckte mit ihrer kleinen schwarzen Zunge Frauchens Arm.

Wenig später wollte Johanna mit Fofo spazieren gehen. »Nicht zu weit«, ermahnte Else, da ging Johanna schon mit dem Hündchen an der Leine zum Strand hinunter. Beide Frauen sahen dem Kind nach. Kinder. Ja, sie habe eine Tochter, sagte Frau N. Die studiere in den USA. Leider weit weg. In den Ferien käme sie aber nach Hause. Frau N. glaubte, ein Studium im Ausland würde die Berufsaussichten ihrer Tochter später in Griechenland entscheidend verbessern. Else sah auf ihre Uhr. Sollte sie aufstehen und nach Johanna sehen? Sie hatte sie aus den Augen verloren. Hochgestapelte Surfbretter verstellten den Blick. Unterdessen erzählte Frau N. von ihren Reisen. Es stellte sich heraus, dass sie alle europäischen Hauptstädte kannte. Sie hätte es sich nicht nur zur Pflicht gemacht, es wäre eine Leidenschaft von ihr gewesen. London und Paris jedes Jahr, doch auch München. Frau N. hatte sich schon gedacht, dass Else in München zu Hause wäre. Ach so, in Berlin, na ja. Es sei eine schöne Zeit gewesen, damals, aber da hätte sie auch das kleine Geschäft noch nicht gehabt. Else erfuhr von einem Laden, in dem zu dieser Jahreszeit hauptsächlich Badeutensilien verkauft wurden. Sie plauderten weiter über das Reisen und über verschiedene Orte, die beide kannten, tauschten Erfahrungen aus. Else sah immer wieder auf ihre Uhr. Sie wurde ungeduldig.

Ohne Hund, ohne Leine kam das schluchzende Kind gelaufen und warf sich in Elses Arme. Plötzlich war der Hund verschwunden. Auf ihr Rufen sei Fofo nicht gekommen, war alles, was Else von Johanna in diesem Augenblick erfahren konnte. Was war passiert? Eine Katze? Viele Hunde, meinte Else, fühlten sich beim Anblick einer Katze an die freie Wildbahn erinnert, längst eingeschlafene Jagdinstinkte erwachen. Auch vorhin beim Anblick der Katze hatte Fofo wutentbrannt reagiert. So ähnlich musste es passiert sein. Von wütender Kraft übermannt hatte sich das Hündchen losgerissen. Leicht entglitt die Leine Johannas Hand. Und die Wilde hatte die Verfolgungsjagd aufgenommen. Frau N. eilte davon. Fofo musste gefunden werden. Else nahm Johanna an die Hand und machte sich auf die Suche nach dem Hündchen. Wie konnte das passieren? Warum hast du mich nicht gleich gerufen? Else wusste nicht, wo sie suchen sollte. Den Strand entlang war nichts zu sehen. In der Nähe der Surfbretter lief Frau N. Else wollte ihr Glück weiter oben bei den Gebäuden versuchen. Sie erkundete eine Abstellkammer mit Gartengeräten. In einer Ecke lagen Flaschenkisten und ein Stapel Kaminholz. Wo gab es hier denn einen Kamin? Sie leuchtete mit einer kleinen Taschenlampe, die sie immer für Notfälle in der Handtasche bei sich trug, unter die Hibiskusbüsche, obwohl es sinnlos schien, weil der Hund sich sicher nicht dort versteckt hatte. Weshalb kam Fofo nicht von selbst zurück? Eine Großaktion starten. Auf der Rückseite des Hotels stolperten sie im Dunkeln über Büsche und Pflanzen aller Art.

Niemand konnte Frau N. davon abhalten, noch den Wirtschaftsteil des Hotels abzusuchen. Sie stürzte förmlich in die Hotelküche, in der sich um diese Zeit wenig Personal aufhielt. Immer wieder rief sie: Fofo, Fofo. Else, die mit Johanna an der Hand jetzt Frau N. hinterherlief, versuchte, in alle Richtungen die nötigen Erklärungen für ihr Eindringen zu formulieren. Sie gaben ein merkwürdiges Dreigespann ab. Aber zum Schluss war die ganze Belegschaft informiert. Neue Suchtrupps bildeten sich. Jede Ecke wurde nach dem Hündchen abgesucht, leider ohne Erfolg. Sie kamen an Kühltruhen vorbei, gelangten durch Vorratskammern, in denen Wasserkästen bis unter die Decke gestapelt standen, bis hinunter in einen Weinkeller. Stillschweigend liefen sie durch die Gänge einem jungen Mann hinterher. Unterbrochen wurde das Schweigen von den immer verzweifelter klingenden Rufen der Frau N. Schließlich stellte man die Suche ein. Man versprach sich mehr Erfolg bei Tagesanbruch. Else ging mit Johanna nach oben. Das Kind musste ins Bett. Frau N. sah sie nicht mehr. Was hätte sie tun können. Ein Hund kann nicht einfach verschwinden.

Tief in der Nacht hörte Else ein Klopfen an der Tür. Sie öffnete die Augen, setzte sich auf. Es war zu dunkel, sie konnte nichts sehen. Sie legte sich wieder hin, lag dann regungslos und horchte. Nichts. Angelos würde nicht mitten in der Nacht vor ihrem Hotelzimmer stehen und klopfen. Vielleicht hatte sie sich verhört. Sie war allein in diesem Raum. Nur das Kind. Es fühlte sich bei ihr geborgen. Geborgenheit gab es für sie nicht mehr. Als sie zum ersten Mal mit einem Mann geschlafen hatte, damals, so glaubte sie sich zu erinnern, war ihr jegliche Geborgenheit abhanden gekommen. Was für eine Einsamkeit hinterher. Da, das Klopfen. Was, wenn es die kleine Sekretärin von nebenan war, die jetzt mutterseelenallein vor Elses Tür saß? Sie meinte, es wieder klopfen zu hören. Zaghaft. Was sollte sie tun? Sie stand auf und schlich auf Zehenspitzen zur Tür und horchte nach draußen. Nichts. Alles war ruhig. Hatte sie tatsächlich eine leise Stimme gehört? War es ihr Herz, das sie schlagen hörte? Sie hatte mit dem Schlüssel abgesperrt. Sollte sie auf dem Gang nachsehen? Wenn da die kleine Person zusammengekauert säße? Unter der Tür ein Lichtschein. Im Gang brannte das Nachtlicht. Wie sie da an die Tür gepresst stand und horchte, kam sie sich plötzlich sehr lächerlich vor. Eine Wahnvorstellung. Du wirst wahnsinnig, liebe Else, sagte sie und tastete sich zum Bett zurück, fast blind vor Müdigkeit. Für einen Augenblick schienen sich vor ihren Augen oben und unten zu verkehren. Ein Schwindel. Sie musste sich festhalten. Wohltuend dann der feine Duft von dem kleinen Jasminsträußchen ganz dicht neben dem Kopfkissen. Aber sie stand bald wieder auf. Prüfte, ob der Schwindel sie verlassen hatte. So leise wie möglich öffnete sie die Balkontür und ging nach draußen. Kein Mond. Der Himmel sternenübersät. Das Meer sehr dunkel. Der Strand leer. Sie ging wieder ins Zimmer zurück, verriegelte die Tür ein zweites Mal. Könnte jemand über den Balkon steigen? Sie legte sich aufs Bett. Kein Geräusch war zu hören, soviel sie sich auch anstrengte. Die Stille des Alleinseins. Nicht einmal das Kind konnte sie atmen hören. Sie beugte sich dicht über das kleine Gesicht, um ein leises Schnaufen zu vernehmen.

Das Meer lag flach und grau, die Sonne war noch nicht aufgegangen. Else saß auf dem kleinen Balkon. Sie hielt die Arme um den Oberkörper geschlungen, sie fröstelte. Weit hinten am Strand erkannte sie die Hundebesitzerin, die sich gebückt vorwärtsbewegte. Anscheinend suchte sie den Sandstrand ab. Offenbar war Fofo noch nicht wieder aufgetaucht. Frau N. tat ihr leid. Und sie machte sich Vorwürfe. Sie hätte wissen müssen, dass Johanna nicht auf den kleinen Hund aufpassen konnte. Dabei blieb ihr der Vorgang unerklärlich. Was war geschehen, dass das zahme Hündchen den Weg zu seiner Herrin nicht wieder zurückgefunden hatte? Frau N. würde nicht an der Treue ihres Lieblings zweifeln, denn wie hätte Fofo sie verlassen können. Aber sicher wurde sie von Schreckensbilder über das vermutlich traurige Schicksal ihres Lieblings gequält. Else überlegte, ob sie hinuntergehen sollte. Aber der Strand war ganz leer. Wo sollte man da suchen. Es war zu früh. Else ging ins Zimmer zurück und legte sich auf das Bett, lang ausgestreckt auf den Rücken.

Jahrelang betrogen. Der Titel einer deutschen Tageszeitung sprang sie förmlich an, als sie an dem Zeitungsständer vorüberginten. Blitzartig der Gedanke, sie gehöre nun ebenfalls in den Kreis der betrogenen, getäuschten Frauen. Sie war schon in Begriff, die Zeitung aus dem Ständer zu nehmen, als sie die Hand zurückzog. Deshalb eine Zeitung zu kaufen, kam gar nicht in Frage. Nur nicht die Selbstachtung verlieren.

Heute eine andere Frau an der Rezeption. Stark geschminkte Fünfzigerin oder vermutlich älter. Der pralle Busen vermutlich nicht echt. Konnte nicht echt sein in ihrem Alter. Else sah auf die schüttere Haarpracht. Wie ein Huhn, dachte sie, das im Winde steht. Ihre Vorgängerin hatte Else besser gefallen. Sie fragte, wie lange Else noch bleiben würde. Sie seien völlig ausgebucht. Ja, auch im Winter seien sie ausgebucht, wegen der einmaligen Lage. Else wusste nicht, wann sie abreisen würde. Wollte aber Bescheid geben, heute noch.

Als sie sich umdrehte, stieg Frau N. aus dem Fahrstuhl, sie hielt Fofo an ihre Brust gedrückt. Else sagte, wie froh sie sei, dass man den Hund gefunden habe. Welches Glück. Wo man das Hündchen denn gefunden habe. Aber Frau N. wollte sich nicht aufhalten lassen, gab keine Antwort, beachtete Else gar nicht, drehte sich um und gab auch Johanna keine Gelegenheit, das Hündchen zu berühren. Sie eilte davon. Im Weitergehen sagte sie zu der Frau an der Rezeption, sie sei auf dem Weg nach Athen zu einem Tierarzt, Fofo leide sicher unter einem Schock. Else und Johanna sahen ihr nach, wie sie in ein wartendes Taxi stieg. Die leuchtend roten Haare von Frau N. Sie sollten sie nicht wiedersehen.

Vom Kellner erfuhr Else, dass man das Hündchen am Morgen in einem Abstellraum gefunden hatte. Eingeklemmt zwischen großen Paketen mit Waschpulver und anderen Utensilien, die zur Reinigung eines ganzen Hotels nötig sind, sei Fofo total erschöpft, doch allem Anschein nach unversehrt von Anna gefunden worden. Das passiere nur einem Schoßhündchen, meinte der Kellner und schüttelte den Kopf über so viel Missgeschick.

»Wenn er dir nicht fortgelaufen wäre«, sagte Else. »Fofo konnte seine Freiheit nicht wirklich nutzen, kaum war er ausgerissen, rannte er in sein Verderben. Was ist denn nun eigentlich passiert?«

Das aber wollte oder konnte Johanna nicht sagen.

»Was ist Freiheit, Else?«, fragte sie stattdessen nach einer Weile, als sie schon ihre Cornflakes aß.

»Ach«, sagte Else lächelnd, »ohne Leine, ganz ohne Leine, mein Schatz.«

»Aber nur die Hunde haben eine Leine«, meinte Johanna nachdenklich.

Else lachte.

Die Mittagsruhe benutzten sie dazu, eine Perlenkette herzustellen. Johanna schüttete die Perlen, die ein Geschenk der Tante waren, auf das Bett und gemeinsam machten sie sich an die Arbeit. In immer gleicher Farbanordnung reihten sie die bunten Glasperlen auf eine Schnur und bald bekam Johanna eine bildhübsche Kette aus blauen und grünen Perlen. Die Farben so schön wie das Meer und mittendrin leuchtete eine rote

Perle wie das Sonnenlicht. Johanna klatschte vor Freude in die Hände. Else musste ihr versprechen, noch weitere Perlen zu kaufen.

Sie versuchte sich vorzustellen, wie es nun weitergehen sollte. Wenn sich Angelos nicht meldete, dann müssten sie zurückfahren. Sie konnten nicht länger im Hotel bleiben. Spätestens am Montag müssten sie zurückfahren. Sie würde das der Frau an der Rezeption sagen. Und warum hörte sie nichts von Angelos? Das Telefon trug sie ausgeschaltet mit sich herum, als würde das bloße Vorhandensein eine Verbindung herstellen. Immer häufiger trat die Überlegung auf, Angelos könnte ihren Aufbruch gar nicht bemerkt haben. Was nicht stimmen konnte, denn aufgefallen war es ihm sicher, dass weder das Kind noch sie im Hause waren. Das konnte ihm nicht entgangen sein. Aber möglicherweise war ihm die Tatsache gar nicht ungelegen gekommen. Ganz zu schweigen davon, dass sie Angelos gegenüber Olgas Besuch nicht erwähnt hatte, was vielleicht ein Fehler gewesen war. Der Zweck ihres Handelns war doch gewesen, Angelos schmerzlich zu treffen. So meinte sie sich zu erinnern. Aber war es der rechte Augenblick gewesen, ihn in seiner Gleichgültigkeit zu treffen? Wenn die Gleichgültigkeit am allergrößten ist, weshalb sollte es da zu einem gefühlsmäßigen Umschwung kommen? Ein übereilter Entschluss. Reine Kopflosigkeit. Nun, meine Liebe, du wirst Angelos Reaktion abwarten müssen, sagte sie sich. Trotzdem sollte sie morgen abreisen. Das Refugium verlassen. Würde ihr Ausflug, der kleine Ausrutscher, mit der Gnade des Schweigens bedeckt werden? Das wäre gewiss eine zivilisierte Lösung. Wie gut könnte es ihr gehen, wenn es diese Olga nicht gebe, wenn sie einander niemals begegnet wären. Aber Olga hatte ja vermutlich auf Angelos' Ankunft förmlich gelauert. Und Angelos. Seine Liebschaften. Das war schon lange her. Plante sie einen Auftritt? Wollte sie ihn zur Rede stellen, sich mit Sinnlosem umgeben? Eine Szene zu machen, kam ihr in diesem Augenblick höchst sinnlos vor. Es änderte nichts an den Tatsachen. Nein, sie musste Haltung bewahren. Eine Frage im unrichtigen Moment würde alles zerstören.

Else lag lang ausgestreckt auf dem Doppelbett, die Arme unter dem Kopf verschränkt. Johanna war neben ihr eingeschlafen. Sie sah auf das Meer, sah den Felsen von kurzen Wellen umspielt, wie ein Seeungeheuer mit gewaltigem Schwanz lugte er aus dem ruhigen, dunstigen Meer. Es war sehr heiß. Eigentlich wünschte sie sich Angelos herbei. Sie hatte ihn gar nicht gefragt, was er mit seinem Verleger besprechen wollte. Sie wusste nicht, wie das neue Buch aussehen würde. Den Titel, hatte er den Titel genannt? Früher hatte er sie mitgenommen. Zusammen hatten sie mit dem Verleger den Schutzumschlag besprochen. Das war ganz am Anfang gewesen, noch vor Johannas Geburt. Er ließ sie nicht mehr teilhaben. Und Else stellte keine Fragen mehr.

Mittagsruhe. Der leise Summton von der Klimaanlage. Dämmerlicht. Else hatte die Vorhänge zugezogen, damit Johanna schlafen konnte. Sie selbst fühlte keine Müdigkeit. Sie griff mit der Hand nach der Wasserflasche, die neben ihr auf dem Tischchen stand, und trank daraus. Sie nahm eins von den drei Büchern, gleich das erste, das oben auf dem Stapel lag. Als sie das Buch aufschlug, fiel eine Ansichtskarte aus Venedig heraus, die ihr Lotte geschickt hatte. Sie starrte auf die vertrauten Schriftzüge, bis sie die Tränen spürte. Schon wieder hat sie mich überrascht, dort, wo ich am wenigsten an sie denke, bringt sie sich in Erinnerung. Am neunten Mai vor zwei Jahren war Lotte also in Venedig gewesen. Es ist wunderschön hier, las Else, schade, dass Du nicht mitgekommen bist. Ich habe Dir vieles zu erzählen. Hatte ihr Lotte von der Reise erzählt? Sie konnte sich beim besten Willen nicht erinnern, nicht einmal an Lottes Reise hätte sie sich erinnert, wenn nicht diese Karte zufällig in ihre Hand gefallen wäre. Sie ließ die Karte auf den Boden fallen.

»Ich will das nicht akzeptieren, Lotte«, sagte sie laut und erschrak dann über ihre eigene Stimme. Kindereien, Else. Venedig, rechts Dogenpalast, in der Mitte Markusdom, Canal Grande im Vordergrund. Wie viele Ansichtskarten mit diesem Motiv hat es wohl gegeben und wie viele mag es in Zukunft noch geben. Else lehnte sich seitwärts aus dem Bett und hob die Karte wieder auf. Lange betrachtete sie die Handschrift. Dann nahm sie einen Bleistift und zog langsam einzelne Buchstaben nach, aber die Einfühlung in Lottes Handschrift, die eher zerstückelt als gleichmäßig war, wollte ihr nicht gelingen. Die Buchstaben begannen zu flackern. Sie legte sich im Bett zurück, starrte an die Decke. Wieder traten ihr Tränen in die Augen. Weine ich? Weshalb weine ich denn? Die Einsamkeit, Lottes Tod? Was soll Johanna denken. Nur jetzt nicht die Nerven verlieren. Sie schloss die Augen. Brauchte sie Hilfe? Der Seelenfreund. Sie hatte ihn längere Zeit nicht aufgesucht. Die Empfindung des Abgetrenntseins und der Bodenlosigkeit. Es war ihr besser gegangen. Aber nun Lotte. Und weshalb hatte sie nichts geahnt? Hätte sie denn helfen können? Lotte, die vor Fröhlichkeit nur so strahlte. Warum gerade sie? Ein minutenlanges Gespräch mit Lotte und alle meine Lebensgeister waren geweckt. Diese optimistische Strähne hielt für den ganzen Tag. Immer gut gelaunt und besonders freundlich. So würde sie Lotte in Erinnerung behalten. Alles nur Schauspielerei. Auf totale Anpassung bedacht oder das unbekümmerte Kindchen spielen. Plötzlich kam sie sich überflüssig vor, wie sie tatenlos herumlag. Jeder Tag war wie der andere. Der Sommer nahm kein Ende. Noch immer die Zikaden.

Lotte. Else sah sie vor sich in ihrem Himmelsloch, wie sie den kleinen Balkon mit den zwei sonnenblumengelben Liegestühlen und dem Tischchen nannte. Er war gerade groß genug für die zwei Kaffeegläser und das Schälchen mit den Leckereien. In dem Himmelsloch hatten sie so manchen Vormittag verbracht. Zwei Gleichgesinnte. Nicht immer. Manchmal konnten sie heftig streiten. Wenn es um Literatur ging, waren sie nicht unbedingt gleicher Meinung. Streitereien. Jetzt im Nachhinein ganz unwesentlich. Lieber wollte sie sich an die vielen glücklichen Stunden erinnern. Im Schutz eines wuchernden Jasminstrauches saß sie mit Lotte, die von einem Haus an einem See in Deutschland erzählte. Von einem Wald, in dem man Pilze finden konnte und Heidelbeeren. Sie erzählte von Kinderfesten, von kleinen Abenteuern, Schulferien, Bootsfahrten. Eigenartig dieses Bild von einer heilen Welt, das sie immer wieder aufrollte. Lotte war die geborene Geschichtenerzählerin und ihr Repertoire schien unerschöpflich. Else hörte ihr gern zu. Aber sie zweifelte, ob besonders die Erzählungen über eine sorglose Kindheit nicht die Lücke für das eigentlich Gespräch ausfüllen mussten. Und als Else einmal klagte: »Ach, was für eine Langeweile unter diesem Himmel«, da schüttelte Lotte den Kopf und sagte: »Du weißt nicht, wie gut du es hast. Ist denn der Ort, an dem du lebst, wirklich so wichtig, ist der Ort allein für alles Glück verantwortlich?«

Während eines Besuchs bei Lotte hatten sie die scharlachroten Glöckchenblüten an dem kleinen Granatapfelbäumchen gezählt, das Lotte selber gepflanzt hatte und auf das sie sehr stolz war.

»Vielleicht können wir in diesem Jahr ernten. Selbstverständlich wirst du die allererste Person sein, die von mir einen Granatapfel bekommt.«

Nach der Bedeutung gefragt, hatte Lotte amüsiert geantwortet: natürlich Fruchtbarkeit und deshalb Unsterblichkeit.

»Meinst du, dass mir meine Johanna nicht genügt?«, fragte Else und strich mit dem Zeigefinger über die kleinen harten Blüten.

»Meine Schwiegermutter hat fünf Kinder«, sagte Lotte.

»Und sicher hat sie einen Granatapfelbaum«, lachte Else.

Lotte erwiderte das Lachen nicht. Nachdenklich sah sie vor sich hin und meinte dann, sie sei vielleicht überhaupt nur nach Zypern gekommen, weil sie vor ihrer Heirat einmal das Dorf, aus dem Dimitris stammt, besucht habe. Man müsse sich vorstellen, was sie damals zum ersten Mal gesehen habe. Das alte Lehmhaus habe bei ihr den Eindruck erweckt, als sei es in die Landschaft hineingewachsen, und um das Haus herum gebe es diesen herrlichen Garten, in welchem Artischocken, Tomaten und Zucchini gleichermaßen gediehen. Uralte Olivenbäume. Ob Else das Sonnenlicht in den Olivenbäumen einmal beobachtet habe. Seitdem habe sie sich einen Garten mit einem Olivenbaum gewünscht. Gezögert habe sie keinen Augenblick. Immer mehr sei sie der Überzeugung, dass es der Garten ihrer Schwiegermutter sei, der sie nach Zypern gezogen habe.

»Das wird doch nicht alles gewesen sein. Ich glaube, du hast das wichtigste Argument für deine Übersiedlung nach Zypern unterschlagen«, sagte Else.

Und sie überließen das Bäumchen der Sonne und setzten sich in den Schatten der Jasminlaube.

Was war es gewesen, was Lotte in dem Unglück gehalten hatte? Längst hatten sich in ihrem Eheleben Rollen ausgebildet. Wie zwei Zahnräder griffen diese ineinander und trieben weiter voran, wohin auch immer. Ich bin süchtig danach, mich aufzuopfern, sagte Lotte, wenn sie wieder einmal misshandelt worden war. Else wusste keinen Rat, denn verlassen wollte Lotte ihren Mann nicht, schon wegen des Kindes nicht. Um jeden Streit zu vermeiden, um erst gar keinen Anlass zu geben, versuchte Lotte dem Wunschbild ihres Mannes zu entsprechen. Einfach war das nicht. Es gab Richtlinien. Auf die Überschreitung dieser Gesetze stand Strafe. Die Strafe verleihe ihr gewissermaßen Identität, meinte Lotte, er habe sie wahrgenommen. Sie sei ihm nicht länger gleichgültig. Alternativen für ein Eheleben hat sie nicht gesucht. Das Scheitern hat sie nicht akzeptieren wollen und trotzdem kapituliert. Sackgassendenken, das war ein geflügeltes Wort von ihr gewesen. Dem Sackgassendenken keine Chance einräumen.

Ich freue mich schon auf unser nächstes Treffen, habe tausend Sachen zu erzählen. Else legte die Karte in das Buch zurück.

Dass du gegangen bist, das will ich nicht glauben. Warum hast du nicht Abschied genommen? Du hättest es nicht gekonnt. Hast du dein Kind umarmt und bist dann gegangen? Konntest du dich umdrehen und zurückblicken? Ein letztes Mal. Nichts hat deine Entschlossenheit ins Wanken gebracht. Vielleicht sehe ich dich irgendwann wieder, dachte Else. Heimliche Gedanken und ihr Gesicht ganz nass. Sie ließ es geschehen.

Spät am Nachmittag räumte Else das Zimmer auf. Johanna sollte unter dem Bett nach den Lego-Bausteinen suchen. Aber Johanna malte ein Bild, also sah Else selber unter dem Bett nach. Dann sammelte sie die überall verteilten Kleidungsstücke zusammen, faltete die schmutzige Wäsche und trennte sie von der sauberen in der Reisetasche. Sie stellte fest, dass sie kaum noch saubere Wäsche zum Anziehen hatten. Schon aus diesem Grund musste sie zurückfahren. Morgen oder übermorgen.

Sehr schnell hatte Else alles aufgeräumt. Es gab nichts weiter zu tun in dem kleinen Zimmer. Sie mochte sich nicht weiter umsehen. Das Bild an der Wand. Wandernde Kreise hatten sie es getauft. Am besten, man sah nicht hin. Sollte sie Angelos anrufen? Sie könnte es versuchen. Aus Langeweile? Es würde keinen Sinn haben, ihn anzurufen. Eine innere Unruhe ließ sie nicht los. Schließlich sagte Else zu Johanna: »Weißt du, wir könnten eigentlich nach Lavrion fahren und uns Obst kaufen.«

»Und das neue Eis«, sagte Johanna. Sie war begeistert und begann ein lustiges Lied aus dem Kindergarten zu singen. Else stimmte in den Refrain ein. Nur keinen Augenblick länger in dem Hotelzimmer ausharren. Schnell stellten sie Johannas Bild auf. Der Löwe mit der roten Mähne, den sie gemalt hatte, sollte über alles wachen.

Es war erst fünf Uhr, draußen eine große Hitze. Else überlegte, ob sie noch eine Stunde warten sollten. Die Hotelhalle war eiskalt. Hier drinnen würden sie sich sicher erkälten. Überall die Klimaanlagen auf Volltouren. Draußen musste sie gleich die Sonnenbrille aufsetzen. Obwohl es sehr heiß war, war doch der Tag von großer Helle. Der Tempel in strahlendem Weiß, der Himmel tiefblau.

»Es ist mir heute früh gar nicht aufgefallen, was für einen schönen Tag wir haben«, sagte sie zu Johanna. »Ein Tag für die Götter.«

»Für die Götter?«, fragte Johanna.

»Ja«, bestätigte Else vergnügt, »für die Götter.«

Im Auto gab es keinen Kindersitz. Sie versuchte Johanna anzuschnallen.

»Wir müssen dir noch eine Schuluniform kaufen. In ein paar Tagen fahren wir nach Zypern zurück. Dann bist du ein Schulkind.«

Wie schnell die Zeit verging. Der Moment, in dem sie das neugeborene Kindchen in den Armen hielt. Das unbeschreibliche Gefühl. Ein Glücksgefühl, das war es gewesen. Einfach glücklich bin ich gewesen. Else überlegte, dass es für ein zweites Kind jetzt fast zu spät war. Familienplanung. Ich, die ich nichts planen kann. Die Periode war ausgeblieben. Mein Gott, jetzt eine Schwangerschaft!

Sie fuhr langsam den Weg vom Hotel zur Straße hinauf, an parkenden Touristenbussen vorbei. Die Straße war leer. Sie hielt sich trotzdem an die Geschwindigkeitsbegrenzung, weil die Strecke unübersichtlich und kurvenreich war.

Durch die offenen Fenster Zikadengesang. Johanna und Else stimmten dagegen das Lied von der kleinen Wanze an. »Auf der Mauer, auf der Lauer.« Dann in einer großen Kurve plötzlich der Lastwagen. Er fuhr mitten auf der Straße, schon auf ihrer Seite. Else konnte gerade noch ausweichen, riss das Lenkrad herum und geriet mit dem Wagen zur Hälfte auf den schlecht befestigten Seitenstreifen. Das hätte noch gefehlt. Und mit dem Kind im Auto. Nichts Dramatisches. Ihr Leben versprach keine dramatischen Entwicklungen. Wieso saß sie bei der Hitze in diesem kleinen Auto, wo sie eigentlich lieber auf einem Bett im Halbdunkel liegen würde? In einem Zustand zwischen Wachen und Schlummern, ein leichter Windhauch durch die Fensterläden. Was konnte man im Sommer Besseres tun? Aber war sie nicht davongelaufen und hatte das Bett für die Freudenstörerin geräumt?

Sie fuhren durch den staubigen Sommernachmittag. Der Wind schüttete sandige Heißluft in die Fenster. Ein Streichholz würde im Nu die Landschaft in ein Inferno entzünden. Der Feuerball herrschte am Firmament. Arbeiter gingen im Gänsemarsch. In Plastikbeuteln trugen sie Essenreste. Rohr, das die Felder säumte, bog sich leicht im Wind. Dahinter ein Stück unversenktes Grün. Bald drängte die Straße wieder ans Meer. Oleanderbüsche säumten die Straße auf beiden Seiten, abwechselnd rot und weiß. Else zerkaute ein Kaugummi, summte. Rechts von ihr zum Meer hin, versteckt zwischen Zypressen, Pinien und Büschen, prächtige Landhäuser. Sicher hatten sie ihren eigenen Strand. Else fragte sich, ob sie in einem dieser großen Häuser mit einem eigenen Strand gern leben möchte. Kein Gerangel um eine freie Liege jeden Morgen. Plötzlich meinte sie Lotte neben sich zu sehen. Ganz deutlich. Lotte machte es sich auf dem Beifahrersitz bequem. Da war kein Zweifel möglich. Lotte trug eine weiße Hose und dazu die himmelblaue Bluse, die sie zusammen gekauft hatten.

»Du siehst schlecht aus«, sagte Lotte ganz gegen ihre Gewohnheit, nette Komplimente zu machen.

Das fehlt noch, du hast mir gerade noch gefehlt. Du bist es, die für Katastrophen sorgt. Der Druck in den Schläfen. Sie hatte einen Unfall gerade noch vermieden. Hatte sie jetzt laut vor sich hingesprochen. Verliere ich den Verstand oder soll ich das Spiel weitertreiben.

»Gib die Engstirnigkeit auf«, sagte Lotte und schlug die Beine übereinander. »Wir machen es uns wieder gemütlich. Du hast noch eine Chance, ergreif sie.«

Dann verschwand sie.

Verwirrt sah sich Else um. Sie hätte am liebsten das Auto angehalten. Übermüdung. Sie hätte schlafen müssen. Der Motor doch sehr laut.

Rechts jetzt zum Meer steil abfallende Felsen. Eine unvorsichtige Bewegung am Lenkrad und sie hätte hineinfahren können, mit einem großen Schwung ins Meer.

»Da ist ein Esel!«, rief Johanna.

Else sah schnell nach links. Tatsächlich. Der Esel stand unter einem Johannisbrotbaum, sonst gab es da nichts. Keine großen Häuser, nur alte verfallene Lehmhütten. Unbewohnt, kein Mensch weit und breit. Die Landschaft wellig, helle Erde, ein blonder Flaum, kein grüner Grashalm, einzelne Baumgruppen, wohl Pistazien oder Feigenbäume. Und über weite Flächen silbrige, staubige Olivenbäume. In Zypern hatte man nach dem letzten schrecklichen Dürrejahr uralte Olivenbäume bis auf den Stamm zurückgeschnitten und große Bewässerungsgräben angelegt. Im Frühling hatten die amputierten Bäume dann erste Zweige gezeigt.

Die Landschaft wechselte. Nach den Olivenbäumen kamen etwas weiter wieder Feigenbäume. Die Blätter waren größer als bei den Pistazien. Sie machte Johanna darauf aufmerksam, die nicht daran interessiert schien. Deshalb sagte sie noch: »Siehst du die großen Feigenbäume, wir werden uns viele Feigen und Weintrauben kaufen.« Sie fuhr langsam. Vor ihr überquerte eine Schildkröte die Straße. Sie bremste. Für einen Augenblick überkam sie die Versuchung anzuhalten und die Schildkröte mitzunehmen. Aber das ging nun wirklich nicht. Zum Glück hatte Johanna nichts bemerkt, sonst hätte sie Schwierigkeiten bekommen. Wie hätte sie Johanna die Schildkröte ausreden können. Und was war das? Aus einem Weg, links der Straße, nahte in einer großen Wolke weißen Staubes ein Auto. Es würde doch nicht einfach in die Straße hineinfahren. Else beschleunigte. Lautes Hupen, als sie vorbeifuhr. Sie lächelte, fuhr dann wieder langsamer. Ihr kleines Auto vollführte einen riskanten Tanz. Die Fahrt war anstrengender, als sie gedacht hatte. Zum Glück hatten sie nicht die Sonne im Gesicht. Sie fuhren ziemlich genau nach Osten. Nicht auszudenken, wenn sie auf dieser Straße einen Motorschaden hätten. Natürlich, jetzt überholt er. Das schwarze Auto aus dem Feldweg fuhr laut hupend an ihr vorbei. Der Fahrer machte ihr mit der Hand Zeichen.

»Wann sind wir da?«, fragte Johanna.

»Ich glaube, ich kann schon die ersten Häuser sehen«, sagte Else.

Und dann sangen Else und Johanna das Lied von den drei Chinesen mit dem Kontrabass.

Später, als sie durch den kleinen Ort gingen, fühlte sie wieder die Einsamkeit. Die Freude auf den Nachmittag hatte sich ins Gegenteil verwandelt. Menschenleer war der Ort, so schien es ihr. Warum wollte sie denn hier herumlaufen? Tatsächlich waren wenige Menschen um die Nach-

mittagszeit unterwegs. Und falls ihnen welche begegneten, dann waren es Gruppen oder Paare. Eine Frau, die wie sie mit einem kleinen Mädchen allein herumlief, das gab es einfach nicht. Die Sonne hatte nichts von ihrer Kraft eingebüßt, brannte auf sie herunter. Else hielt nach einem schattigen Platz in einem Café Ausschau. Dass ein Tag so lang sein konnte. Johanna entdeckte die Frau mit den Feigen zuerst. Auf der niedrigen Mauer eines Spielplatzes, unter einem Olivenbaum, saß die alte Frau, neben sich zwei große Körbe mit grünen Feigen. Eine Gelegenheit. Auf dem Markt hatten sie gar keine grünen Feigen gehabt. Weil Else wusste, dass Angelos besonders gern Feigen aß, kaufte sie gleich eine große Tüte voll. Während die alte Frau in ihrer Schürzentasche nach dem Restgeld suchte, sagte Johanna auf Deutsch: »Schau mal, sie hat gar keine Zähne.«
»Sag das nicht laut«, ermahnte Else.
»Aber sie versteht doch kein Deutsch.«
Um die Unfreundlichkeit ihrer Tochter wieder gutzumachen, fragte Else die Frau nach ihrem Dorf und ließ sich auch den Weg dahin erklären. Nein, sie benutze keinen Esel mehr, sondern ganz einfach ein Auto. Über Johannas Frage lachte sie, wobei sich um den zahnlosen Mund zahllose Falten bildeten. Die sonnengebräunte Haut wie Leder. Ihre Enkelin, die in Johannas Alter sei, hätte sie in diesem Sommer besucht und ebenfalls bedauert, dass sie keinen Esel mehr vorgefunden hatte. Im weiteren Verlauf des Gesprächs erfuhren sie, dass die alte Frau einen Sohn hatte, der seit vielen Jahren in Stuttgart arbeitete. In Stuttgart sei sie schon einmal gewesen, aber es hätte die ganze Zeit über geregnet, erzählte sie, »aber trotzdem eine schöne Stadt, viel Wald.« Andere Kundschaft hatte sich eingefunden, sonst hätten sie wohl noch mehr erfahren. So verabschiedeten sie sich wie alte Bekannte und die Frau beteuerte noch einmal: »Es ist sehr schön in eurer Heimat.«

Von dem kleinen Gespräch ganz belebt, liefen beide über die Straße auf das nächste Café zu, als eine weibliche Stimme hinter ihnen herrief. Ohne Zweifel, man hatte sie gerufen, aber wer sollte sie kennen, hier am Ende der Welt? Else blieb stehen, drehte sich halb zur Seite, aus der die Stimme kam und erkannte sofort Lena Livadi, die ihr mit einer Hand zuwinkte, in der anderen trug sie mehrere Tüten mit Einkäufen.
»Wir treffen an den merkwürdigsten Orten aufeinander«, meinte Lena.
Sie tauschten noch eine Weile ihre Verwunderung darüber aus, wie Freunde sich letzten Endes niemals verlieren könnten. Auf Elses Vorschlag, ein Café aufzusuchen, machte Lena einen viel reizvolleren Gegenvorschlag.

»Wir fahren zu mir nach Hause, da vorne liegt mein kleines Boot«, sagte sie, »und keine Widerrede. Ich will endlich erfahren, wie es dir geht.« Als sie Elses Zögern sah, fügte sie hinzu: »In fünf Minuten sind wir da. Kommt schon. Nicht wahr, Johanna, du fährst doch sicher gern mit dem Boot?«

Johanna war sofort begeistert und Else war neugierig, wo Lena sie hinführen würde, das Refugium am Meer, wie Lena sich ausdrückte, hatte sie noch nicht gesehen.

Bis zu dem kleinen Boot mussten sie tatsächlich nicht weit laufen, vielleicht hundert Meter an der Mole entlang. Sie stießen auf eine Reihe bunter Fischerboote, die dort vertaut waren. In einem Haufen von Netzen balgten sich zwei Burschen. Einer bewarf den anderen mit einem Tintenfisch. Lena rief den Jungen etwas zu, und sie ließen sofort von ihrem Spiel ab.

»Das sind meine jungen Freunde«, sagte sie, »sie versorgen mich mit frischem Fisch.« Sie zeigte auf ein kleines weißes Boot. »Hiermit komme ich viel schneller nach Hause als mit dem Auto. Wirklich, dass ihr in dem Hotel wohnt und ich nichts davon gewusst habe, ihr hättet doch bei mir wohnen können. Schade, steigt erst einmal ein, gleich sind wir da. Ich habe zwar nicht die schöne Aussicht auf den Tempel, aber dafür …«

Was sie weiter sagte, konnte Else nicht verstehen, denn Lena verschwand zwischendurch unter den Sitzen, wo sie ihre Einkäufe verstaute. Sie erinnerte daran, dass Johanna und sie recht bald mit dem Auto zum Hotel zurückfahren müssten. Eigentlich wollten sie noch bei Licht zum Hotel zurückfahren. Lena drehte sich ihr zu und lächelte: »Keine Sorge, wir schaffen das schon.« Fast bereute Else nun, dass sie der Bootsfahrt zugestimmt hatte. Es würde ein kleines Abenteuer werden. Auf was hatte sie sich da wieder eingelassen? Zu oft wurde sie das Opfer momentaner Eingebungen und schlimmer noch, sie mochte keine freundliche Einladung ablehnen.

Das Boot fuhr in die weite glänzende Fläche hinein. Else saß versunken in den Anblick des lichtverzauberten Meeres. Kleine Wellen funkelten im Licht.

»Haltet ihr euch auch fest?«, rief Lena und erhöhte die Geschwindigkeit.

Das Boot hüpfte auf den Wellen. Johanna jubelte.

»Es ist, als ob uns die ganze Welt gehörte«, meinte Else und versuchte das Gefühl grenzenloser Freiheit auszudrücken, das sie bei dieser Geschwindigkeit überkam.

Es dauerte nicht lange, da saßen sie in einer Weinpergola, die in Hufeisenform einen mit bunten Meereskieseln gepflasterten Hof einrahmte, und tranken griechischen Kaffee.

»Nun, wie ist es dir in den letzten Tagen in Athen ergangen?«, fragte Lena, wohl, um ein Gespräch in Gang zu bringen.
Else ging nicht direkt auf die Frage ein. Sie hätte von ihrer Fahrt nach Epidaurus berichten können. Stattdessen sagte sie: »Weißt du, wie froh ich war, dich auf der Gesellschaft bei Olga zu treffen? Ich war wieder ganz in meine Außenseiterrolle verstrickt.« Sie stockte und errötete bei dem Gedanken, eine Schwäche einzugestehen. Ungewollt gab sie Lena ein Stichwort.
»Du hast also Olga kennengelernt. Was hältst du von ihr?«
Else rutschte etwas unruhig auf ihrem Stuhl herum und noch bevor sie antworten konnte, sagte Lena: »Es hätte mich einfach interessiert.«
»Nun, wir haben uns häufig zum Schwimmen getroffen. Sie ist sehr nett und interessant«, sagte Else. Gleichzeitig dachte sie, du darfst nur absolut Unverfängliches erzählen. Eigentlich war es nicht Lenas Art, sich über Freunde oder auch nur Bekannte zu äußern.
»Wir finden sie etwas merkwürdig, musst du wissen«, sagte Lena.
Merkwürdig, dachte Else und hätte gern höhnisch aufgelacht. Laut sagte sie. »Merkwürdig, ja das ist sie wohl.« Sie räusperte sich. »Sie hat mehrmals zu mir gesagt, dass ich ihre Freundin sei.«
»Typisch«, sagte Lena. »Weißt du, auch sie gehört zu den Grenzgängern.« Sie schüttelte den Kopf. »Unmöglich ist sie.« Sie nahm einen Flaschenöffner und ließ ihn durch die Finger gleiten. Dann schüttete sie kaltes Wasser aus einer Thermosflasche in ihre Gläser. »Ja, sie ist eigenartig. Den Träumen misst sie übrigens große Bedeutung bei. Sie glaubt, in Träumen einen Blick in die Zukunft werfen zu können.«
»Nun, ich weiß nicht, mir hat sie davon nichts erzählt«, sagte Else zögernd und beugte sich zu Johanna, um ihr das Erdbeereis vom Mund abzuwischen. Die Serviette reichte nicht aus. Das Eis war auf die Bluse getropft. Sie suchte in ihrer Tasche nach Feuchttüchern. Lena holte weitere Papierservietten. Mit vereinten Kräften war das kleine Unglück gleich behoben. Johanna sollte ein bisschen umherlaufen. Und Lena meinte, irgendwo sei der Kater Tom, sie solle ihn mal suchen gehen. Aber nicht ans Meer. Die kleine Gartenpforte zum Meer hin war verschlossen und fast ganz mit Bougainvillea überwachsen. Ein leuchtender Blütenwall. Beide Frauen nahmen wieder ihre alten Plätze ein und Lena kam auf das frühere Gespräch zurück.
»Ich will wirklich nicht schlecht über sie reden, aber das muss ich noch erzählen, sie hat uns schon manches Mal zum Lachen gebracht. Weißt du, sie glaubt tatsächlich an Seelenwanderung. Einmal war sie völlig verstört, denn man hatte ihre Katze mit dem Auto überfahren. Nun, das kann

ich durchaus nachempfinden, denn wenn unserem Tom etwas zustoßen würde, wäre ich auch betrübt. Aber dann erzählte sie uns, dass gerade diese Katze sie besonders an ihre verstorbene Mutter erinnert habe. Sie habe diesen Blick, genau wie meine verstorbene Mutter, hat Olga damals allen Ernstes zu uns gesagt. Ganz freimütig gab sie ihren Glauben an die Wiedergeburt zu. Widerspruch war unerwünscht. Auch nur ein Anflug von Kritik ist ihr unerträglich.«

Else wandte ein, dass grün leuchtende Katzenaugen doch wenig mit den Augen einer Mutter zu tun haben könnten, sei denn, es handele sich um eine Märchenhexe. Lena war nicht von ihrem Thema abzubringen. Else sollte noch erfahren, wie sie Olga kennengelernt hatte.

»Es ist lange her. Wir wohnten alle in Schwabing. Die griechischen Studenten in München kannten sich alle. Im Ausland hält man zusammen. Zu der Zeit haben wir uns oft getroffen. Zu einer richtigen Freundschaft zwischen Olga und mir ist es nicht gekommen. Eigenartig, aber trotz unsere damals häufigen Zusammentreffen blieben wir einander doch wesensfremd. Ich komme nicht umhin, dabei an beabsichtigtes, Abstand nehmendes Verhalten zu denken, einkalkulierte Zurückhaltung von ihrer Seite. Das Gefühl wurde abgeschaltet oder war gar nicht vorhanden, ein wirkliches Gespräch konnte nicht stattfinden, immer musste sie uns Vorträge halten.«

Lenas Stimme klang so ärgerlich, dass Else Olga verteidigen wollte und sagte: »Nun, ich finde sie interessant, aber du hast nicht ganz unrecht. Wenn sie nicht dominieren kann, nicht im Mittelpunkt steht, verliert sie jedes Interesse an ihrem Gesprächspartner. Das Monologisieren und die effektvollen kleinen Pausen sind nun einmal ihre große Stärke.«

Else unterbrach sich. Aus Angst, zu unfreundlich zu erscheinen, sprach sie nicht weiter. War es Zufall, dass Lena ihr von Olga erzählte oder verbarg sich eine Absicht dahinter? War Lena womöglich wohlunterrichtet, beispielsweise über das bestehende Verhältnis zwischen Angelos und Olga? Was immer sie erfahren würde, sie musste sich zurückhalten, auf keinen Fall Gefühle von Eifersucht zeigen. Eifersucht ausschließen.

»Olga wäre sicher nicht mit Angelos in die Provinz nach Zypern gezogen«, fuhr Lena fort. »Natürlich ist dieses Problem in ihrer Beziehung gar nicht erst aufgetaucht. Angelos hat wohl nie vorgehabt, Olga mit nach Zypern zu nehmen. Und das hat sie gespürt und gekränkt.«

Else fühlte Lenas Blick auf sich, sah aber nicht auf. Sie sah weiter auf ihre Hände, die sie ordentlich im Schoß gefaltet hielt. Eine Beziehung zwischen Angelos und Olga in München hatte also tatsächlich bestanden. Ihr Verhältnis war allgemein bekannt. Nur mir hat Angelos nicht davon erzählt. Eine unerträgliche Hitze stieg in ihr auf. Verstohlen wischte Else über ihre Stirn.

»Es hat sie sehr gekränkt, dass er gegangen ist, bevor sie ihn abweisen konnte. Der Eigensinn, mit dem sie über die Jahre an dieser Beziehung haften blieb, die ja hauptsächlich nur in ihrer Fantasie weiterbestanden hat, mag daher kommen. Ich vermute, dass Olga selbst heute noch nach einer Gelegenheit sucht, wie sie Angelos tief verletzen kann.«

Allen Anschein nach glaubte Lena, dass sie von einer früheren Liaison zwischen Angelos und Olga wusste. Sie durfte sich nichts anmerken lassen. Nur ja keinen Stoff für neue Gerüchte liefern. Ließ man sie denn nirgendwo in Frieden? Wut stieg in ihr auf, die sie schwer verbergen konnte. Sie biss sich auf die Lippen und versuchte dabei zu lächeln, was wie ein Grinsen aussehen musste. Als wäre sie an dem Thema wenig interessiert, fragte sie schließlich etwas gelangweilt: »Wie lange ist denn Olga in München gewesen?«

Sie nahm einen kräftigen Schluck aus ihrem Wasserglas. Keinesfalls durfte sie Lena von ihren Problemen berichten. Nicht vor Lena ihre Seele ausschütten. Haltung bewahren wie ein Zinnsoldat. Wenn sie überhaupt mit jemandem darüber sprechen könnte, dann mit Lotte. Sie wünschte, Lotte wäre hier. Sonst nichts. Sie hätte nicht fragen sollen. Sie schlug die Beine übereinander, zog den Bauch ein, versuchte flach zu atmen, alles, um sich abzulenken. Ob Lena ihre Nervosität vorhin bemerkt hatte? Auf Lenas Fragen nach Angelos, gleich in Lavrion, hatte sie lakonisch geantwortet, eine ungenaue Auskunft gegeben. Wenn nur Johanna nicht plaudern würde.

»Das weiß ich nicht so genau«, antwortete da Lena auf ihre Frage. »Ich habe Olga aus den Augen verloren, als ich nach London ging. Sie ist irgendwann verschwunden. Ich weiß nicht wohin.«

Sie schüttete erneut Wasser in ihre Gläser und sah Else an. Unter dem Blick fühlte Else wieder, wie es ihr heiß in den Kopf stieg.

»Mir ist noch immer ganz heiß. Diesen Sommer leide ich besonders unter der Hitze«, erklärte sie.

Sie nahmen jetzt beide einen Schluck Wasser. Lena fasste nach ihrer Hand. »Warum erzähle ich dir das alles. Es macht keinen Sinn, dir Dinge zu erzählen, die du vielleicht als Angelos Frau nicht wissen und als Olgas Freundin nicht wahrhaben möchtest. Ich hätte mit dir nicht über Olga sprechen sollen. Sie hat es wohl auch nicht immer leicht gehabt. Olga ist nicht sehr beliebt. Sie hat viele Chancen gehabt, aber irgendwie ist alles schiefgegangen. Ich meine auch beruflich. Gleich nach ihrer Rückkehr aus Deutschland bekam Olga eine Anstellung als Lektorin an der Universität Athen. Nun, wie überall gab es auch dort eine große Rivalität und wissenschaftliche Auseinandersetzungen und dem war sie nicht gewachsen. Viele haben sie um diese Stelle beneidet, aber sie hat nach den ersten Schwierigkeiten alles über den Haufen geworfen. Und seither ist sie mit allen Leuten von der Universität zerstritten. Hochmütig ist sie außerdem.« Lena lachte auf, hob die Arme zu einer großen Geste und sagte: »Du merkst schon, ich mag sie nicht besonders. Aber diesen Satz muss ich noch loswerden, und dann höre ich bestimmt auf. Die Frau benutzt ihr Philosophiestudium, das nun zwanzig Jahre zurückliegt, als Waffe gegen die Welt. Bloß, wie schnell kann sich diese Waffe gegen sie selbst wenden, wenn man ihr beweist, nämlich ihren Verdacht bestätigt, dass sie die frühere Perfektion in den sogenannten philosophischen Dingen gar nicht mehr besitzt. Über die Jahre, so ganz auf sich gestellt, ohne die Seminare, die wissenschaftlichen Zirkel, begann dieses philosophische Wissen, das sich Olga, wie ich vermute, nur als Waffe gegen die spießbürgerlichen Eltern angeeignet hatte, immer mehr zu bröckeln, bis es sich heute wahrscheinlich um ein recht lückenhaftes Wissen handelt. Sie hat längst aufgehört, sich mit philosophischen Problemen auseinanderzusetzen. Es ist Jahre her, dass ein Beitrag von ihr in den Jahres- oder Vierteljahresheften erschienen ist.« Lena lehnte sich im Sessel zurück. »Nun, das ist alles lange vor deiner Zeit gewesen. Du bist ja noch so jung. Aber verlassen wir die Bilder der Vergangenheit. Man kann sich darin zu leicht verirren.«

Mehr sollte Else nicht erfahren, denn in diesem Augenblick wurden sie von John unterbrochen, der aus dem Haus gerade auf sie zukam.

»Nicht wahr, John«, rief Lena ihm fröhlich zu, »Grenzgänger sind sie alle.«

»Ja, natürlich, du hast recht«, ging John auf ihren fröhlichen Ton ein.

Die Behauptung blieb so stehen. Weiter wurden keine Erklärungen abgegeben. Scheinbar war es ein altes Spiel zwischen ihnen. Eine Neckerei. Was war es, fragte Else sich, das Olga gesagt hatte? Nicht Grenzgänger. Nein, im Zusammenhang mit den Tierzeichen hatte sie vom »Fußgänger der Luft« gesprochen. Das war hübscher. Else kannte John Lewis nur flüchtig. Er war ein großer, schlanker, von der Sonne stark gebräunter Mann Mitte vierzig mit strahlenden blauen Augen, aschblondem Haar und einem Lächeln, das Else an das Lächeln der Mona Lisa erinnerte. Er war wie Angelos ein praktizierender Psychoanalytiker und obwohl Engländer, schien ihm das Leben am Mittelmeer zu gefallen. Nach einer förmlichen Begrüßung, John sprach Deutsch mit ihr, sagte er: »Heute früh habe ich noch mit Angelos über Sie gesprochen und schon sitzen Sie hier bei uns im Garten. Das muss Gedankenübertragung gewesen sein. Glauben Sie, dass es so etwas gibt?« Und ohne eine Antwort abzuwarten, fügte er hinzu: »Angelos hat mir schon gesagt, dass Sie ganz in unserer Nähe seien.«

»Hat er das wirklich?«, kam Elses Antwort fast automatisch. Einen Moment lang dachte sie: Jetzt findet er alles heraus. Aber das war natürlich töricht. Sie durfte sich nicht aus der Fassung bringen lassen. Sie sah schnell zu Johanna hinüber. Aber sie hatte wohl nicht hingehört, saß lustlos auf einer Schaukel und schwang die Beine vor und zurück. Mit Komplimenten über das schöne Haus, den Garten und die einzigartige Lage lenkte Else das Gespräch in eine unverfängliche Richtung.

»Ein Glücksfall«, sagte John. »Die felsige Küste ist wahrscheinlich unsere Rettung.«

»Wer weiß, ob sie nicht schon im nächsten Jahr ein Riesenhotel an unseren Zaun setzen«, sagte Lena und streichelte den Kater Tom, der auf ihren Schoß gesprungen war.

Es folgte ein Schweigen. Lag es daran, dass sie deutsch sprachen? Else fühlte sich unbehaglich. Besser die Landessprache. Sie nahm einen kleinen Anlauf und fragte John auf Griechisch, wie denn der Kongress verlaufen sei.

»Ach ja, der Kongress«, sagte John »Sie haben uns gar nicht besucht. Und auf der doch so gelungenen Abendgesellschaft bei Olga habe ich Sie leider auch nur aus der Ferne gesehen.« Er lächelte sie an: »Ich wollte Sie retten, Sie machten keinen sehr glücklichen Eindruck, aber man hatte mich in ein Gespräch verwickelt und später habe ich Sie nicht mehr gesehen.«

»Diese Gesellschaften sind oft anstrengend für mich. Ich bin fremd«, erwiderte Else. »Zum Glück habe ich Lena getroffen.«

»Olga hat für ausgezeichnetes Essen gesorgt«, warf Lena ein, sich noch einmal umdrehend, bevor sie im Haus verschwand. »Und die köstlichen Torten haben uns besonders gefallen.«

Else sah ihr nach. War es Zeit, sich zu verabschieden?

Da hörte sie John sagen: »Warum fühlen Sie sich nicht wohl auf Gesellschaften?« Er stand plötzlich neben ihrem Stuhl. »Was ist der nächste Schritt, was wollen Sie gegen das Fremde verteidigen?«, fuhr er fort und legte ihr eine Hand auf die Schulter.

Else zuckte unter der Berührung zusammen. Machte man aus ihr eine Patientin?

»Sie sind ebenfalls ein Fremder. Kennen Sie nicht die Außenseiterposition des Fremden? Ich beabsichtige sogar ein paar Artikel darüber zu schreiben.« Sie bereute ihre hastige Reaktion sofort. Er hatte sie in die Offensive gezwungen.

»Haben Sie sich niemals gefragt, weshalb wir keine Anstrengungen unternehmen, nicht fremd zu sein? Den Anspruch auf Leiden müssen wir aufgeben. Denn dass wir leiden, davon sind wir überzeugt. Das Fremdsein ist unser Markenzeichen. Fürchten wir dieses Markenzeichen abzugeben, weil keine weiteren eigenen Qualitäten übrig blieben? Wir sollten weniger störrisch in unserer Position verharren. Und bedenken Sie, man mag Ihr Benehmen, Ihr Schweigen falsch auslegen und sagen, Sie wären in unhöflicher Teilnahmslosigkeit dagesessen.«

Else nickte langsam, sagte aber nichts. Sie schwitzte wieder. Bei jedem unangenehmen Gespräch Schweißausbrüche. Sicher bekam ihr das feuchtheiße Klima nicht. Sie gehörte eben nicht hierher. Das Gefühl der Fremdheit kenne er nicht mehr, hörte sie John sagen, und jeder Versuch, sich zu ändern, sei mit anstrengender Arbeit verbunden. Else wollte sich nicht ändern. Johanna kam gelaufen, flüsterte ihr ins Ohr. Else musste sie zur Toilette bringen. Die Unterbrechung. Else sprang freudig auf.

John brachte ein Windlicht und eine Flasche Wein. Für Else war es eigentlich längst Zeit zum Aufbruch. Schatten stiegen von überall her. Sie wusste nicht einmal, ob das Licht am Auto funktionierte. Andererseits spürte sie wenig Verlangen, jetzt aufzubrechen. Lena und John waren freundliche Gastgeber und Else ließ sich gern verleiten und blieb länger als sie vorgehabt hatte. Lange schon hatte sie keinen so angenehmen Abend verbracht. Nicht zuletzt kam es daher, dachte sie, dass beide, Lena und John, bemüht waren, sie mit ins Gespräch einzubeziehen. Sie verübelte John seine Ratschläge nicht mehr. Besonders, als er eigene Schwierigkeiten mit der fremden Sprache einräumte. Die Aussprache. Manchmal spreche er sich die Sätze im Kopfe vor, probiere aus, was er sagen wolle. Und dann verheddere er sich garantiert mit der Aussprache. Else lehnte sich in ihrem Sessel zurück. Eine angenehme Nacht. Sie fühlte sich wohl, nahm ab und an von dem Käse, dem Olivenbrot, das Lena selbst gebacken hatte. Der Wein stieg ihr zu Kopf.

Mit dem Zeigefinger seiner rechten Hand rieb John nachdenklich die senkrechte Furche unter den Nasenlöchern und sagte dazu: »Let's see.« Else war aufgefallen, dass John diese Handbewegung immer dann wiederholte, wenn der Redefluss ins Stocken geraten war.

»Hallo, wer kommt denn da, hello Jonathan, oh my Mr. Mistoffelees«, begrüßte John den schwarzen Kater, der von ihm nicht Tom gerufen wurde wie von Lena. Er bückte sich und kraulte den Kater, dem das zu behagen schien. Mit leisem Miau rieb er sich an Johns Beinen und war dann mit einem Satz auf seinem Schoß.

»Was für Abenteuer hatten wir denn heute?«, fragte er den Kater und strich ihm mit dem Zeigefinger über die Brust. Das Tier erhob sich, streckte die Beine, machte einen Buckel, wie um John zu grüßen und sprang davon.

Irgendwann, als es schon ganz dunkel war, überlegte Else, wie sie ins Hotel kommen sollte. Schließlich stand ihr Auto in Lavrion. Wie schnell die Zeit während ihres Erzählens unaufhaltsam verstrichen war. Sie musste Lena bitten, sie nach Lavrion zu fahren. Aber war das möglich, konnten sie überhaupt mit dem kleinen Boot im Dunkeln fahren? Bleib, wir haben genügend Platz, du fährst morgen zurück, hieß es sofort. Else ließ sich nicht überreden, obwohl es ihr peinlich war, dass Lena oder sogar John sie nun nach Lavrion fahren mussten. Doch Else hatte den Glauben nicht aufgegeben, Angelos könnte urplötzlich auftauchen, wollte deshalb so schnell wie möglich ins Hotel zurück. Man entschied sich dann gegen eine Bootsfahrt. John und Lena brachten Else und Johanna, die fest schlief, mit dem Auto nach Lavrion. Es war kühl geworden und Lena hatte einen Schal gebracht, mit dem sie Johanna zudecken konnten. Als John das Kind ins Auto legte, meinte er zu Lena, ob es nicht an der Zeit sei, dass sie sich ebenfalls um ein so hübsches, kleines Mädchen bemühten, auch hätten sie den Namen seiner Mutter noch nicht weitergegeben.

»Johanna, so heißt doch sicher Angelos Mutter?«, fragte er.

»Wir sind traditionsbewusst«, antwortete Else lächelnd und war wieder einmal froh, dass die Namensfrage für sie problemlos gewesen war, weil ihr der Name Johanna gefallen hatte.

»Nicht alle richten sich heute danach«, wandte Lena ein, »ich würde meinem Kind niemals den Namen meiner Mutter geben, ganz einfach, weil er mir nicht gefällt. Tradition hin oder her.«

»Ja, ja«, sagte John, »du hast meinen Namen auch verschmäht.«

Lena lachte leise. »Soll ich ein schlechtes Gewissen haben?«

Trotz ihrer Befürchtungen fand Else das kleine Auto ziemlich verwaist auf dem Platz wieder. Weit und breit kein anderes Auto. Beim Abschied musste sie versprechen, den Besuch sehr bald zusammen mit Angelos zu wiederholen. Und sie versprach es bereitwillig, obwohl alle wussten, dass ihre Abreise nach Zypern unmittelbar bevorstand.

Als sie schon im Auto saß, drückte ihr Lena noch eine große Tüte in die Hand. »Das sind Feigen aus unserem Garten. Meine Mutter hat uns gestern einen großen Korb vorbeigebracht. Es sind die besten Feigen im ganzen Land, ihr müsst sie unbedingt probieren.«

Else bedankte sich und legte die Tüte auf den Beifahrersitz. Sie war

froh, dass sie Lena getroffen hatte. Zu der schlafenden Johanna sagte Else: »Wer wird nun die vielen Feigen essen, wenn Angelos auch morgen nicht kommt.«
Im Rückspiegel sah sie Lena und John, die ihr nachwinkten.

Else legte die schlafende Johanna auf das Bett. Das Kind schlief fest, war nicht einmal während des umständlichen Transports vom Auto auf das Zimmer aufgewacht. In der Hotelhalle hatten einige Gäste gesessen und sich laut unterhalten. Amerikaner. Als sie mit der schlafenden Johanna auf dem Arm vorüberging, unterbrachen sie ihr Gespräch und sahen zu ihr hinüber. Erst als sich die Lifttüren viel zu langsam schlossen, wandten sie die Blicke von ihr ab. Es war nach Mitternacht. Sie war froh, dass sie darauf bestanden hatte, so spät noch ins Hotel zurückzufahren, obwohl doch beide, Lena und John, ihr von dieser Fahrt abgeraten hatten. Sie hätte bei ihnen übernachten können. John meinte, Angelos würde es ihm nicht verzeihen, dass er Else in die Nacht hinausgeschickt hätte. Was sollte sie nun mit der Tatsache anfangen, dass Angelos ihren Aufenthalt längst herausgefunden hatte? Und trotzdem hatte er sich nicht gemeldet. Was hatte er John alles erzählt? Die Nacht war ruhig. Es duftete nach Jasmin. Else lehnte am Balkongitter, sah in die Nacht hinaus. Sie konnte nicht ausmachen, ob jemand auf den Nachbarbalkons saß. Das Meer lag weit, tintenfarbig unter dem hellen Licht des hoch am Himmel stehenden Vollmonds. Sie hatte gelernt, dass die Vollmondnächte im Sommer besondere Nächte seien und deshalb gefeiert würden. Einmal war sie mit Angelos im August bei Vollmond auf der Akropolis gewesen. Es war ihre erste gemeinsame Reise nach Athen gewesen. Wie lange war das her? Jetzt kam es ihr eher wie ein Traum vor. Sie waren einander sehr nah gewesen. Damals noch. Und hier die große Stille, nur die Grillen.

Was weiß man über den Menschen, den man liebt? Man möchte alles wissen, ihn vollständig kennen. Man glaubt sogar, ihn zu kennen. Er bleibt ein Geheimnis. Nicht einmal mich selbst kann ich verstehen, wie könnte ich wissen, was in Angelos vorgeht.

Sie kannte ihn nicht wirklich. Es kam ihr so vor, als habe er manchmal einen Riegel vorgeschoben. Er hält sich unter Verschluss. Niemandem gewährte er Einblick in sein inneres Leben.

Wirklich niemandem oder nur mir nicht, überlegte Else. Und körperliche Nähe gibt kaum ein Inneres frei. Es zählen die Augenblicke, in denen wir einander verstehen. Ein zumeist wortloses wechselseitiges Verständnis. In ihre Zweisamkeit war Johanna gekommen. Ein neues Netz aus Verständnis und Unverständnis wurde zwischen ihnen gesponnen.

Manchmal meinte sie, sie müsste einen Fluchtpunkt suchen, der ihrer Beziehung eine ganz neue Perspektive eröffnen würde. Eine Beziehung, die von Erwartungen überwuchert war. War es an der Zeit, sich attraktiv herauszuputzen, um den erotischen Reiz zu erhöhen? Sie machte es sich recht leicht. Setzte sie ihre Weiblichkeit bewusst ein? War sie sich ihrer überhaupt bewusst? Angelos sollte sie so lieben, wie sie war. Keine Überraschungen. War das genug? Selbst die Schokoladenreklame wählte eine lila Kuh auf einer Almwiese. Nun war sie keine Kuh auf einer Almwiese. Ein Dekorationsartikel, das konnte sie eben nicht sein. Und als Nordeuropäerin konnte sie heutzutage auf Zurschaustellung ihres Geschlechts verzichten. Auf der anderen Seite waren da Olgas Auftritte als Paradiesvogel. Die sinnliche Südländerin? Sie dagegen ein blasses Nordlicht.

Damit sie Johanna nicht aufweckte, hatte sie den Ton ganz ausgeschaltet. Sie sah in einen Film hinein, blickte in unverständliche Szenen. Ein Mann und eine Frau in einem Treppenhaus. Sie gingen nach oben, die alten Holzstufen knarrten vermutlich unter ihren Schritten. Dann blieben sie aneinander gelehnt auf dem Treppenabsatz stehen und küssten sich. Das Aufschließen der Wohnungstür. Altbau, Kassettentüren. Die Kamera schwenkte von dem Paar ab, zeigte die Stuckdecken. Danach folgten Bilder einer Umarmung, hastige Bewegungen. Kleidungsstücke neben dem Bett. Else drückte auf den Knopf, schaltete den Fernseher aus. Sie ging ins Bad. Sie stellte sich vor den Spiegel und betrachtete ihr Gesicht. Sie war um mindestens zehn Jahre gealtert. Da ist niemand, der mich schön sein lässt. Meine Wirkung auf ihn spüren. Unbarmherzig. Nur der Zersetzungsprozess. Else hockte sich vor das Bett, zog die staubigen Schuhe darunter hervor und begann sie mit Toilettenpapier zu säubern.

Die Wellen schickten ihre weißen Spitzen auf den Strand. Der kleine Ausblick unter ihrer Hutkrempe hervor. Johanna mit einem Eimerchen. In dem flachen Wasser versanken ihre Füße in den kunterbunten Kieselsteinen, die dort kaum die Größe einer Erbse hatten und Johanna vor neue Aufgaben stellten. Ein Junge, der aus dem Wasser kam, drängte an ihr vorbei, rannte sie beinahe um.

Eine Möwe, die sie neugierig beäugte. In jedem Element zu Hause, hüpfte sie zwischen Steinen, ließ sich dann ins Wasser gleiten und schaukelte, den Schnabel stolz gestreckt, auf den kleinen Wellen. Spähte nach Futter aus. Ließ sich wohl mit Brot füttern. Wenig später wurde sie durch Johanna aufgeschreckt und flog laut lachend davon. Else sah weit hinten auf dem Meer andere Möwen. Wieder eine Konferenz, dachte sie.

Die Erinnerung kehrte in ihrer ganzen Intensität zurück. Sie läuft mit Lotte in der Nähe von Paphos am Meer entlang. An der sonst felsigen Küste haben sie eine enge Sandbucht entdeckt. Es ist Januar. Das Meer ist unruhig.

»Komm, wir laufen ein bisschen«, sagt Lotte. Schnell hatte sie die Schuhe abgestreift und hält sie in der Hand. Rennt los.

Und ich hinterher, dachte Else, immer bin ich hinterhergelaufen.

Das Galoppieren ist von kurzer Dauer. Lotte hält an. Vielleicht sollte ich gar nicht laufen, sagt sie. Lotte ist im vierten Monat schwanger. Else wird in das Geheimnis eingeweiht. Sie habe noch mit niemandem darüber geredet. Ich bin so glücklich, sagt Lotte.

Else erinnerte sich in diesem Augenblick sehr genau an diese Szene und daran, wie unbeholfen sie sich benommen hatte. Die passenden Worte wollten ihr nicht einfallen. Zu der Zeit kannte sie Lotte noch nicht lange genug. Eine spontane Umarmung kam nicht in Frage. War es nicht auch an diesem kleinen Strand gewesen, dass Lotte von dem Hausbau gesprochen hatte? Sie hätten sich entschlossen, für das Kind, für ihre wachsende Familie ein kleines Haus zu bauen. Lotte malte die Grundrisse mit einem Kiesel auf den feuchten Sand. Es sind meine Pläne, sagte sie stolz, wir müssen sie nur noch mit einem Architekten absprechen. Wer hätte damals gedacht, wie bald sich alles Glück ins Gegenteil verkehren würde. Und Glück, was war das schon. Ein Zustand, den man eigentlich erst im Nachhinein als solchen bezeichnen konnte.

Jetzt bist du etwas bloß Erträumtes, überlegte Else, wie alle meine Lieben. Tag und Nacht sitze ich auf einer Pyramide aus Träumen – nichts ist richtungsweisend. Lotte und Dimitris. Eine Liebesgeschichte. Ist es das gewesen? Eine Liebesgeschichte mit tragischem Ausgang. Aus der Literatur sind uns zahlreiche bekannt. Nein, Lotte und Dimitris haben nicht verschiedene Geschichten anprobiert. Es war kein Spiel, sondern Wirklichkeit. Sind sie ein größeres Risiko eingegangen als andere? Wohl kaum. Nicht die Umgebung und die äußeren Wirren wurden ihnen zum Verhängnis. Lotte und Dimitris sind sich selbst zum Verhängnis geworden.

Alle Welt sei Grund zur Eifersucht, sagte Lotte, egal, ob es ein Kollege sei oder ob es sich nur um ein Buch handele, das sie gerade in der Hand halte, wenn er zur Tür hereinkommt. »Gestern erst hat er mir das Buch, in dem ich gelesen hatte, als er ins Zimmer trat, aus der Hand gerissen und in den Kamin geworfen.«

»Ich weiß, dass ich so nicht weitermachen kann.« Eine Bemerkung Lottes, an die Else nun häufig denken musste und an die sie sich nicht gern erinnerte. Eine Bemerkung wie zufällig hingeworfen. Sie hatte dem keine Bedeutung beigemessen. Unmutstage, wie sie vorkommen können. Sie hatte so getan, als hätte sie gar nicht hingehört. Lotte war die Fröhliche, die Selbstsichere, Lotte war immer gut gelaunt. Und dabei sollte es bleiben. Else hatte kein Bedürfnis, sich die Eheprobleme ein jedes Mal anzuhören. Wozu auch, helfen konnte sie nicht. Jetzt das schlechte Gewissen. Sie musste sich Vorwürfe machen. War es tatsächlich ein Hilferuf gewesen? Was hatte Lotte mit dieser Bemerkung gemeint und warum war es ihr nicht gleich aufgefallen? Jetzt, nach dem Tod der Freundin, erstaunte sie ihre eigene Haltung, wie verständnislos sie reagiert, wie wenig Mitgefühl sie aufgebracht hatte. Hätte sie doch hingehört, die dumpf mitschwingenden Ankündigungen des Unglücks herausgehört. Eine unwiderruflich versäumte Gelegenheit. Hätte sie überhaupt helfen können? Den Freitod verhindern? Wohl kaum. Heute hatte alle Grübelei keinen Sinn mehr. Schuldzuweisung und Selbstzerfleischung. Wie schrecklich egoistisch sie immer war. Eifersucht. Lotte war das Opfer seiner Eifersucht geworden. Düstere Momente. Und wie ging es ihr selbst? War sie auf Olga eifersüchtig? Eigentlich nicht. Sie hatte es nicht nötig. Sie war nur wütend. Die alternde Olga. Sie, Else, musste nicht auf jugendlich machen. Bei Angelos hatte sie niemals Anzeichen von Eifersucht entdeckt. Prosaisch war ihr Verhältnis. Vermisste sie die großen Liebesleidenschaften?

Die Suche nach dem vollkommenen Glück. Hier nun das Alleinsein, das leicht den Geschmack von Einsamkeit annehmen konnte. Sie sah sich nach bekannten Gesichtern um. Nirgendwo eine freie Liege. Weiter rechts war eine Familie dazugekommen. Sie waren abwechselnd ins Wasser gegangen. Der Mann las jetzt in einer Tageszeitung. Die Frau hatte ein Taschenbuch in der Hand, las aber nicht darin. Ein etwa zehnjähriger Junge, der die mittlere Liege einnahm, hatte ein Laptop auf dem Schoß. Die Französin ging an Else vorbei, nickte ihr grüßend zu, in ihrem Lächeln ein Ausdruck von Sympathie. Else erwiderte das Lächeln und hätte gern ein Gespräch begonnen, aber die Französin strebte dem Meer zu mit einer Taucherbrille und einem Schnorchel in der Hand. Von dem Mann war nichts zu sehen. Sie geht also auch allein ans Meer. Alle anderen kommen paarweise. Die Symbiose bei älteren Ehepaaren. Angelos und Else liefen nicht diese Gefahr – oder doch? Symbiotische Wünsche, die dem Partner keinen Freiraum lassen. War sie davon ganz frei? Viele kleine Streitereien ließen sich vermeiden. Was klage ich ein, fragte sich Else. Die Ehe ist kein Garant für die Dauerhaftigkeit einer glücklichen Beziehung. Das ist nicht neu. Aber eine Ehe zu dritt? Sicher auch nichts Neues, aber die werde ich nicht führen. Nicht mit mir. Je mehr sie darüber nachdachte, desto mehr verwirrten sich ihre Gedankengänge. Sie fröstelte. Dazwischen Wut, die aufblitzte. Hatte sie nicht damals schon etwas geahnt? Die »Ion«-Aufführung in Epidaurus. Und ihre Erinnerung an die Medea-Aufführung. In ihr vermischten sich beide. Es war absurd. Doch diese unmögliche Verbindung beflügelte ihre Fantasien, die mit der Gestalt Medeas spielen. Denn der Gedanke, in die Rolle einer Medea zu schlüpfen, wäre aus ihrer Sicht durchaus verlockend. Genügend Wut aufbringen und Angelos, nicht Angelos, sondern Olga zugrunde richten. Der Nebenbuhlerin ginge es an den Kragen. Ihr fiel das Kleid ein, das Olga auf der Abendgesellschaft getragen hatte. Das flaschengrüne Kleid eng, dreiviertellang, bis zum Oberschenkel seitlich geschlitzt, vorne tief ausgeschnitten und der Rücken frei, nur die gekreuzten Träger. Sie ersticken. Spekulationen. Dass Medea ihre Kinder getötet hat, kann sie nicht glauben. Bitteschön, wo ist der Weg zum Vernunftdenken?

Der Junge, der Johanna fast umgeworfen hatte, lag nun regungslos auf dem Rücken im Sand. Wollte Johanna nicht mit ihm spielen? Vorlieben. Kränkungen. Als sie die Serviererin sah, bestellte Else bei ihr einen großen Eiskaffee.

Mit ihrem Aufbruch in die vermeintliche Freiheit hatte sie sich in die Unfreiheit begeben. Sie war nun die Wartende, unfreier denn je zuvor.

Ich sitze und warte. Ich warte, dass Angelos kommt und mich aus der Situation des Wartens befreit. Und jedes seiner Worte müsste meine Befürchtungen zerstreuen. Etwas muss passieren, doch es passiert nichts.

Wenn du nicht aufpasst, wirst du in die Mutterrolle gedrängt, hatte ein Freund gesagt, als er von ihren Heiratsplänen hörte. Der Einfachheit halber hatte Else ihm Eifersucht bescheinigt. Nein, die Mutterrolle bedauerte sie nicht. Sie setzte sich auf und sah nach Johanna. Sie spielte noch immer mit den kleinen Steinen, füllte sie in den Plastikeimer, schüttete den Eimer aus, begoss die Steine mit Wasser.

Das Lichtnetz funkelte über dem Meer. Es war bald Mittag.

Wie ich konzeptlos in den Tag hineinlebe. Es kann nicht der Sinn meines Lebens sein, mich total an das Schicksal eines Mannes zu binden. Wie wäre es mit einer eigenen ernsten Aufgabe, sprich Arbeit, die dann eine vernünftige, rationale Arbeits- und Freizeiteinteilung notwendig werden ließe?

Wie dumm, ihren jetzigen Zustand mit dem Wörtchen frei zu beschreiben. Welche Fesseln galt es denn zu lösen, die nicht zu sprengen wären? Die wirkliche Katastrophe in ihrem jetzigen Leben war die Ziellosigkeit, zu der sie es hatte kommen lassen. Von Augenblick zu Augenblick fiel sie von einem Gefühl ins andere. Wenn die romantische Aura in einer Ehe verflogen ist, ist es sicher Zeit für eine Inventur. War es normal, was ihr gerade passierte? Eines Tages würde sie auf diese Athenreise zurückblicken können und sie, trotz der im Augenblick schwerwiegend erscheinenden Zwischenfälle, bloß als eine Episode in ihrem Leben bezeichnen. Eine bedeutungslose Episode oder eine Zäsur?

Sie überlegte, ob sie David anrufen sollte. Sie versuchte sich an seine Telefonnummer zu erinnern. Vorsichtshalber hatte sie die nicht gespeichert. Was hätte sie zu ihm sagen sollen? Die ersten drei Nummern wie ihre eigenen. Eine Gedächtnisprüfung. Sie stand auf und suchte in der Badetasche nach dem Notizbüchlein. Unter einem bestimmten Datum hatte sie die drei letzten Nummern aufgeschrieben. Dass sie sich an die richtige Telefonnummer erinnert hatte, erfüllte sie mit Genugtuung. Mit der Arbeit über die deutschen Frauen auf Zypern war sie natürlich nicht weitergekommen. Und hatte sie überhaupt etwas zu sagen? Die Furcht vor Gemeinplätzen. Wiederkäuer am Werk. Was konnte sie also David sagen? Nichts war eigentlich passiert. Nichts hatte sich verändert. Zeit war verflogen. Zeit, ungenutzte Zeit. Sie hatte keine vernünftige Zeile zu Papier gebracht. Nein, es war gewiss nicht der richtige Moment, David anzurufen. Zu viele Gefühle, um den klaren Überblick zu behalten. Hatte sie unter dieses Kapitel nicht bewusst einen Strich gezogen? Aus der Überzeugung heraus, dass eine starke emotionelle Beziehung für das alltägliche Leben zu anstrengend würde? Dass sie dafür nicht gemacht war. Die Alltäglichkeit würde alles Besondere schleifen. Eine Affäre kam jetzt nicht in Frage. Es reichte, dass Angelos sich amüsierte. Nicht wahr, sie machte ihm diese Zugeständnisse.

Else spürte ihren Magen. Es war ja vielleicht gar nicht der Magen. Ein stechender Schmerz rechts im Oberbauch. Das Auflegen der Hand konnte den Schmerz nicht zurückdrängen. Mit der Zeit hatte sie herausgefunden, dass größere Aufregungen oder Konfliktsituationen der Auslöser für den eigentümlichen Schmerz waren. Kopfschmerzen bekämpfte sie mit Aspirin, aber diesem hinterhältigen Schmerz versuchte sie seltsamerweise niemals zu entgehen. Hypothesen, mit denen sie Angelos' und ihr Leben überfrachtete. In Lottes Tagebuch war sie auf den Satz gestoßen: »Ist die Liebe in Wahrheit nur eine Illusion?« Genüsslich drehte sie an diesem Pfeil im Fleisch. Wir treiben gefährliche Spiele der Selbsttäuschung, um unser Liebesverlangen zu stillen. Unvernünftige Ansprüche, denn die Liebe ist kein Zustand, auf dem wir uns ausruhen können. Die Liebe kann nicht mit dem Betrug rechnen, sie ist deshalb immer ein Wagnis.

Und wenn sie David trotzdem anriefe? Natürlich nur, um ihm von einer Vorarbeit zu ihrem Thema »Die deutschen Frauen auf Zypern« zu berichten. Sie könnte so tun, als hätte sie einiges Material zusammengetragen. Seine Stimme allein würde ihr Mut machen. Eine Erfolgsstory würde das sicher auch nicht. Deutsche Frauen im Ausland waren für die deutsche Leserin nicht interessant. Die dachte sich vermutlich nur: Weggelaufen sind die, nun da sollen sie mal sehen, wie sie fertig werden. Sie hätte das Doktorat nicht aufgeben dürfen, sollte vielleicht die Arbeit wieder aufnehmen. Jetzt, wo Johanna in die Schule kam und sie nicht mehr brauchte. Aber zuerst das Projekt mit den deutschen Frauen auf Zypern. Die Arbeit ernst angehen. Was für ein Projekt. Bei näherer Betrachtung waren das nur vage Versprechungen gewesen. Überhaupt nahm sie gar keine Arbeit richtig ernst genug. Auch würde es gut tun, Geld zu verdienen. Ob sie überhaupt noch systematisch arbeiten konnte? Was, wenn sie sich überschätzte, zu dem Vorhaben gar nicht fähig war? Mit einer gelungenen Arbeit könnte sie ganz anders auftreten, Olga könnte nicht mehr auf sie herabsehen. Vieles muss anders werden, meine Liebe. Sie leide unter fehlender Selbstakzeptanz, hatte Angelos gesagt. War das nun hilfreich, wenn man das gesagt bekam, immer wieder? Früher war sie ganz anders aufgetreten. Hätte sie Angelos von dem Vorhaben erzählen sollen? Besser nicht. Eigentlich fürchtete sie, vor ihm mit ihren Plänen nicht bestehen zu können. Und plötzlich kam sie sich wie eine übergewichtige Matrone vor, die ihren Freunden immer wieder versicherte, einmal werde sie es ihnen schon zeigen, dann werde sie gertenschlank sein. Es fehlt dir der Elan. Doch nichts zu tun, heißt, nichts zu sein.

Bojen, die mit ihren Fähnchen in den Himmel stachen. Else sah auf ihre Uhr. Es war Zeit für das Mittagessen. Für Johanna ein Nudelgericht. Gestern hatte Else Auberginen gegessen. Ob sie auch heute Auberginen bestellen sollte? Lieber Fisch. David würde sie nicht anrufen. Eine plötzliche Intuition. Ein plötzlicher Wunsch, der auf Erfüllung drängte. Aber jetzt hatte sie ihr Selbstvertrauen verlassen. Episoden, Episoden.

Steigere dich nicht in etwas hinein. Über Liebschaften vor unserer Ehe sollten wir besser keine Erklärungen abgeben. Das wäre zu anstrengend. Wo kämen wir da hin. Angelos und Olga. Was zwischen ihnen gewesen ist, ist unwichtig. Und was spielt sich jetzt zwischen ihnen ab?

Sie fühlte sich allein und schläfrig. Nach dem Essen musste sie unbedingt schlafen. Davonzulaufen war die falsche Entscheidung gewesen. Übereilt. Es konnte nicht sein, dass eine erwachsene Frau davonlief. Sie hätte Angelos eine Szene machen müssen. Das wäre eine richtige Entscheidung gewesen. Zur Rede stellen. Die Banalität des Seitensprungs.

Sicher konnte man die Dinge einfacher betrachten. Eine Vereinfachung. Und Haltung bewahren. Sich nicht mehr darum kümmern. Angelos den freien Raum zugestehen. Sie saß schon wieder zu lange in der Sonne. Und vor allem Johanna war zu lange der Sonne ausgesetzt. Die Schäden vom Sonnenbaden summierten sich. Träge war sie, zu träge, um aufzustehen. Jäh das Gefühl, beobachtet zu werden. Sie schaute sich um. Was, wenn Olga ihr gefolgt wäre? Aber das war unmöglich. Sie war unerreichbar, unauffindbar. Sie hatte das so gewollt. Sie drehte sich um, richtete sich halb auf. Nein, niemand beachtete sie. Hirngespinste. Das konnte nicht so weitergehen mit ihr.

Mit dem linken Arm beschirmte Else ihr Gesicht gegen das grelle Sonnenlicht. Sah darunter hervor. Fliederblaues Meer. Davor Johanna, die ihre Sandtürmchen mit Steinen verzierte. Else ging zu ihr, kniete neben ihr. Sie hätte sie gern in ihre Arme geschlossen und an sich gedrückt. Sie gab dem Impuls nicht nach. Sie kehrte um, legte sich wieder auf die Liege, schloss die Augen. In einer halben Stunde würde sie zum Essen gehen.

Plötzlich ist Angelos am Strand. Er trägt die Schuhe in der Hand, geht im feuchten Sand, seine Hosenbeine kleben ihm nass an den Beinen. Er sieht sich um. Er sucht sie. Johanna läuft und jubelt, als sie ihn sieht, springt an ihm hoch. Er nimmt sie auf den Arm, küsst sie, lässt sie wieder nach unten. Johanna versucht sich bei Angelos einzuhaken. Sie reicht nicht in seine Höhe, sie hänkelt an ihm. Wie gern hätte es Else Johanna nachgemacht, aber Scham überkommt sie. Sie bleibt ganz steif auf dem Handtuch liegen, kann sich erst aufsetzen, als Angelos neben ihr steht. Sie sieht nicht auf, sie glaubt, den Ausdruck in seinem Gesicht zu kennen. Wenn er milde lächeln würde, müsste sie ausfallend werden.

»Wir haben dich so sehr vermisst, wo warst du so lange?«, fragt Johanna.

Eigentlich hätte Else dem nichts hinzufügen müssen. Sie bleibt stumm, bringt keinen Gruß heraus und wartet.

»Ist es ausgestanden?«, fragt Angelos.

»Zu was für einer Einsicht sollte ich gekommen sein?«, fragt sie nachdenklich.

Es bleibt ein Wunschtraum, dass uns die rechten Worte stets im rechten Augenblick aus heiterem Himmel in den Schoß fallen.

Das Läuten des Telefons weckte Else. Hatte sie nicht ihr Mobiltelefon abgestellt? Im ersten Augenblick wusste sie nicht, wo sie war. Sie sah sich um, erkannte das Hotelbett. Das Telefon läutete weiter. Hörte nicht auf. Mit einiger Konzentration konnte sie ausmachen, dass der Lärm aus der Strandtasche kam. Sie stand auf, kramte das Mobiltelefon unter dem feuchten Handtuch hervor. Sehr schnell wurde ihr klar, dass Angelos nicht bei ihr war. Er war gar nicht gekommen. Sie hatte alles geträumt. Else war jetzt hellwach. Das Telefon läutete noch immer. Ihre Mutter. Ihre Stimme schrill, überschlug sich fast.»Mein Gott, weshalb hast du dein Telefon immer ausgeschaltet. Wo bist du denn? Niemand weiß, wo du bist, was du machst, alle suchen dich.« Die Mutter redete immer weiter.

Else war überwach, fühlte ihren erregten Herzschlag. Etwas ist mit Angelos geschehen. Sie verstand nicht, was ihre Mutter sagte. Und ihre Mutter wiederholte sich, bis Else sie unterbrach, dazwischenredete und fragte, ob etwas passiert sei. Hat er einen Unfall gehabt? Geht es ihm gut? Da erst war ihre Mutter in der Lage, ihre eigene Erregung zu dämpfen und verständliche Antworten zu geben. Und so erfuhr Else, man habe Angelos zur Beobachtung im Krankenhaus behalten.

»Was ist passiert?«, schrie Else wieder und fügte beherrscht, fast tonlos hinzu: »Bitte versuch einmal, mir alles zu erzählen, was du weißt.«

Und dann hörte sie eine ganz ungewöhnliche Geschichte. Ungewöhnlich, weil Angelos darin verwickelt war. Es kam ihr vor wie eine Zeitungsnotiz. Irgendetwas sträubte sich in ihr, daran zu glauben. Auf seinem Heimweg aus einer Taverne sei es passiert. Und weiter erfuhr sie von ihrer Mutter, es sei spät gewesen und kurz bevor er sein Auto erreicht habe, sei Angelos von zwei Männern überfallen worden. Ganz genau kannte die Mutter die Umstände nicht. Man habe schließlich sie benachrichtigt, weil ja Else unauffindbar gewesen sei, sagte die Mutter und der Vorwurf in ihrer Stimme war nicht zu überhören. Sie wisse, dass einer der Männer ein Messer gezogen habe, mehr nicht.

»Angelos hat den Mann wohl zur Seite geschleudert«, sagte ihre Mutter, »und ist so dem Messer entkommen, aber bei der ganzen Aktion sehr schlecht gefallen. Sein linker Arm ist gebrochen.«

Vor Beherrschung konnte Else kaum sprechen. »Gott sei Dank, das ist ja nicht so schlimm«, brachte sie heraus.

»Etwas mehr Sorge sei schon angebracht«, antwortete ihre Mutter prompt.

»Und die Polizei, ich meine, was sagt die Polizei, haben sie die Täter erwischt?«

Die Frage kam ihrer Mutter gerade recht. In Ländern wie Griechenland passierten derartige Überfälle häufig, antwortete sie sinngemäß. Natürlich, sie ließ keine Gelegenheit aus, um Dinge richtigzustellen. Die

Vorurteile. Das war jetzt egal. Else fühlte sich besser, fast erleichtert. Sie konnte wieder atmen. Bei den ersten Worte ihrer Mutter war eine dunkle Ahnung über sie hereingebrochen, für Augenblicke hatte sie geglaubt, sie würde Angelos nicht lebend wiedersehen. Diese schreckliche Vorstellung, minutenlang. Aber dann, er lebt. Der Wirbel in ihrem Kopf. Sie würde bei ihm sein. Sie fühlte sich beinahe glücklich. Schnell musste sie zu ihm.

In weniger als einer Stunde hatte Else die Zelte in Sounion abgebrochen. Das wenige Gepäck im Auto verstaut. Johanna hockte verängstigt auf dem Rücksitz. Else schimpfte lautlos vor sich hin. Sie hatte den vollen Preis für die Nacht bezahlen müssen, obwohl es jetzt früher Nachmittag war. Die Frau an der Rezeption hatte ihnen mit bösen Blick hinterhergesehen. Aber Else hatte das gar nicht wahrgenommen. Um sie herum war die Welt ausgelöscht. Sie wurde nur von dem Gedanken angetrieben, so schnell wie möglich Angelos zu erreichen. Erst als sie im Auto saß, die Verkrampfung im Körper nachließ, merkte sie, wie ihr zum Weinen zumute war. Heute war Sonntag. Heute früh hatte sie noch gedacht, es würde ein endlos langer Sonntag werden, der zu nichts anderem gut war als zum Warten. Es wird alles gut, es wird alles gut werden, murmelte sie hörbar für Johanna. Gleichzeitig musste sie sich selbst gut zureden. Warum hat es keine Vorahnung gegeben? Die Rückfahrt nach Athen war lang genug für viele zermürbende Gedankengänge über Schuldzuweisung.

Trotzdem, bei aller Sorge um Angelos Gesundheitszustand konnte sie nicht umhin, daran zu denken, dass sich ihr ein Ausweg aus einer unhaltbaren Situation geboten hatte. Die Unruhe brachte sie auf einen neuen Einfall. Das Konzept, das sie sich von wahr und falsch gemacht hatte, erschien bedeutungslos. Eine Wahrheit, die dahinschwindet, die uns unverhofft entweicht, in einem uns unbekanntem Spiel, das rundherum die Netze knüpft und uns an den äußersten Rand treibt. Schicksal. Ihre Mutter würde sagen, alles ist vom Schicksal bestimmt. Doch an Vorbestimmung wollte Else nicht glauben. Mit dem Glauben an die Macht des Schicksals machte man es sich dann doch zu leicht. Leichten Herzens gab man die Zügel ab. Alles höhere Gewalt. Nein, sie trug eine Verantwortung für ihr Verhalten. Ausweichmanöver. Die Oberhand in diesem Gedankenkarussell behielt die Sorge um Angelos. Bald würde sie bei Angelos sein. Und was würde dann sein? Angst beschlich sie, eine heimliche Angst vor der unbekannten Situation. Wie würde er sie ansehen? Würde er Fragen stellen? Hatten sie sich nicht beide in den wenigen Tagen verändert? Es brauchte keine Versteckspiele.

Einen Augenblick lang stellte sie sich vor, wie ihr Olga im Krankenhaus entgegentritt. Sie ist ganz in Rot gekleidet. Else atmete tief durch. Nur jetzt nicht schlapp machen. Es kam ihr unmöglich vor, länger zu warten. Hier auf dem Korridor. Warum ließ man sie nicht sofort zu ihm? Dann betrat sie das Krankenzimmer. Sie kniete neben seinem Bett. Von Scham überwältigt. Angelos schlief. Sein linker Arm steckte in einem Gipsverband. Sie beugte sich vor, küsste ihn auf die Schläfe und legte ihr Gesicht einen Augenblick lang in sein Kissen. Abbitte? An seinem Unfall war sie nicht schuld. Selbstvorwürfe waren unbegründet. Johanna drängte sich an sie. Die Krankenhausatmosphäre schüchterte sie gänzlich ein. Sie begann zu weinen. Eine Schwester kam herein und begrüßte Else. Ob sie erst jetzt von dem Unfall gehört habe? Else nickte und setzte sich auf einen Stuhl neben das Bett. Die Schwester erklärte, sie müsse sich nicht sorgen.

Die Vernichtung im Traum.

Else erwachte aus dem Traum, in dem sie vernichtet werden sollte, so jedenfalls war ihre erste Empfindung. Das weiße Porzellan einer Toilettenschüssel war mit Kot verschmiert. In der Mitte der Abfluss, dunkel glänzendes Wasser. Ekel schüttelte sie. Etwas trieb sie, sich hineinzustürzen. Zum Sturz bereit, beugte sie sich und betätigte gleichzeitig die Wasserspülung, um sich kopfüber hinunterzuspülen. Auszulöschen.

Else lag wach. Sie war scheißnass. Ein schrecklicher Traum. Sie spürte ihren Herzschlag in den Ohren. Der Körper verkrampft. Sie versuchte die Muskeln zu entspannen. Das Gesicht, den Rücken, die Beine. Sie löste die Fäuste. Sie bemühte sich, ruhig auf dem Rücken zu liegen. Durch die Nase einatmen und durch den Mund ausatmen. Weshalb die Kränkung? Angelos ließ sie ungestört. Er war vor ihr schlafen gegangen. Deshalb die Selbstvernichtung? Schuld und Scham. Angelos war dem Tod vielleicht nur knapp entgangen. Er hatte den Angreifer niedergeschleudert. Das Messer hatte ihn nicht getroffen. Der Täter war entkommen. Angelos litt noch immer unter Schmerzen. Und der gebrochene Arm. Er nahm alles gelassen, beklagte sich nicht. Sie hätte gern etwas für ihn getan. Aber konnte sie überhaupt irgendwie helfen? Bei dem Gedanken, alles falsch gemacht zu haben, wurde ihr ganz heiß. Aber was hätte sie tun sollen? Nicht die Flucht ergreifen? Olga zur Rede stellen? Sie überlegte, wie sie einen möglichen Dialog beginnen könnte.

»Wir sollten einmal miteinander reden, Olga, denn so kann es zwischen uns nicht weitergehen.«

Olga: »Was meinst du mit so?«

»Es gibt da Fragen, die gestellt werden müssen und das früh genug, bevor es zu Missverständnissen kommt. Meistens verschweigen wir die wirklichen Fragen, die gestellt werden müssen.«

Hätte sie das fragen sollen? Missverständnisse, was für Missverständnisse, gab es die überhaupt zwischen ihr und Olga? Olga war deutlich genug gewesen. Sie hätte niemals die Kraft gehabt, mit Olga ein Streitgespräch in einer fremden Sprache führen. Der Zorn, die Wut in ihr. Die Frau sollte nicht mehr existieren. Ein Unfall. Eigentlich wünschte sie Olgas Tod. Olga hätte in der Kloschüssel landen sollen. Und der Psychiater, was hätte er gesagt? Konzentrieren Sie sich auf Ihre negativen Gefühle. Sagen Sie alles, was Ihnen in den Sinn kommt. Versuchen Sie keine vorschnellen Schlüsse zu ziehen, und wählen Sie nicht nur Dinge aus, die einen Sinn ergeben. Versuchen Sie nicht irgendetwas zu verstehen. Denken Sie einfach laut.

Warum konnte sie nicht einschlafen, loslassen. Ausruhen. Die Hitze. Sie traf keine Schuld. Wehren musste sie sich. Nicht im Unheil und Selbstvorwürfen versinken. Als junges Mädchen hatte sie verschiedentlich versucht, sich mit einem Messer Verletzungen zuzufügen. Darüber war sie hinaus. Der Traum war ein Rückschlag. Eigentlich hätte sie Olga gleich hinauswerfen sollen. Diesen Satz, hatte ihn Olga wirklich gesagt oder hatte sie das geträumt? Olgas Stimme in ihren Ohren: »Da ist noch ein Kleid, das ihm so sehr gefallen hat, ich werde es dir schenken, du müsstest hineinpassen.« Diese melodische Stimme. Sie musste sich die Szene mit dem Kleid ausgedacht haben. Sie musste dem Gedankenstrom Einhalt gebieten.

Sie wickelte sich in das Bettuch ein. Ein leichter Windzug vom offenen Fenster streifte sie. Kein Platz für Lust und schlaflos. Das Müdigkeitsgefühl dann erst am Mittag. Keine Lösung in Sicht. Sie stand sich selbst im Licht, ganz versunken in den Tiefen des Selbstmitleids. Woher sollte die Rettung kommen? Es galt, sich am eigenen Schopf herauszuziehen.

An diesem Morgen war ein großer Teil des Sandstrandes überflutet. Heftiger Wind. Möwen segelten in den hohen Wolken. Die Wellen mit weißen Schaumkronen. Das Gemälde von Walter Crane, »Die Rosse des Neptun«, kam ihr in den Sinn. Sie hatte es in der Neuen Pinakothek in München gesehen. Das Meer genauso märchenhaft in diesem Augenblick. Die Pferde preschen, großen schäumenden Wellen gleich, dem Betrachter entgegen. Bloß ein anderes Meer war dort gemeint, andere Götter. Sie hatte eine schlaflose Nacht hinter sich. Sie fürchtete sich bei stürmischem Wetter und malte sich alle möglichen Katastrophen aus. Natürlich begünstigte die Dunkelheit ihre ängstlichen Gedanken. Es war sehr früh. Sie hatte das Haus auf Zehenspitzen verlassen, um Angelos und Johanna nicht zu wecken. Schnell befestigte sie die Matte mit Steinen gegen den Wind, verstaute die Kleider im Beutel. Der Sand unberührt, von dem Meer geglättet. Sie hinterließ Fußspuren. Sie drehte sich um. Die einzigen Fußspuren im Sand waren ihre eigenen. Einsam war sie an einem leeren Strand. Sie hatte es plötzlich eilig, in die Wellen zu kommen. Erst noch das angenehme Gefühl von feuchtem Sand unter den Fußsohlen und gleich darauf warf sie sich in die Wellen, wie in einen Kampf. Je höher die Welle, desto größer der Reiz, sie zu überwinden. Schwimmen, weit hinausschwimmen. Die Fische sind meine Vorfahren. Allein in den Elementen.

Schwimmen im Meer, zurück in die Gebärmutter. Sie atmete tief ein und tauchte unter. Hinabtauchen in die Stille und den Hirngespinsten Adieu sagen.

Der Begegnung mit Tante Kiki sah Else mit Unbehagen entgegen. Sie sah sie auf dem Balkon sitzen. Vielleicht schlief sie. Sie hielt die Hände im Schoß gefaltet, so als hinderten die verschlungenen Hände sie daran, dass sie sich verloren gehen könnte. Einfach wieder umkehren. Tante Kiki nicht ansprechen. Ihre Schritte in den Sandalen zu laut. Tante Kiki sah auf. »Wie schön, dass ihr mich besucht!« Die Begrüßung fiel herzlich aus.

Tante Kiki stellte keine Fragen. Sie unterließ ein ironisches »Schon zurück?«, sagte lediglich zu Johanna: »Du musst mir von deinem Ausflug und den Abenteuern erzählen.« Else hoffte, Tante Kiki würde ihr die Verlegenheit nicht anmerken. Wie sollte sie der Tante erklären, was geschehen war. Von dem Gedanken, einen großen Fehler begangen zu haben, konnte sie sich bei allen Überlegungen nicht leicht lösen. Sie würde nicht nach Rechtfertigungen suchen. Ein freundliches Beisammensein. Reden und Lachen. Was Tante Kiki über sie dachte, musste ihr jetzt egal sein. Else wollte nicht davon sprechen, was passiert war. Sie hörte sich die Besorgnis von Tante Kiki an. Hörte in allen Einzelheiten, wie sie von dem Überfall auf Angelos erfahren hatte. Ihre Entrüstung über die Verrohung der Jugendlichen. Vermutlich Ausländer die Angreifer. Ungenügender Polizeischutz. Da traue man sich abends nicht mehr auf die Straße. Else lenkte ab. Sie gab sich unbekümmert und plauderte bald über den Aufenthalt in Sounion, so als wäre es ein lange vorher geplanter Ausflug gewesen. Sie wollte nicht unaufrichtig sein und war es doch. Die Hitze in der Wohnung. Warum saßen sie nicht draußen? Sie musste sich immer wieder den Schweiß aus dem Gesicht wischen. Auf dem Tischchen, gleich neben ihrer Kaffeetasse, stand eine Vase, eher handelte es sich um einen Glaswürfel. Eine fleischfarbene Rosenblüte stand darin. Je länger Else auf die Blüte sah, desto schwerer konnte sie sich der unangenehmen Empfindung erwehren. Es handelte sich um etwas Lebendes, das hier eingeklemmt und ausgestellt war. Sie wollte eine Bemerkung über die Rosenblüte machen, verwarf dann die Idee. Ihre anfängliche Hoffnung, Tante Kiki würde ebenfalls fröhlich plaudernd reagieren, erfüllte sich nicht ganz. Tante Kiki war zurückhaltender, als es ihre Art war, redete wenig und sah sie erstaunt an, als Else fragte, was sie denn alles gemacht habe in der letzten Zeit. Mit müder Stimme antwortete sie: »Tomatensauce gekocht, Schwimmen gewesen, dann geduscht, danach den Markt aufgesucht, keine Post, nicht einmal ein Bankauszug. Da gibt es nichts Aufregendes in meinem Leben, aber ich beklage mich nicht.«

Else errötete. Es war eine dumme Frage gewesen. Sie überlegte, ob sie Tante Kiki zu einer Tasse Kaffee in ein Café am Meer einladen sollte, aber vielleicht freute es Tante Kiki gar nicht. Sie hätte sich gleich von Anfang an mehr um sie kümmern müssen. Aber jetzt, so kurz vor ihrer Abreise ... Sie könnten ein letztes Mal zusammen in die Fischtaverne gehen. Die Katze mit dem honigfarbenen Fell streifte plötzlich um ein Sesselbein. Else erschrak und Tante Kiki schimpfte, verjagte die Katze nach draußen. Else war aufgesprungen und verfolgte den Abzug der Katze. Sie könnte die Türen doch bei dieser Hitze nicht geschlossen halten, sagte Tante Kiki, als sie wieder hereinkam. Else stand und wusste nicht recht, ob sie sich wieder setzen sollte. Aber Tante Kiki machte keine Anstalten, nach draußen zu gehen, und so nahmen beide wieder ihre Plätze ein. Das mit Möbeln angefüllte Zimmer lag im Halbdunkel, wegen der Sonne und jetzt auch wegen der Katze waren die Rollläden heruntergelassen. Neben jedem Sessel stand ein Tischen. An den Wänden reihten sich die Schränkchen aneinander, anscheinend, um jede Lücke zu schließen, denn nur die Mitte des Raumes blieb ausgespart, wie um sich von Sitzgelegenheit zu Sitzgelegenheit bewegen zu können. Mehrere Reihen Bilder, teilweise übereinander, schmückten die Wände dort, wo kein Schrank stand. Gut und gern hätten die vielen Möbel in diesem Raum für die Ausstattung von zwei oder sogar drei weiteren Räumen ausgereicht. Jetzt im Sommer gab es keine Teppiche auf dem Fußboden, nur hellen Marmorboden. Melancholische Stimmung. Else stellte die Kaffeetasse auf das Tablett zurück. Diesmal machte Tante Kiki keinen Versuch, in ihrem Kaffeesatz zu lesen. Else erhob sich, sie müsse gehen. Tante Kiki wollte ihr noch schnell ein wunderwirkendes Marienbild zeigen und führte sie in das Schlafzimmer.

Verschiedene Ikonen standen auf einem Schränkchen, das Öllämpchen brannte, es duftete nach Weihrauch. Einige Ikonen seien seit mehreren Generationen in der Familie. Else beugte sich interessiert vor. Zwei sehr alte Ikonen.

»In eurer Kirche gibt es keine Ikonen«, sagte Tante Kiki.

Else schüttelte den Kopf. »Nein, leider.« Sie wusste nicht mehr, was sie sagen sollte, mochte sich nicht weiter umsehen. Konnte nicht vermeiden, dass sie das Doppelbett sah. Daneben auf dem Boden ein Stapel Bücher. Aber dann machte Tante Kiki sie auf eine kleine Muschelsammlung aufmerksam. Besonders schöne Muscheln hebe ich immer noch auf, sagte sie und zeigte auf den kleinen Silberkorb, der auf der Marmorplatte einer Kommode stand. Else warf noch einen verstohlenen Blick auf das Foto in dem Silberrahmen. Ein großer, schlanker Mann, der in einem Korbsessel saß und ein kleines Kind auf seinem Schoß hielt. Mit ernstem Gesicht sah er in die Kamera, dabei sichtlich bemüht, das Kind zu halten. Das sei schon lange her, meinte Tante Kiki, der Elses Interesse nicht entgangen war. »Wir hatten einen schönen Garten. Und das ist Giorgos, er konnte nie still sitzen.«

Den gut aussehenden Mann auf dem Foto kommentierte sie nicht. Es war klar, dass es sich um ihren verstorbenen Ehemann handelte, einen Mann Mitte fünfzig. Tante Kiki war heute um Jahrzehnte älter, man sah es ihr an, trotz Schminke und eleganter Kleidung. Ob sie ihn nach so vielen Jahren noch vermisste? Da waren die Fotos. Und was blieb sonst? Es blieben Erinnerungen, die immer neu geordnet, neu verlegt sich weiter entfernten. Tante Kiki sagte, es wäre schön gewesen damals, als die Kinder noch klein waren. Auf dem Schlafzimmerbalkon Blumenkästen. Else half der Tante mit den Markisen. Eine Zikade, die sich Zuflucht suchend vor dem ausgehenden Sommer auf die Markise verirrt hatte, flog lärmend davon. Plötzlich standen beide Frauen in dem Licht der untergehenden Sonne. Ein Bedauern regte sich in Else, als sie auf die liebe alte Frau sah und daran dachte, dass sie schon übermorgen abreisen würden. Und als hätte Tante Kiki ihre Gedanken erraten, sagte sie mit einem kleinen Seufzer: »Wir sehen uns ja noch vor eurer Abfahrt.«

Else hätte gern gesagt, dass es schön bei ihr sei, dass es ihr gefallen habe. Aber meistens werden diese Dinge nur so dahergeredet, aus Höflichkeit eben. Deshalb sagte Else lieber nichts, weil es womöglich wie Schöntuerei geklungen hätte. Offenbar hatte Tante Kiki keine ähnlichen Bedenken, denn sie sagte: »Es war schön, euch hier zu haben.«

Else überraschte die Zärtlichkeit in ihrem Blick. Es passte nicht in ihre Wohlerzogenheit und sie lächelte unsicher. Sie sagte sich, dass Tante Kiki vermutlich Gefühle, die sie für ihre Schwiegertochter empfand, auf sie übertragen habe und dass sie außerdem, seitdem die Familie ihres Sohnes in alle Winde verstreut war, wenig unter Menschen kam. Nein, Else musste sich korrigieren, ihre eigene Mutter war diejenige, die nach dem Tod ihres Vaters menschenscheu geworden war. Tante Kiki dagegen hatte einen großen Bekannten- und Freundeskreis und reiste in der Welt umher. Seltsam, wie sie für Augenblicke ihre Mutter mit Angelos' Tante Kiki verwechselt hatte.

Else konnte ihre Mutter häufig nicht verstehen, fand sie wenig verständnisvoll. Die vielen Reibereien.

»Wie ist denn das Wetter bei euch?«, hatte ihre Mutter heute früh am Telefon gefragt. Prompt hatte Else geantwortet, dass sie sehr schöne sonnige Tage hätten, und gleichzeitig hatte sie von dem pausenlosen Regenwetter in Deutschland gewusst, auch ohne dass ihre Mutter das aussprach. Natürlich würde ihre Mutter gleich ausführlich davon erzählen. Aber sollte sie sich nun für das Regenwetter verantwortlich fühlen? Hatte sie ein schlechtes Gewissen, weil sie ihre Mutter nicht öfter besuchte, ins Ausland gezogen war? Fühlst du dich dort wohl, hatte ihre Mutter viel zu häufig gefragt. Ja, hatte Else geantwortet.

Manchmal drang der rote Wüstensand aus der Sahara überall ein. Zypern, der Wüste nah.

Else öffnete das Fenster, ließ das Rauschen des Regens herein, das sich mit Beethovens Klavierkonzert aus dem Radio mischte.

Der Wind trug dicke Regentropfen in ihr Buch. Sie stand auf, lehnte sich aus dem Fenster, atmete die feuchte Luft ein. Die Erde duftete. Ein Regenguss im September dauerte oft kaum länger als fünf Minuten. Ein Zeichen, dass der Sommer zu Ende ging. Wo die Regentropfen hinfielen, spritzte der Staub zur Seite. Auf den Blättern perlten dicke Tropfen, funkelten aus dem pelzigen Staubbelag und belebten für einen kurzen Augenblick das müde Grün.

Angelos hatte die Nachrichten eingeschaltet. Sie legte sich auf das Sofa und sah in den Fernsehapparat. Die Bilder liefen vorbei. Sie machte sich nicht die Mühe zuzuhören. Waren es nicht schon wieder Waldbrände? Jeden Sommer Waldbrände. Vielleicht Brandstiftung. Angelos äußerte eine entsprechende Vermutung. Gezeigt wurde ein Mann in kurzen Hosen und Unterhemd, wie er mit einem Gartenschlauch gegen die Flammen vorging. Und hier bei ihnen regnete es. Der Regen draußen schien auch die Temperatur im Zimmer abzukühlen. Sie fröstelte, legte die Arme auf die bloßen Schultern.

Angelos wählte einen anderen Sender. Reklame für eine Automarke. Else stand wieder am Fenster und beobachtete, wie das Regenwasser Pfützen und kleine Bäche bildete. Der Wind trieb nun den Regen gegen die Verandatür. Wie ein großer Zorn schlug er auf das Glas und das Wasser floss in Strömen an den Fensterscheiben hinunter.

Ihre Reise war fast zu Ende. Wie würde ihr Leben nach der Rückkehr sein? Ihr Leben auf Zypern? Das verlorene Ladekabel für Angelos Mobiltelefon und die unauffindbare Kreditkarte, beides würde vielleicht Anlass für erste Unstimmigkeiten bieten. Nicht wirklich. Sie würden Arm in Arm gehen, Freunde treffen und die alten vertrauten Gespräche weiterführen. Wären die vergangenen Tage bloß ein Traum gewesen? Schmerzlich wurde ihr bewusst, dass sie Lotte nichts von den Ereignissen würde erzählen können, dass sie nur mehr Fantasiegespräche mit ihr führte. Lotte hatte die Grenze überschritten. Eines von beiden kann das Totsein sein, meint Sokrates, entweder ähnelt es dem Nichtsein, in dem der Tote nichts empfindet, oder es ist, wie das Volk sagt, eine Art Übersiedlung der Seele von hier nach einem anderen Ort. Wenn es sich um den ersten Zustand handelt, dann ist der Tod wie ein traumloser Schlaf. Aber es gibt eine zweite Möglichkeit. Dann ist der Tod eine Übersiedlung von hier nach einem anderen Ort, dem Hades. Und mit leichter Ironie hofft Sokrates dort auf die Fortsetzung der Dialoge zwischen den Verstorbenen. Wie glücklich wäre Sokrates, dort auf die wahren Richter zu treffen.

Lotte war die Mutige gewesen. Oder ihr Selbstmord eine Kurzschlusshandlung. Sie müsste einmal mit Angelos darüber sprechen. Eine gewisse Verantwortung für ihren eigenen Lebensplan konnte man auch Lotte nicht absprechen. Manche Frauen bleiben in einer freudlosen Ehe, als wären sie von einer höheren Macht dazu verurteilt. Selbstzerstörerisch. Nein, dieses Urteil wollte sie über Lotte nicht fällen.

Wie kühl es geworden war. Sie musste etwas dagegen tun. Ein Hemd anziehen. Nur eine melancholische Stimmung. War das eine Folge des Wetterumschwungs?

Sie beschloss, unverzüglich nach ihrer Ankunft in Zypern einen Maler zu rufen, um das Haus mindestens von innen ganz streichen zu lassen. Sie legte plötzlich Wert auf eine gewisse Normalität, auf ein ruhiges bürgerliches Leben und das gemeinsame Heim. Angelos, das wusste sie, würde nichts gegen ihre Pläne einwenden, ließ er sie doch im Hause schalten und walten, wie es ihr gefiel. Und überhaupt, seitdem sie zurück war, befand sich Angelos in einer gleichmäßig heiteren Stimmung. Sollte sie darin eine Warnung vernehmen? Nein, sie würden verheiratet spielen. Doch eine Symbiose? Das sollte ihnen nicht passieren. Den Griechischunterricht würde sie abbrechen. Dann müsste sie David nie mehr begegnen. Ihre griechischen Sprachkenntnisse ließen sich auch ohne Unterricht verbessern – und wäre es nicht an der Zeit, ihr Spanisch aufzubessern? Überhaupt würde sie nicht mehr auf David hören. Seine dummen Ideen. Was für eine Idee, über deutsche Frauen im Ausland zu schreiben. Sie spürte eine neue Kraft in sich. Es war ein befreiendes Gefühl. Fast fühlte sie sich wie ein Vulkan, der kurz vor der Eruption stand. Jetzt wusste sie es. Sie würde diese neuen inneren Kräfte dazu benutzen, einen Roman zu schreiben. Wie Lava würde es aus ihr herausfließen. Das Thema lag auf der Hand. Der Freundin ein Denkmal setzen. Der Gedanke löste beinahe eine Euphorie in ihr aus. Vergnügt faltete sie die Hände und ließ die Finger knacken. Angelos sah zu ihr herüber und sagte, es habe zu regnen aufgehört und sie könnten noch einen kleinen Spaziergang machen. Für die kurze Zeit ließen sie Johanna allein.

In den Straßencafés war kaum ein Tisch frei. Der Regen hatte die Besucher nicht verjagt oder sie hatten sich sehr schnell wieder eingefunden. Hauptsächlich junge Leute schienen hier mit Freunden ihre Zeit zu verbringen. Das mochte ein vorschneller Eindruck sein, denn bald gingen sie an einem Café mit anderem Klientel vorbei. Sie gingen vorbei und Else verspürte keine Lust, sich irgendwo hinzusetzen. Und anscheinend verlor auch Angelos keinen Gedanken daran. Er ging neben ihr. Sie hatten noch kein Wort gesprochen. Waren sie ein Paar? Wieder gingen sie auf dem schmalen Weg am Meer nebeneinander. Sie schwiegen. Einen Augenblick berührten sich ihre Hände ganz leicht, als wäre es ein Versuch, Erinnerungen wachzurufen.

»Ich möchte aber hier bleiben«, sagte Johanna, als sie Else beim Kofferpacken zusah.

Else versuchte Johanna umzustimmen, sie sprach von dem bevorstehenden Schulbesuch. »Und denk nur an deine schöne Schultasche, niemand in Zypern wird eine ähnliche haben.«

Johanna ging auf keine Verlockung ein. Schließlich meinte sie, sie könne nur unter der Bedingung heimreisen, dass alle Muscheln in ihrem Koffer Platz fänden und Melina mitkommen dürfte. Die Sache mit den Muscheln ließe sich einrichten. Else versprach es, obwohl sie wieder einmal nicht wusste, wie sie die vielen Sachen unterbringen sollte. Aber Melina, das ginge nicht. Man könne Melina recht bald besuchen. Mit dem kleinen Mädchen Melina hatte Johanna seit Olgas schicksalhaftem Besuch nicht wieder gespielt. Die Erwähnung Melinas brachte Else das Zerwürfnis mit Olga nun unweigerlich in Erinnerung. Wohl aus dieser Assoziation heraus sagte sie mit deutlichem Ärger in der Stimme noch einmal: »Melina, das geht einfach nicht.«

Johanna brach in Tränen aus. Else bemerkte ihren Fehler sofort und versuchte ihre Tochter auf freundliche Art zu überzeugen. Sie würde ihre Freundinnen in Nicosia sehen, ihre Spielsachen. Ob sie sich denn gar nicht auf die Heimreise freue. Heimreise, wiederholte Else zerstreut. Sicher, für Johanna bedeutete die Reise morgen eine Heimreise. Und auch für Angelos war es eine Heimreise. Aber für sie? Zypern. Wie konnte sie dort ihr Leben verbringen? Aber das war ihre Wirklichkeit. Die Wirklichkeit, in der sie sich bewegte und die sie für ihre individuellen Ansprüche zurechtschneiden musste. Ihrer besorgten Mutter schilderte sie das Leben auf Zypern in lebhaften Farben. Ob sich ihre Mutter täuschen ließ, ob sie nicht erkannte, dass die Lobeshymnen ihrer Tochter auf die Insel ganz besonders laut klangen, damit sie die eigenen Zweifel übertönten? Aber was war nur mit Johanna passiert? Sie musste sie trösten, ablenken. Sie nahm das Kind in die Arme und küsste es auf die Haare. Komm, wir sehen mal nach dem kleinen Hund. Doch der kleine Hund war nicht draußen. Stattdessen ging der alte Mann auf der Veranda des Hauses gegenüber auch heute Abend wieder auf und ab. Seit sie hier waren, hatte Else beobachtet, wie der Mann zwischen sieben und acht Uhr seinen Abendspaziergang auf der Veranda unternahm. Konsequent ging er auf und ab, wohl in alle Ewigkeit, dabei ab und zu einen Blick in die Blumentöpfe werfend.

Das tägliche Leben verlief in bekannten Bahnen. Wirklich? Ein Außenstehender hätte zu dem Schluss kommen können. Dennoch, etwas hatte sich geändert. Sie redeten weniger als sonst, vielleicht auch leiser. Das dialektische Spannungsverhältnis zwischen Reden und Schweigen. Das Schweigen wurde inszeniert. Es war zu keiner Aussprache zwischen Angelos und ihr gekommen. Wie auch? Schließlich hatte er diesen schrecklichen Überfall kaum überlebt. Und das war das Wichtigste, er hatte überlebt. Märchenhaftes umgab die Geschichte. Das Abenteuer lag hinter ihr. Die wenigen Tage allein in einem Hotel am Meer. Und was hatte sich in ihrer Abwesenheit hier verändert? Abgesehen von dem Überfall, der Angelos ins Krankenhaus gebracht hatte, war alles wie zuvor. Der mundfaule Gärtner beschnitt die Rosenbüsche. Die Frau aus dem dritten Stock war ihr wieder mit einer Abfalltüte begegnet. Johanna hatte die kleine Freundin gegenüber besucht.

Welch bleierne Niedergeschlagenheit sie plötzlich trotz aller Pläne wieder überkam. Aufräumen, Ordnung machen, aber was für eine Ordnung wollte sie halten oder sogar erhalten? Grübelattacken. Konditionalfragen. Hätte ich doch, was wäre, wenn. Es führt zu nichts.

»Du siehst recht unzufrieden aus«, meinte Angelos, der sie vermutlich seit einiger Zeit beobachtete.

»Ich will keine Rolle mehr spielen. Ich brauche mehr Freiraum. Ich möchte mehr ich selbst sein. Ich muss mich frei fühlen«, sagte Else. Gleich reute es sie, es war ihr herausgerutscht.

Angelos lachte auf. »Anarchistin bist du«, sagte er und lachte weiter.

Nein, sie meine es ernst, sagte Else. Sie schüttelte den Kopf. Angelos lachte nicht mehr. Er sah sie an, verständnislos, wie man ein Kind ansieht, das Unverständliches daherplappert.

»Keiner von uns ist gebunden«, sagte Angelos. »Du weißt ja, dass es heißt: Du bist frei, wenn du dich selbst bindest.«

»Immer fürchte ich deine Zensur«, sagte sie.

Aber statt zu antworten, fragte er nur: »Wollen wir essen gehen? Es ist unser letzter Abend.«

Wieder wurde sie wie ein Kind behandelt. Else fühlte, dass sie in Tränen ausbrechen würde. Sie sprang schnell auf und stürzte ans Fenster, drehte Angelos den Rücken zu. Wieder hatte sie die Stimmungsschwankungen nicht im Griff. Er war schuld, dass sie sich entblößt vorkam. Seine ewige Schweigsamkeit verleitete geradezu zu kläglichen Geständnissen.

Dann hörte sie Angelos mit ruhiger Stimme sagen: »Olga hat dich gekränkt. Du solltest dich nicht so viel mit ihr abgeben, sie ist nicht ganz bei Sinnen. Man darf sie nicht ernst nehmen.« Als Else nicht antwortete, fuhr er fort: »Verdächtigungen muss es zwischen uns nicht geben. Gib mir die Gelegenheit, Dinge richtig zu stellen.«

Angelos stand hinter ihr, legte seinen Arm kurz um ihre Schulter. Wie gern hätte sie sich angelehnt. Da war er schon wieder weg, suchte etwas. Eine Frage, überlegte Else, kann in diesem Augenblick unangemessen sein. Die Neigung zum Fragenüberspringen ist schließlich überall verbreitet und zwischen Angelos und ihr war es zur Gewohnheit geworden, sich lieber hinter Schweigen zu verstecken.

Else hörte, wie mehrere Bücher auf den Boden fielen. Ein ganzer Stapel war zu Boden gefallen. Angelos fluchte und Else musste über seine Ungeschicklichkeit lachen. Aber sie hatte schließlich keinen gebrochenen Arm im Gipsverband. Sie half ihm, die Bücher aufräumen.

»Da ist es, was ich gesucht habe«, sagte er und zog ein Buch aus dem Stapel heraus. »Schau, ich habe dir etwas mitgebracht, einen Yalom in griechischer Übersetzung. Du liest ihn doch gern.«

Liebe ist keine Caritas, dachte Else und sagte laut: »Das ist lieb von dir und ja, lass uns zum Essen in die kleine Fischtaverne gehen, sobald alles eingepackt ist.«

Angelos gab ihr das Buch in die Hand. Er umarmte sie. Else lehnte sich an. Leise lachend sagte er: »Komm, sei vernünftig. Ich bin durchaus ein treuer Ehemann. Meine kleinen erotischen Abenteuer bedeuten wenig und haben keinen Einfluss auf meine Liebe zu dir, sie ändern an meiner Liebe zu dir nichts.«

Alles ließ sich also wegerklären. Hätte sie fragen sollen, wie das denn gemeint sei? Aber vielleicht hätte sie nur ein kurzes »Frag nicht weiter« gehört. Er war fröhlicher Stimmung. Und sie war froh, bei ihm zu sein. Es war, als hätte das Meer, der Rhythmus der Wellen, alle verstörenden Spuren im Sand ausgelöscht. Irgendwie begann die Zeit danach. So erschien es ihr jedenfalls, als er sagte: »Da ist noch etwas, was ich mit dir besprechen wollte. Du hattest vor ein paar Tagen den Wunsch geäußert, nun, du hattest die Idee, wieder einmal nach London zu reisen. Es gibt da eine Gelegenheit. Im Herbst findet ein Kongress in London statt. Nun, ich dachte, es würde dir Freude bereiten, mich zu begleiten, und ich gebe zu, da habe ich nach bekräftigenden Motiven gesucht. Was meinst du dazu?« Er machte eine Pause.

Ungläubig sah Else ihn an. »Meinst du das ernst?« Sie zweifelte wirklich.

»Aber du hast deinen Wunsch doch auch ernst gemeint.«

Sie konnte keine Ironie heraushören. »Wunderbar, ja, herrlich, oh ja, ich würde gern mit dir nach London fliegen.«

Etwas Besseres fiel ihr nicht ein. Die Überraschung war zu groß. Freude und gleichzeitig ein Gefühl der Beklemmung. Die Einschränkung. Es würde keine Traumreise, keine Urlaubsreise werden. Es gab viele Argumente, die gegen eine solche Reise sprachen. Eine kognitive Aktivität setzte ein, um gewisse Dissonanzen zu reduzieren. Vielleicht eine zweckmäßige Reise alles in allem.

Das Telefon klingelte. Else, die sich nicht für zuständig hielt, zählte, fünf Mal, sechs Mal, sie zählte dreizehn Mal.

»Ich erwarte keinen Anruf, lass es klingeln«, sagte Angelos. Er ging nicht an den Apparat.

Nach einer Weile wieder. Diesmal klingelte es zwölf Mal, bevor aufgelegt wurde. In der nächsten halben Stunde kam das Telefon nicht zur Ruhe. Angelos ließ es klingeln. Weshalb legte er den Hörer nicht daneben? Wie fassungslos mochte die Anrufende sein?

Die untergehende Sonne färbte die Berge und die weißen Häuserwände ihr gegenüber. Wie eine Feuerzunge leuchtete sie kurz in einer Fensterscheibe auf. Morgen würden sie abreisen.

War alles wie zuvor? Es wurde von ihr erwartet, dass die Sache fallen gelassen wurde. Die Sache, die Angelegenheit hatte nicht einmal einen Namen. Es war zu keiner Aussprache zwischen ihnen gekommen. Eigentlich hatte kein Gespräch stattgefunden. Nichts war zwischen ihnen geklärt, oder doch? Else wagte nicht, die entscheidenden Fragen zu stellen. Gibt es etwas, was ich wissen sollte, oder wie stellst du dir unsere Zukunft vor? Aber würde ein Gespräch überhaupt hilfreich sein? Sie fürchtete, dass Angelos ihr Gespräch sehr schnell in das Fahrwasser einer angenehmen Unterhaltung zwischen zwei Freunden lenken würde. Und sie wäre schwach genug, auf diesen Ausweg einzugehen. Nein, es durfte keine wirkliche Diskussion geben, die womöglich zu Unstimmigkeiten führen würde. Schließlich hatte Angelos von ihr auch keine Erklärungen über ihren Ausflug nach Sounion verlangt. Duldsamkeit. Dass er das Telefon klingeln ließ, war ein lächerliches Signal. Wollte er ihr Mut machen? Seine Beziehung zu Olga war damit nicht geklärt. Was würde die Zukunft bringen? Wie dumm, sie lebte schon in einer neuen Zeit und baute Hindernisse auf. Warum sich verzetteln, warum nicht einfach den mediterranen Sonnenschein genießen? Und die Vorfreude auf eine Reise.

In jener Nacht erschien ihr Lotte im Traum. Sie sah fröhlich, ganz glücklich aus, sodass Else ihr das zum Vorwurf machte: »Wie kannst du glücklich sein, du bist tot.«

»Weißt du, dass du das zum ersten Mal sagst?«, fiel Lotte ein und lächelte. Dann war sie verschwunden und Else, die aus dem Traum herausfand, blieb mit Lottes Aussage »Jetzt geht es dir besser« zurück. War Lotte noch dünner geworden? Das ging wohl nicht. Ohne realistische Grundlage, meine Liebe. Da war es vorbei. Halluzination. Phantasma. Sie gähnte und rollte auf die andere Seite, schlief gleich wieder ein.